SV

Deniz Ohde
Streulicht

Roman

Mit einem Nachwort
der Autorin

Suhrkamp

Für meine Eltern & meine Familie

Klimaneutral
Druckprodukt
ClimatePartner.com/14438-2110-1001

Erste Auflage dieser Ausgabe 2022

Umschlaggestaltung: Rothfos & Gabler, Hamburg
Umschlagfoto: mauritius images / Sven Otte / Alamy
Satz: Satz-Offizin Hümmer GmbH, Waldbüttelbrunn
Druck: CPI books GmbH, Leck
Printed in Germany
ISBN 978-3-518-43129-0

www.suhrkamp.de

Streulicht

Die Luft verändert sich, wenn man über die Schwelle des Ortes tritt. Eine feine Säure liegt darin, etwas dicker ist sie, als könnte man den Mund öffnen und sie kauen wie Watte. Niemandem hier fällt das mehr auf, und auch mir wird es nach ein paar Stunden wieder vorkommen wie die einzig mögliche Konsistenz, die Luft haben kann. Jede andere wäre eine fremde. Auch mein Gesicht verändert sich am Ortsschild, versteinert zu dem Ausdruck, den mein Vater mir beigebracht hat und mit dem er noch immer selbst durch die Straßen geht. Eine ängstliche Teilnahmslosigkeit, die bewirken soll, dass man mich übersieht. Ich übertrete die Schwelle an der Endhaltestelle, wo die Busse eine Schleife fahren und dann vor dem Haupteingang des Friedhofs eine Pause einlegen. Hier verändert sich das Licht, wie gestrichener Ton spannen sich mir die Wangen über den Knochen, und mit jedem Schritt ragt eine der Laternen aus der Dunkelheit. Die Dächer der neben dem Weg zur Großen Eiche aufgereihten Einfamilienhäuser heben sich so scharf vom dahinterliegenden Himmel ab, dass ich sie selbst dann noch sehe, wenn ich für kurze Zeit die Augen schließe, als hätte ich zu lang in die Sonne gestarrt. Als ich an der Großen Eiche ankomme, ist mein Blick schon zu meinem alten geworden, ich bemühe mich, keinen bestimmten Punkt zu fixieren, obwohl mich niemand dabei sehen kann, sich niemand auf der Straße befindet, dem meine Blicke auffallen könnten, nur hinter einzelnen Fenstern ist noch Licht, und Schattenrisse bewegen sich in den Räumen, stehen von ihren Fernsehsesseln auf, um sich bettfertig zu machen oder das Tablett mit dem Abendessen wegzubringen. Es kommt mir vor, als müsste hinter jeder Fassade der Tod lungern, müssten hinter den dunklen Fenstern Krankenbetten mit Dahinsiechenden verborgen sein. Kein Geräusch dringt durch die Straßen bis auf das leise Brummen, das den Ort zu jeder Zeit erfüllt, nachts fällt es besonders auf. Ein weißes Rauschen, das von der anderen Seite des Flusses herrührt und sich schon in meine Ohrmuschel gräbt, weich und rau zugleich, wie ein vertrauter Deckenbezug sich auf der Haut anfühlt. Auch das ist eine Eigenart des Ortes, die mir wie allen anderen hier schon nach wenigen Stunden nicht mehr ungewöhnlich vorkommen wird. Einzig an der letzten Kreuzung vor dem Haus begegnet mir doch jemand, ein Vater mit seiner kleinen Tochter, die an seiner Hand geht und unter einer der Laternen ihren eigenen Schatten entdeckt, er fächert sich um sie herum auf, mit ausgewaschenem Rand. Sie versucht im Spiel auf ihm herumzuspringen. »Stirb, du Schatten!«, ruft sie begeistert, und der Vater lächelt mich stolz an. Ich lächle zurück und erwarte, dass mir dabei die Wangen von den Knochen bröckeln wie ausgedörrte Erde.

Der Schlüssel dreht sich leichtgängig im Schloss der maroden Holztür, sie gibt das gleiche Geräusch von sich wie immer, als würde ich gerade von der Schule nach Hause kommen, Schweiß vom Schulsport zwischen den Schulterblättern, leere Brottüten in den Fächern des Rucksacks, aber es ist dunkel, und ich schalte das Licht im Treppenhaus an. Im ersten Stock stapeln sich Kartons neben der Wohnungstür und Holzkörbe mit Kartoffeln und Zwiebeln. Der Schlüssel steckt hier von außen, dieser dicke Metallschlüssel mit altmodischem Bartprofil. »Mach das Licht zu«, hat meine Mutter immer gesagt, wenn wir nach Hause kamen, denn die Treppenhausbeleuchtung hat keine Zeitschaltung; »das Licht zumachen«, so hat sie es genannt. Ich öffne die Tür und schließe das Licht. Der Geruch von Zigarettenrauch schlägt mir entgegen. Alles in diesem Haus riecht nach Rauch, nichts entkommt dem wabernden Dampf, der sich durch jede Ritze drückt, die Bettbezüge, die Handtücher und Sofakissen werden regelmäßig durch die Waschmaschine gedreht und mit duftendem Pulver überschüttet, aber sobald sie aus der Maschine gezogen werden, verklebt der Rauch die Fasern. Auch dass mein Vater sich angewöhnt hat, die Küchentür zu schließen, hilft wenig. Ich drücke die Klinke herunter, das Holz des Türrahmens knackt, noch mehr Rauch steht in der Küche, und mein Vater sitzt auf der Bank, dreht mit freudigem Ausdruck der Erwartung den Kopf zu mir, bis er mich sieht, mit dem Rucksack auf den Schultern, der gegen die zurückspringende Tür schlägt, weil sie sich nicht ganz öffnen lässt. Die Lebensmittel, die sich auf der Küchenzeile stapeln, die blaue Plastiktüte mit dem alten Brot, dieser Überfluss an Essen und billigen Möbeln, die niedrigen Decken, das Weiß der Wände, das sich über die Jahre gelb gefärbt hat, die sich stapelnden Fernsehzeitungen, der PVC-Boden vor dem Herd und der Korkboden im Flur, der sich an einigen Stellen löst; all diese Dinge, die ich wiedererkenne. Die fleckige Tischdecke, die zur Hälfte mit Tassen vollgestellt ist, die alte Thermoskanne mit von kaltem Kaffee verkrusteter Öffnung, der Kühlschrankmagnet einer Käsefirma, den mein Vater und ich einmal als Werbegeschenk bekommen haben, als wir auch diesen rosa Reiswein gekauft haben, weil er im Angebot war, und den ich in der Nacht ins Klo gekotzt habe. Die rote Klammer, mit der meine Mutter früher ihr Haar im Nacken zusammengehalten hat, die jetzt in dem Korb mit alten Werbeflyern liegt. Die große Papiertüte an der Türklinke, in der Verpackungsmüll gesammelt wird, bis er überquillt.

»Da bist du!«, sagt mein Vater.

Eine Weile geht es hin und her, ob die Fahrt gut war, ob ich den Weg noch gefunden habe, »sieht noch alles gleich aus, oder, hier hat sich nichts verändert«, sagt er verschmitzt. Ich lege meine Sachen ab, setze mich ebenfalls, bekomme einen Tee. »Hier ist alles beim Alten«, sagt mein Vater nochmal, »außer, dass du jetzt alt genug bist und deine Freunde heiraten, ist das nicht unglaublich? So geht es los. So geht alles seinen Gang.« Die Stimme meines Vaters klingt seltsam tief und verbraucht, ähnlich der meines Großvaters damals. »Das war aber auch lang in der Mache mit den beiden. Eine richtige Sandkastenliebe. Das gibt es sonst nur im Film. Der Pikka und die Sophia –«, er blickt ins Leere, eine Hand noch am Griff des Wasserkochers, den er gerade wieder auf seinen Fuß gestellt hat. »Ich seh die manchmal im Supermarkt, richtige Erwachsene sind das geworden, die Sophia so fein in ihren weißen Blusen und Röcken, aber fein war sie ja schon immer, schon fast zu fein für ein Kind. Es gibt einfach welche, die kommen als Erwachsene zur Welt. Und Pikka, ich weiß noch, wie der sich früher Sorgen wegen der Grasflecke auf seinen Hosen gemacht hat, weil seine Mutter immer sauer geworden ist, wenn er dreckig heimkam. Immer fast den Tränen nah, der Arme. Ihr habt ja viel Zeit auf der Flusswiese verbracht, und so gehört sich das auch: dass Kinder draußen sind. Das hab ich wenigstens nie gemacht. Geschimpft wegen ein paar Flecken. So fein waren wir nie. Wann geht es denn morgen los?«

»Um zwölf«, sage ich.

»Na ja –«

Dann kommt mein Vater wie immer auf die Bahnverbindungen und den Straßenverkehr auf der A66 zu sprechen, auf das Wetter, das früher anders war, auf das Fernsehprogramm. Am liebsten sind ihm Sendungen, die sich mit der Vergangenheit beschäftigen oder alte Formate neu aufrollen: *Abenteuer 1900*, *Anno 1476*, das Remake von *Winnetou*, die *Chartshow* mit den größten Hits der Siebziger. Die vom Geschichtsverein des Stadtteils mühsam zusammengestellte Chronik über den Ort liegt neben ihm auf dem Küchentisch, auf weißem Kopierpapier gedruckt und in A4 gebunden, mit pixeligen Abzügen von Schwarz-Weiß-Aufnahmen, Frauen in Schürzen, die vor dem Haus stehen. Immer wieder sein *wie es früher war*.

Vierzig Jahre hat er in derselben Firma gearbeitet, auch darauf kommt er immer wieder zu sprechen. Dieser Arbeiterstolz, gemischt mit Trotz und aus Not geborener Arroganz (das Kinn, das er leicht hebt, die Lider, die einige Millimeter sinken, die Schultern, die er dabei nach unten drückt); mein Vater tunkte vierzig Jahre Aluminiumbleche in Laugen, vierzig Stunden in der Woche.

Die Hilflosigkeit bei allem, was darüber hinausgeht.

Er nimmt nicht teil an den Gottesdiensten, er ist in keinem Verein (auch nicht im Männerchor *Fortuna*), er lässt niemanden ins Haus, Besuch, das ist etwas, was er nicht kennt und was er mir verboten hat, als ich noch bei ihm wohnte, Besuch, das waren Fremde, die in unser Versteck eindringen wollten, gegen die man das Haus verteidigen musste, indem man die Eingangstür zweimal abschloss und die kaputten Rollläden nicht reparierte, weil es gut passte, dass sie die Sicht in die Zimmer versperrten. Er geht manchmal runter zum Fluss, sieht sich die Schiffe an und dreht sich weg, wenn ein anderer Spaziergänger in seiner Nähe auftaucht. Er grüßt niemanden. Er nimmt immer den gleichen Weg zum Friedhof, geht durch die Nebenstraßen, als tue er es heimlich, geht nicht durch den Haupteingang mit dem steinernen Bogen, sondern durch das grüne Eisentor, das eigentlich für die Gärtner gedacht ist. Im Gegenzug lassen die Leute ihn in Ruhe. Die Frau vom Zeitschriftenladen mit der zwanzig Jahre alten Schaufensterdekoration (von der Sonne ausgeblichene Puppen und im Kreis angeordnete Groschenromane), bei der er die Lokalzeitung kauft, war vom ersten Tag an kurz angebunden ihm gegenüber, obwohl sie mit allen anderen lange Unterhaltungen über die Geschehnisse im Ort führt. Das Geschäft für Satellitenfernsehen hat ihn abgewiesen, als der Kabelanschluss digitalisiert wurde, wegen zu vieler Aufträge angeblich; womit dieser Laden überhaupt noch sein Geld verdiene, hat er gefragt, das Internet legten die Leute sich doch heutzutage selbst ins Haus. Die kleine Metallbaufirma wollte seine Idee für das Grab meiner Mutter nicht umsetzen: ein geschmiedeter Gartenzaun in Miniatur. Er zieht sich jedes Mal die Hosenträger hoch, wenn er an den Kartons und Papierstapeln vorbei die Treppe hochgeht, und früher hat er, wenn er oben angekommen war, zu mir gesagt, die Leute im Ort seien wieder so dümmlich, *mit denen wollen wir nix zu tun haben*, von einem Misstrauen erfüllt, das sich an nichts Bestimmtem festmachen lässt, sondern seine unbewusste Grundhaltung ist, die auch heute aus ihm spricht, wenn er mich fragt, was ich *damit* (meinem Studium) mal *werden* kann; wogegen er früher zu mir gesagt hat, *sieh zu, dass du in Brot kommst,* was wiederum ich nicht verstanden habe und lange nur *zugesehen* habe, während nichts passierte, gar nichts, und im Hintergrund rauchten die Schornsteine des Industrieparks.

Nachdem ich mich am nächsten Nachmittag von ihm verabschiedet habe, trete ich aus dem Haus und gehe die Straße hinunter Richtung Fluss. Der Ort liegt auf einer Anhöhe, um ihn bei Hochwasser vor Überflutung zu schützen. Im Hintergrund ragen die drei Schlote der Müllverbrennungsanlage in den Himmel, ihrer Länge nach abgestuft wie gezinkte Streichhölzer. Schon heute Morgen, als ich das Fenster meines alten Zimmers geöffnet habe und einen tiefen Zug frische Luft nehmen wollte, hat es scharf nach Hausmüll gestunken. Die Gehwege werden an den Rändern des Hügels so schmal, dass sie ihren Zweck nicht mehr erfüllen; rechts die hohe Mauer des Reitstalls, links der Gartenzaun eines Mehrfamilienhauses, über den im Sommer Zierblumen wuchern. Vom Flutschutzwall aus blicke ich auf die breite, schneebedeckte Wiese und die Wackersteine, die das Flussufer säumen. Ein schwer beladenes Frachtschiff fährt vorüber, die Flanken tief im Wasser. Darüber spannt sich die Werksbrücke, längs durch einen hohen Zaun geteilt; auf der Rückseite führen die Bahnschienen der Güterzüge zum Industriepark, dem Ort zugewandt verlaufen zwei breite Fahrspuren, mit vorschriftsmäßigen Markierungen versehen, aber den Autos ist die Zufahrt verboten und durch Poller verstellt. Nur Radfahrer und Fußgänger dürfen sie passieren. Die Bewohner des Orts haben diese seltsame Brücke zum Wahrzeichen erklärt, sie verrichten ihre Sonntagsspaziergänge auf der unbefahrenen Seite und blicken dabei über das Geländer die zehn Meter hinunter ins braungrüne Wasser. Die Brücke bildet auch die Grenze zum Industriepark, hinter ihr beginnt sein Gebiet, abgesperrt durch Mauern und dreimal größer als der Ort selbst. Zu ihm gehört ein eigener Flussabschnitt, den die Schiffe nur über eine Schleuse erreichen. Die Ufer sind dort nicht mit Wackersteinen, sondern mit rostigen Ladeflächen befestigt. Ein verwinkeltes Straßensystem und ein eigener Buslinienverkehr für die Arbeiter verbinden die Fabriken untereinander, überirdische Röhrensysteme führen Gas und Flüssigkeiten, und Berge von Kohle werden im Sommer durch große Sprinkleranlagen vor Selbstentzündung geschützt. Bei Dunkelheit glüht der Park wie eine riesige gestrandete Untertasse, orangeweißes Streulicht erfüllt den Nachthimmel, gespeist von den Neonröhren, die jedes Stockwerk der Türme ausleuchten, und von den Markierungen der Schornsteinspitzen für den Flugverkehr, obwohl der Luftraum über dem Park gesperrt ist, denn bei einem Absturz droht eine Chemiekatastrophe. Als Dunst entweichen die Nebenprodukte der Reaktionen den Schornsteinen, vom Mond mit silbernen Rändern versehen. Manchmal kristallisiert Salz aus der Chlorherstellung in der Luft und rieselt auf die Dächer; dann bekommen die Bewohner Gutscheine für die Autowäsche. Der Park bläst täglich große Mengen Wasserdampf in den Himmel, der als Industrieschnee wieder zu Boden fällt und den Ort im Winter oft als einzigen in der Region mit einer weißen Schicht überzieht. Wie mit dem Lineal gezogen, verläuft die Schneegrenze um ihn herum, und der Schnee hat eine andere Beschaffenheit, er ist dicker und klebriger, vollgesogen mit Wasser, haftet zäh an den Bäumen, an den Straßenschildern und den Laternen.

Ich gehe vom Hügel aus rechts weiter am Ufer entlang und kehre dem Industriepark den Rücken, es wachsen Brombeerhecken auf der Wiese, unterbrochen von einem alten, von Schlamm umspülten und mit schleimigem Moos bedeckten Bootsanleger und von der Autobahnbrücke, ihren schweren Betonpfeilern. Vereinzelt ragen dünne Bäume auf, und an der Krümmung des Flusses schließt ein Acker mit Obstbäumen an. Hier, wo die Kleingärten beginnen, biege ich in den Feldweg ein, zwischen ihnen das Klärwerk, hinter einem Zaun und ein paar Hecken brummen die Anlagen. Die schmalen Parzellen der Gärten ordnen sich um einen hohen Strommast an; ein Schwarm Krähen zieht daran vorbei. Vor der Silberfarm bleibe ich stehen.

Früher haben Pikka, Sophia und ich uns Gruselgeschichten über den Garten erzählt. Dass nachts Hundegebell ertönt, obwohl keine Hunde zu sehen seien, ein blechernes Bellen wie von einer alten Tonaufnahme oder, wahrscheinlicher, aus einer Geisterwelt. Dass manchmal ein alter Cowboyhut an dem Schild über dem Gartentor hänge, wie nur kurz dort abgelegt, und in den Sträuchern höre man ein Rascheln. Pikka sagte, es könne sich nur um den Geist eines Cowboys handeln, wegen der Farm im Namen.

Als wir älter wurden, vergaßen wir die Silberfarm und alles, was hinter der Autobahnbrücke lag. Niemand verbrachte die Nachmittage mehr hinter der Kläranlage oder unten am Fluss, stattdessen saßen wir in den Wintern in Pikkas Keller, im Shisha-Rauch (synthetische Banane, Erdbeere oder Minze), an der Wand ein Rammstein-Poster, dessen Schrift im Schwarzlicht leuchtete, und aus den Boxen immer wieder der gleiche Song von Black Sabbath: *Iron Man*. Zwei Sofas und zwei Sessel standen um einen niedrigen Tisch herum, auf dem der Bauch der Wasserpfeife blubberte; die Wände waren weiß getüncht, Teppich war ausgelegt, ein Metallregal an der Wand beherbergte die Musikanlage, einen Stapel CDs, einen Vorrat an Knabberboxen und Würfelspielen sowie die Extrapackungen Pfeifenreiniger von Pikkas Vater. Pikka feierte berühmte Partys, zu denen er ausgewählte Freunde aus seiner Stufe und die beiden Nachbarsjungen einlud, die immer die gleichen abgewetzten Baseball-Caps trugen. Sie bestanden darauf, ihre selbstgemachten Rap-Tracks abzuspielen, und als ich die ersten am Takt vorbeigesprochenen Worte hörte, nahm ich noch an, es sei eine Parodie, aber sie saßen mit der größten Ernsthaftigkeit auf einem der Sofas, breit ausgestreckt, jeweils einen Fuß auf dem Knie abgelegt und die Caps tief ins Gesicht gezogen. Es waren auch diese beiden, die zu den Partys »den Trichter« mitbrachten und jeden dazu drängten, sich auf den Boden zu legen, das Ende des Schlauchs zwischen die Lippen zu klemmen und in großen Schlucken das von oben in den roten Trichter geschüttete Bier hinunterzuwürgen. Ein einziges Mal willigte Sophia ein, nachdem die beiden sie wieder und wieder dazu aufgefordert und ihr dabei für Sekundenbruchteile verstohlen auf das weiße Tanktop gestarrt hatten, das bläulich leuchtete im Schwarzlicht, aber Sophia bemerkte es natürlich. Längst hatten sich diese Blicke für uns ins Unendliche verlängert und hafteten an uns wie eine alte, klebrige Süßigkeit; wir lernten mit ihnen umzugehen, drehten uns unauffällig zur Seite, zogen einen Schal unters Kinn und hielten ihn mit den Fingern zusammen wie einen Vorhang, als wäre uns kalt, aber Sophia willigte ein, den Trichter auszuprobieren, weshalb sich etwas überzuziehen dieses Mal aus logistischen Gründen nicht in Frage kam. Sophia wollte dazugehören, und sie konnte es. Sie schielte zu Pikka hinüber, der über den Glastisch gebeugt die letzten fischförmigen Cracker aus der Knabberbox suchte; als er den Kopf hob, rief sie ihm zu: »Ich mache es jetzt auch!« »Jawollll!«, brüllten die Jungs, brachten sich in

Stellung wie Fünfhundertmeterläufer für einen Wettkampf, Sophia legte sich auf den Teppich, zog ihr Top zurecht, und dann ging es los. Sie schaffte drei, vier große Schlucke, bevor der Druck zu groß wurde, der Schlauch ihr aus dem Mund glitt und ein Schwall Bier sich über ihr Gesicht und Dekolleté ergoss.

Ein anerkennendes »Oooh« entfuhr den beiden Jungs, bevor einer von ihnen mit geübtem Griff den Schlauch an sich nahm und die Öffnung mit dem Daumen verschloss. Sophia strahlte über das ganze Gesicht, während sie aufstand. Sie strich sich die nassen Strähnen aus den Augen, schüttelte sich vor Lachen, und Pikka klopfte ihr auf die Schulter: »Für das erste Mal doch nicht schlecht!«, dann drängten sich die Jungs und ein paar Mädchen, die angeekelt auf die Lache Bier am Boden blickten, in mein Sichtfeld; Pikka und Sophia verschwanden und kamen kurz darauf zurück, sie in einem seiner ausgewaschenen Black-Sabbath-T-Shirts, das nasse Top in den Händen.

Das waren die besonderen Abende. Die meisten verbrachten wir nur zu dritt in dem Keller, zu viert, wenn Pikkas Vater dazustieß, weil seine Frau ihm nicht erlaubte, seine Pfeife in der Wohnung zu rauchen, und draußen Schnee lag, was er zum Vorwand nahm, nicht in den Garten zu gehen. In Wirklichkeit wollte er sich zwischen uns setzen und sich aufspielen. Er war der eigentliche Pikka, der Spitzname eine Abwandlung des Familiennamens, der ihm schon in seiner Jugend von seinen Freunden verpasst worden war. Er gab Pikka liebend gern Tipps: dass er vor den Partys eine Dose Thunfisch – in Öl eingelegt, nicht in Wasser – oder über den Abend verteilt Salzstangen essen solle, nur viel Wasser zu trinken, davon hielt er nichts. Das Gemüse, das seine Frau im

Garten anbaute, und die Kräuter, die sie liebevoll über jeden Salat streute, betrachtete er argwöhnisch. Sie musste ihn täglich zwingen, etwas Nahrhaftes zu sich zu nehmen, denn alles, was man gemeinhin für gut oder gesund hielt, hielt er für verweichlicht und unnötig, und wenn sie mal ein paar Tage nicht da war, weil sie mit dem Kirchenchor auf eine Freizeit fuhr, dann ließ er das vorgekochte Essen in der Gefriertruhe liegen und kochte Suppe aus Wasser und Maggi-Gewürz. Er war der eigentliche Pikka, und sobald er zwischen uns auf einem der schwarzen Sofas Platz nahm, sprachen wir unseren Pikka mit seinem Vornamen an. »Na, was gibt es heute«, sagte Pikkas Vater in gespielter Großväterlichkeit, während er die Pfeife aus seinem Etui holte und fachmännisch den Tabak mit einem metallenen Stopfer in den Kopf drückte. »Nichts Besonderes«, sagte Pikka verlegen, und Sophia und ich nippten an unseren fluoreszierenden Gin Tonics. Nichts wies darauf hin, dass er sich seinen Vater zum Vorbild nahm, nur seinem Lebensmodell wollte er von Anfang an nacheifern. Er hatte schon damals, mit siebzehn, den Plan gefasst, für immer im Ort, für immer auf dem Grundstück zu bleiben, wie es sein Vater getan hatte. Dieser hatte das Haus nie verlassen, hatte seine Frau nach der Hochzeit zu sich geholt, den Anspruch auf das größte Schlafzimmer gestellt und seine Mutter ins Erdgeschoss verbannt, die es akzeptierte, denn ihr Sohn war nun der Mann im Haus, und Pikkas Vater legte den Keller trocken, setzte einen Anbau an die hintere Fassade, mit Parkett und großen Fenstern, damit die Kinder eigene Zimmer hatten (Pikka hatte eine ältere Schwester, die bereits zum Studieren weggezogen und wieder zurückgekommen war und mit ihrem Freund in einem nicht weit entfernten Reihenhaus wohnte). Schon bald war er in der Firma in eine Führungsposition aufgerückt (wie auch schon sein Vater vor ihm), hatte das Hinterhaus hinzugekauft und den Zaun zwischen den Gärten entfernt. Noch wohnte eine andere Familie darin, aber eines Tages würden sie ihr wegen Eigenbedarf kündigen, und Pikka würde dort einziehen, nachdem er, wie seine Schwester, die Junggesellenstation in der sogenannten »Einsiedlerwohnung« im Dachgeschoss durchlaufen hatte.

»Über Eichenmoos gereift«, bemerkte Pikkas Vater, der sich einen Whisky eingoss, und tippte mit den Fingernägeln gegen die Flasche. Er benetzte die Lippen und hielt das Glas gegen das Schwarzlicht, ein Auge zusammengekniffen, das Getränk schimmerte in einem seltsam dunklen, durchscheinenden Blau. »Ach ja«, schnaufte er und grinste Sophia und mich an, um zu signalisieren, dass er etwas besser wusste als wir. Ich faltete die Hände und schwieg, betrachtete die Dartscheibe, die am anderen Ende des Raums an der Wand hing und von einem warmweißen Deckenspot beleuchtet wurde.

Egal, ob es eine große Party gab oder wir nur zu dritt waren, immer lief Black Sabbath im Hintergrund, immer lief die Best-of-CD im Wechsel mit zwei weiteren Alben in der Anlage, in die man drei CDs auf einmal einlegen konnte und für die Sophia und ich Pikka beneideten. *Has he lost his mind, can he see or is he blind – nobody wants him, he just stares at the world*, sang Ozzy Osbourne an den ruhigen Abenden in der leisesten Lautstärke, als handelte es sich um ein Klavierstück zur Untermalung eines vornehmen Abendessens. Ich dachte an die schwieligen Hände meines Vaters, die Aluminiumplatten in Laugen schoben, nicht unter Schwarzlicht, sondern unter grellem Neonlicht, das es ihm erlaubte, jede Unebenheit auf den Blechen zu erkennen.

Im Sommer gingen wir auf die Werksbrücke und setzten uns mit den im Supermarkt gekauften Sixpacks auf die eiserne Fahrbahnbegrenzung, den Blick abwechselnd auf die leuchtenden Fabriken hinter uns und auf das dunkle Wasser vor uns gerichtet. Ehe wir uns voneinander verabschiedeten, schlugen wir immer noch einen Bogen im Ort. Manchmal grölend, manchmal nur unter leisem Gekicher. Wir gingen am Dorfbrunnen vorbei und an der Kirche, in der sich 1996 zur Christmette eine Frau in die Luft gesprengt hatte. Ihr Gesicht war tags darauf in den Zeitungen abgedruckt worden, weil man gehofft hatte, auf diesem Weg ihre Identität feststellen zu können, und wir hatten unsere Köpfe über das graue, unscharfe Bild der Toten gebeugt; die Augen von der Detonation blutunterlaufen, ein Hämatom am oberen Wangenknochen, die Nase zeigte schief in Richtung Boden.

Es kam mir vor, als sei der Ort von einer Spannung erfüllt, die sich irgendwo im Hintergrund auflud und die man vordergründig nicht spürte. Man war ummantelt von der grünen Landschaft der Flusswiese, durch die ab und an bei Ostwind der Gestank des Industrieparks zog, wenn man hinhörte, konnte man einen dumpfen Ton vernehmen, der von dort herrührte, langsam kroch das Moos über den Steg, und die Brombeeren wuchsen nur ein paar Zentimeter im Jahr. Etwas hatte es damit auf sich, etwas schwoll dahinter an, was sich einmal alle zehn Jahre ganz plötzlich entlud. Man konnte nicht ausmachen, wo sich der Druck aufbaute, ob es draußen auf den Flusswiesen war oder in irgendeiner Wohnung, ob es in einem selbst war, ob man selbst diejenige sein würde, die sich umbrachte, woran ich jedes Mal denken musste, wenn Pikka und ich auf unserer Runde an der Kirche vorbeikamen.

Wir wohnten dem Hügel am nächsten und gingen die

letzten Meter immer zu zweit, in der Mitte der Hauptstraße, auf der zu dieser Uhrzeit nichts mehr fuhr, einen Fuß vor den anderen setzend, beobachtend, wie der schwarze Asphalt sich mit der weißen Markierung abwechselte, manchmal mit dem Blick nach oben und auf den Großen Wagen, wenn der Himmel klar war. Ich fragte mich damals, wie es weitergehen würde, fühlte eine Aufregung, als sei ich die Hauptdarstellerin in einem Film, kurz bevor die Handlung einsetzt, sah erwartungsvoll hinauf und dann wieder vor mich, auf die Reihe der niedrigen Häuser am Rand der schmalen Straße. Der Hügel war nachts nicht auszumachen, man konnte nur wissen, dass es ihn gab und dass er zum Fluss führte. Mein Blick fiel auf das Viereck an einer der Hauswände, wo die Farbe fehlte, weil früher ein Zigarettenautomat dort gehangen hatte. Alles wurde älter und älter und verfiel, nichts verging, nichts starb und fing von vorne an, auch nicht, wenn man es mit Gewalt versuchte, wenn man sich in die Luft jagte, und auch nicht, wenn man sehr leise verschwand. »Wenn ich hier weg bin –«, sagte ich in mich hinein und beendete den Satz absichtlich nicht, lächelte in der Erwartung, dass sich die Szenerie eines Tages ändern würde, als wäre der Ort ein Bild in einem Plastiskop, das sich beim Drücken des Auslösers mit einem anderen abwechseln würde. Ich erwartete, dass der Hügel verschwand und einem weiten Rapsfeld Platz machte, einer vierspurigen Straße, einer Hochhausschlucht, durch die ich laufen würde, bis ich in eine Wohngegend käme, in der immer Leute unterwegs wären, in der immer Lichter in den Fenstern brannten. Ich erwartete es, ich wartete, ich *sah zu.*

Ich fragte Pikka manchmal, wenn wir von der Brücke auf dem Heimweg waren, wie er es sich vorstelle, »später«, mit der Hoffnung auf ein Märchen in der Stimme, und Pikka begann über die Ausbildungen, die von den Firmen im Industriepark angeboten wurden, zu reden. Er sei sich noch nicht ganz sicher, ob er Chemielaborant oder Pharmazeutisch-technischer Assistent werden oder ob es doch ein duales Studium sein sollte, aber dazu müsste er dreimal die Woche an die Uni pendeln. Er dachte laut über die Zugverbindungen nach, die er morgens nehmen würde, und darüber, welche Züge abends noch zurückfuhren (der Regionalzug, der unter der Woche öfter verkehrte), über die Möglichkeit, mit dem Auto zu fahren, wenn man die Stoßzeiten vermied. Er sprach ganz selbstverständlich über die »Einsiedlerwohnung« und das Hinterhaus. Dass er Grillabende machen und durch den Ort spazieren würde, »wie heute, mit euch natürlich, mit dir«, mit einer abgeklärten Vorfreude, die ich bewunderte.

Auf meine Frage, ob er nicht wegwolle, schüttelte Pikka den Kopf. »Wieso denn«, sagte er, man sei hier im Grünen, man sei in vierzig Minuten in der Stadt, man habe hier alles, und er zählte noch ein paar mehr Vorteile auf, die ich schon kannte.

Warum wollte ich gehen. War es nur gewöhnlicher jugendlicher Tatendrang und Erlebnishunger oder lag es an diesem Ort, diesem spezifischen Fleck Erde, an dem die Luft einen anderen Geschmack hatte und der Schnee eine andere Beschaffenheit. Lag es daran, dass es eine unsichtbare Wand zwischen mir und dem Ort gab, nicht identisch mit den Mauern des Industrieparks, nicht identisch mit der Schneegrenze, aber doch mit ihnen in Zusammenhang stehend. Eine Wand, die Pikka nicht sehen konnte, Sophia nicht sehen konnte und die bewirkte, dass ich nicht dazugehörte, sosehr ich auch wollte, keine Biergischt hätte mich in ihre Mitte holen können, und später fiel ich zwischen ihnen hindurch, fiel durch die Raster in einen Abgrund, während ich eingeklemmt zwischen den Aktentaschen der Pendler im Berufsverkehr mit der S-Bahn in die Stadt fuhr. »Sie sind wohl Studentin?«, fragte mich mal einer, und ich war es nicht –

Ich blicke zum Holzschild der Silberfarm. Es hängt nicht so weit oben, wie es uns als Kindern vorgekommen war.

Es war 1994, meine Eltern waren gerade dabei, die Tapete in der Wohnung im ersten Stock abzuziehen, und ich sah ihnen vom Fensterbrett aus zu. Stundenlang hatten sie die Wände bereits bearbeitet, und nur in Fetzen kam das Papier herunter. Es war einmal sorgfältig mit Leim auf den Putz geklebt worden und hatte sich über die Jahrzehnte, in denen dies die Wohnung meines Großvaters gewesen war, fest mit ihm verbunden. Hier war mein Vater aufgewachsen. In all der Zeit war die Tapete dieselbe geblieben, und ich kannte ihre bräunlichen Rillen als Kulisse unserer spärlichen Besuche, bei denen wir auf der schweren grauen Couch gesessen hatten, eine Kaffeekanne stand auf einem Stövchen, meine Eltern schwiegen und mein Großvater drehte die Daumen, während eine schwache Stehlampe in der Zimmerecke den Raum in warmes Licht tauchte. Sieben Jahre war es zum Zeitpunkt unseres Einzugs her, dass mein Vater die Wohnung verlassen hatte, schwerfällig und halbherzig, und nichts hatte sich verändert. Wenn nicht meine Mutter die beiden zu dem Schritt überredet hätte, wäre weiterhin alles so geblieben. Mein Großvater und mein Vater waren vom selben Schlag: Sie hassten Veränderungen, schon das Reden darüber war ihnen zuwider. Grimmig schweigend saßen sie in den Kuhlen der Couch, während meine Mutter ihre Argumente darlegte. Sie hatte bereits alles mit dem Vermieter geregelt, aber erst nachdem sie in das Schweigen der beiden eingetreten war, abwartete, sie eisern eine halbe Stunde mit bohrenden Blicken bedachte und nicht einfach aus dem

Raum ging, wie es zuvor in der Familie üblich gewesen war, willigte mein Großvater schließlich ein, in die gerade freigewordene Erdgeschosswohnung zu ziehen.

Sie trugen all seine Möbel die schmale Treppe hinunter. Die Wohnwand, aus deren Schränken ein süßlicher Geruch kam, die wuchtige Couch ebenso wie den Tisch, und alles musste aufgehoben werden, jede Tischdecke, jedes Handtuch, die in mehreren Schichten in den eingebauten Fächern unter den Sitzflächen der Eckbank lagerten. Sie nahmen sie oben heraus und legten sie unten wieder hinein, in derselben Anordnung. Den ersten Stapel hatte meine Mutter noch mit meinem Großvater durchgehen wollen, aber er hatte bei jedem einzelnen Tuch, das sie ihm beschrieben und zu dem sie dann gefragt hatte, ob man es wegwerfen könne, den Kopf geschüttelt. Mein Großvater beobachtete sie genau beim Umzug, oder zumindest versuchte er es. Er stand im Hausflur, so dass er den Eingang zu seiner neuen Wohnung nicht versperrte, und kniff die Augen zusammen. Immer wenn meine Eltern etwas hineintrugen, ging er einen Schritt auf sie zu und öffnete den Mund, im Begriff etwas zu sagen, und brachte doch keinen Ton hervor. Er trug ein Hemd, dessen Streifenmuster kaum mehr sichtbar war, weil der Stoff vom Tragen so dünn geworden war, und eine ausgebeulte Jogginghose mit Flecken, die er nicht bemerkte, weil seine Augen nur noch Umrisse erkennen konnten. Er folgte meinen Eltern in die Wohnung und stand ihnen im Rücken, als sie die Bank in der Küche zusammenbauten. »Dass ihr mir das nur ordentlich macht.«

Die anderen beiden Stockwerke waren damals noch vermietet. Im dritten wohnte ein Mann mit Vokuhila und zwei kleinen Hunden, die ständig an seiner Tür kratzten; von innen, wenn sie nach draußen wollten, und von außen, wenn er gerade mit ihnen vom Spaziergang wiederkam und seine Suche nach dem Schlüssel ihnen zu lang wurde. Meistens verschwand er so schnell es ging in der Wohnung, war wortkarg und blickte einen durch seine dicken Brillengläser fragend an, als erkenne er einen nicht. Nur meine Mutter lächelte er an, wenn er ihr zufällig begegnete.

Im zweiten wohnte eine ältere Dame, die ihre fettigen grauen Haare mit breiten Klammern hinter die Ohren zu stecken pflegte. Sie liebte es, sich zu mir herunterzubeugen und mir mit ihren knochigen Fingern in die Wangen zu kneifen. Ich lernte schnell, ihre Schritte zu erkennen, nachdem ich ein paarmal achtlos ins Treppenhaus und ihr in die Arme gelaufen war. Wenn ich nun nach unten in den Hinterhof wollte, wartete ich zuerst hinter der Tür unserer Wohnung und horchte. Sie war so dünn, dass das Holz der Stufen kaum unter ihr nachgab, und sie ging so langsam und vorsichtig, setzte so sanft die Füße auf, dass man sie leicht überhören konnte, aber ihre trockenen Hände, die das Geländer umfassten, verrieten sie. Sie rutschten mit jedem ihrer Schritte mit, und dieses rhythmische Rascheln alter Haut auf lackiertem Holz war es, das ich hinter dem Milchglas abwartete, damit mir die Frau mit ihren blauen Lippen und dem schalen Atem bloß nicht zu nahe kam.

Der Hinterhof des Hauses war lang nicht bewirtschaftet worden. In dem kleinen Abschnitt Erde, der den linken Teil des Grundstücks einnahm, wuchs Unkraut unter einem großen Baum. Die rechte Seite war mit grauen Steinen gepflastert, die Fugen durch Flechten grün angelaufen. Meine Mutter riss nach und nach das Unkraut aus, schrubbte die Steine mit einem grobborstigen Besen und wusch mit einem nassen Lappen die Gartenmöbel ab, die jahrelang im Schuppen gestanden hatten. An den Verschraubungen setzte Rost an. Rost auch am Geländer der schmalen Veranda, die an die Wohnung im Erdgeschoss anschloss; sie bestrich ihn mit einer orangefarbenen Lösung, damit er sich nicht weiter in die Streben fraß. »Hier kannst du dann sitzen«, sagte sie zu meinem Großvater, nachdem sie zwei der gesäuberten Gartenstühle auf die Veranda gestellt und seine Hand an die Lehnen geführt hatte. »Na ja«, sagte er. Unter seinem Küchenfenster wuchs wilde Minze, das einzige Kraut, das meine Mutter stehen ließ. Sie streute Grassamen unterm Baum, die nur schwer Wurzeln fassten in der fruchtlosen schattigen Erde, und legte einen Teich an im Hochbeet, kaufte dazu eine dieser schwarzen Plastikwannen im Baumarkt, die mit ihren geschwungenen Rändern ein natürliches Gewässer nachzuahmen versuchen, verlegte eine Pumpe, die das Wasser durchwirbelte, damit sich keine Algen ansetzten, und pflanzte Sumpfblumen an seinem Ufer, denen die Dunkelheit im Hof nichts ausmachte. Stundenlang kniete sie in der Erde, und der lange Rock, den sie dabei trug, wurde fleckig; sie hatte die Ärmel ihrer Baumwollbluse hochgekrempelt, die schwarzen Haare im Nacken mit der roten Klammer zusammengesteckt.

Wenn ich gemeinsam mit ihr die Stufen wieder hoch in die Wohnung ging, in der mein Vater zwischen den Tapetenbahnen einen der Fensterrahmen abschliff, und wir der alten Frau begegneten, die uns mit ihren leichten Schritten entgegenkam und auf halber Treppe vor uns auf dem grünen Linoleum stehen blieb, da, wo sich der Putz von der Wand löste, sich zu mir herunterbeugte und sagte: »Süß bist du, eine ganz Süße«, und ich meinen Kopf abzuwenden versuchte, dann blieb meine Mutter hinter mir stehen, eine Hand auf meiner Schulter, eine in meinem Rücken, mit der sie ein Stück Haut zwischen meinen Schulterblättern fasste, zusammenkniff und drehte, damit ich freundlich war und stillhielt.

Während der Pausen, die meine Eltern sich zwischen dem Unkrautjäten, Schrubben, Tapezieren und Bodenverlegen gönnten, stand mein Vater rauchend im Hof, und meine Mutter kochte meinem Großvater Huhn vor. Sie ließ es lang im Ofen, damit es besonders weich wurde, zerpflückte es in mundgerechte Stücke und richtete sie neben einer Kelle Reis auf einem Teller an, den sie mit Frischhaltefolie überzog. Sie kochte auch Kartoffelsuppe mit Lauch und Karotten, die der Großvater aber nicht gut vertrug. Er sagte es ihr nicht, sondern erbrach die Suppe heimlich in die Toilette, sie entdeckte es erst, als sie, während er bei einem seiner Arzttermine war, durch seine Wohnung ging. Sie hatte es sich zur Aufgabe gemacht, wenigstens notdürftig zu putzen, sodass sich nicht allzu viel grober Dreck ansammelte wie im ersten Stock. Dort hatte sie sogar die Türen schrubben müssen, eine gelbgraue Schicht hatte den weißen Lack bedeckt, ebenso die Ecken der Räume, die Arbeitsplatte in der Küche und das Innere der Hängeschränke. Zum Abschluss hatte sie den Boden der Küche gebohnert, und weil er aus altem PVC war, wurde er nicht glänzender, sondern nur gefährlich rutschig. In der Wohnung meines Großvaters staubsaugte sie heimlich und achtete darauf, dass sich keine Wollmäuse hinter der Toilette sammelten. Mehr erlaubte mein Großvater nicht, weil er nicht wollte, dass sie etwas verrückte. Er hatte alle Möbel so gestellt, als wäre der Grundriss der gleiche wie im ersten Stock, auch wenn es bedeutete, dass einzelne Schränke überlappten und teilweise bis in die Türrahmen hineinragten. Er hatte schnell gelernt, sich an den Möbeln entlangzutasten, und schon bildeten seine Schritte Spurrinnen im Teppich, die meine Mutter mit dem alten rasselnden Staubsauger wieder entfernte. Als sie sich mit einem Handfeger hinter dem Sockel der Toilettenschüssel zu schaffen machen wollte, bemerkte sie es. Der Großvater hatte aufzuwischen versucht, was von der Suppe danebengegangen war, aber weil er es nicht richtig erkennen konnte, hatte er es bloß auf dem Toilettensitz verschmiert. Meine Mutter band sich das Haar zurück und zog sich Einmalhandschuhe über, bereitete einen Eimer warmer Seifenlauge und erwähnte später dem Großvater gegenüber nichts, sondern ließ von nun an nur wortlos das Gemüse weg.

»Könnten Sie uns vielleicht helfen?« Meine Mutter hatte die Rückkehr des Nachbarn mit dem Vokuhila abgepasst. Den Schlüssel schon im Schloss, wandte er sich lächelnd zu ihr um, die Hunde zu seinen Füßen kratzten energischer an der Tür und drehten sich sogar einmal kläffend im Kreis, als er noch immer nicht öffnete. Es ging um das schwere Buffet, das einzige Möbelstück, das mein Großvater meinen Eltern überlassen hatte und das sich zu zweit nicht von der Wand abrücken ließ. Etwas verwirrt sahen die Hunde dabei zu, wie er den Schlüssel wieder abzog und umkehrte, dann folgten sie ihm, mühsam hüpften sie mit klackernden Krallen die Stufen hinab, und ihr blondgraues Fell wirbelte den feinen Staub aus Lack und Holz auf, der sich im ganzen Haus verteilte, seit meine Eltern damit begonnen hatten die Fensterrahmen abzuschleifen.

Die Hunde saßen mir zu Füßen, während die drei das Möbelstück von allen Seiten befühlten, um zu prüfen, ob es ein Anheben überhaupt aushalten würde; dann fassten sie es unter den Vorsprüngen der Ablagefläche. Die Sockel lösten sich vom Boden und hinterließen dicke Staubränder auf den Dielen. Ich beugte mich hinunter zu dem kleineren der beiden Hunde, der seinen Kopf auf meinem Fuß abgelegt hatte, und begann ihm über den Kopf zu streicheln, einmal, zweimal, bis er ein Geräusch machte, das für mich wie das Schnurren einer Katze klang. Ich streichelte den Hund schneller und ausladender, weil ich glaubte, dass ihm meine Berührung gefiel. Sein Knurren wurde lauter, ich beugte mich noch tiefer hinunter, sodass ich ihm ins Gesicht sehen konnte. Plötzlich schoss er nach vorn, mit offenem Maul voran, und biss sich in meiner linken Wange fest, ich stieß einen schrillen Schrei aus, meine Eltern und der Mann ließen das Buffet fallen, das Glas der Türen schepperte, und das ganze Haus wackelte unter der Erschütterung. Der Hund ließ erst von mir ab, als der Mann zwei Schritte auf uns zu machte und etwas Unverständliches rief. Wie erstarrt stand er in der Mitte des Raums und blickte durch seine dicken Brillengläser zwischen mir und seinen Hunden hin und her.

»Es brennt nicht, es ist extra für Kinder gemacht«, sagte der behandelnde Arzt, der mein Kinn zwischen Daumen und Zeigefinger hielt und mit der anderen Hand ein pinkes Gemisch auf die Wunde unter meinem Auge tupfte. »Es wird, denke ich, nichts zurückbleiben, Kinder heilen schnell«, sagte er zu meinen Eltern gewandt. Auf der Rückfahrt von der Notaufnahme hielt ich mich von hinten an der Lehne des Fahrersitzes fest. »Schon lacht sie, schon lacht sie wieder«, sagte mein Vater. Die Schornsteine des Industrieparks zogen an uns vorbei, die Lichter glitzerten im Fluss hinter der Brücke, und die Gesichter meiner Eltern waren in der Frontscheibe schemenhaft zu erkennen, sie lächelten erleichtert.

Zu dieser Zeit war ein beständiges Grau in den Wolken, der Wind war nicht kalt und nicht warm, sanfte Böen streiften meine Wangen und verloren sich kurz darauf, wenn ich auf einem Schemel stand und den Kopf aus dem Fenster streckte. Die Straßenlaterne neben dem Haus sprang an, sobald das Tageslicht sich ins Blaue wendete. Über die Mauern der Hinterhöfe hinweg konnte ich sehen, wie in weiter Entfernung die Flugzeuge starteten, ich konnte den Strommast zwischen den Kleingärten sehen, und ich konnte hören, wie von links das Brummen des Industrieparks und die Geräusche der Wässer aus dem Fluss und der Kläranlage herüberwehten, wenn der Wind gut stand. Die Wohnung roch nach der von Sprühwasser aufgeweichten Tapete, die sich aus ihrer Starre löste, und dem feuchten Putz darunter; meine Mutter hockte in der Ecke des Wohnzimmers und zog geduldig kleine Fetzen vom Rand der Fußleiste. In der Spiegelung der Fensterscheibe betrachtete ich die weißen Pflaster unter meinem Auge. Dann sagte mein Vater einen Satz, den ich nicht vergessen habe. Seine Haare waren noch nicht grau, nur an den Schläfen bildeten sich erste Silberlinge der Art, die noch jugendlich aussehen, sein Schnurrbart war schon damals nikotingefärbt, und er hatte seine Schirmmütze auf dem Kopf wegen der Arbeiten. Er sagte den Satz zu meiner Mutter, aber er sah sie nicht an dabei, er hatte eine gute Bahn erwischt, die sich beinahe im Ganzen vom Putz ziehen ließ. Er sagte: »Du bist dir im Klaren, wir werden hier unter ständiger Beobachtung stehen.« Meine Mutter, die immer noch in der Ecke kniete, hielt kurz inne, sah auf ihre Hände und den kleinen Haufen Papier am Boden. Eine Sekunde verstrich, und noch eine. Dann sagte sie: »Ja.«

Es war mir verboten, mit Pikka und Sophia bestimmte Räume zu betreten. Dazu gehörte zuallererst die Wohnung meines Großvaters, gleich danach das Schlafzimmer meiner Eltern, in dem meine Mutter alles versteckte, was mein Vater nicht hatte wegwerfen wollen. Es reichte ihm, wenn die Sachen noch irgendwo in Reichweite waren. Meiner Mutter waren die alten Handtücher peinlich, die Elektrogeräte, für die es keine Verwendung mehr gab, die Spielzeugautos, die mein Vater als Jugendlicher gesammelt hatte und an denen er immer noch nicht vorbeigehen konnte, wenn sie irgendwo im Angebot waren. Sie versuchte der Dinge Herr zu werden, indem sie alles in durchsichtige Plastikwannen sortierte, die sie mit Post-its beschriftete, aber es kamen immer neue Kategorien dazu. In dem Regal, das sie extra dafür angeschafft hatte, gab es bald keinen Platz mehr, und die Sachen landeten wieder ungeordnet in den Schränken. Es gab sowieso nichts, was mein Vater je ernsthaft gesucht hätte. »Geht nicht dort rein«, flüsterte sie mir ins Ohr, damit Pikka und Sophia es nicht mitbekamen, und nahm extra die Hemden von der Klinke, um die Tür schließen zu können. »Es ist privat«, sagte ich zu Sophia, wenn sie fragte, wieso meine Mutter sich immer so hastig durch den Spalt drängte, und Sophia nickte verständnisvoll, als gäbe es hinter der Tür statt Wannen voll Schrott bloß Morgenmäntel und gebügelte Bettwäsche.

Mein Vater wurde unruhig, wenn er nicht einmal die Woche einkaufen ging, und meine Mutter hatte es aufgegeben, ihn davon zu überzeugen, dass sie schon das Richtige besorgen würde. Er wurde fahrig, wenn die Schränke nicht voll waren, blickte sich um, als stünden die Wände plötzlich unsicher. »Brauchen Brot«, sagte er, es klang weinerlich, wie der Vorwurf eines Kindes, und es spielte keine Rolle, ob noch Brot da war oder nicht. Mein Vater stand vor den Auslagen des Großmarkts, betrachtete ausführlich die Badvorleger, verramschten Taschenbücher und Küchenutensilien. Er bestellte an der Fleischtheke Gelbwurst und Blutwurst und Gemüsepastete, und es durfte immer »etwas mehr sein«. Auf dem Weg zur Kasse kam er durch den Gang mit der heruntergesetzten Weihnachtsdekoration und packte einen Elch aus Porzellan in den Wagen, weil er nur einen Euro kostete, außerdem drei Kerzenstumpen, und in der Kleiderabteilung nahm er einen Pullover von der Stange, hielt ihn mir am ausgestreckten Arm vor die Brust und beschloss, dass er mir schon passen würde. Bei alldem hatte er einen leidenden Ausdruck im Gesicht, als könnte er sich nicht dagegen wehren. Er griff Zerbrochenes aus den untersten Schichten der Wühlkisten und erspähte die kaputten Waren in den hinteren Ecken der Regale, hielt sie lang in den Händen und legte sie in den Wagen, als wollte er sie retten, als könnte er etwas an ihnen ausrichten, wenn er sie nach Hause brachte und in eine Decke schlug wie kleine Lebewesen, aber nie schlug er wirklich etwas in eine Decke oder flickte es zusammen, sondern das meiste staubte ein, bald nachdem er es aus den Taschen genommen hatte. Heimlich räumte meine Mutter manches in den Keller, auch dort war nicht mehr viel Platz, auch dort lagerten Dinge, denen gegenüber sich erst mein Großvater und dann mein Vater nicht hatte herzlos zeigen wollen. Der Keller war geschnitten wie eine weitere Wohnung des Hauses, mit einem Flur und einzelnen Zimmern, aber die Wände und der Boden waren aus feuchtem Stein, überzogen mit einer dicken Schicht dunkelbraunem Schmutz aus Kohle, Staub und Sägespänen. Ein Raum war bis zur Decke angefüllt mit Holz, das früher zum Heizen benutzt worden war, jetzt wohnten nur Mäuse darin, ein Raum mit vergilbten Getränkekartons, und einer hatte eine rostige Luftschutztür aus Kriegszeiten, hinter der drei alte Heizkörper lagerten. »Dafür gibt's Geld beim Schrotthändler«, sagte mein Vater, jedes Mal wenn meine Mutter vorschlug, sie zu entsorgen. In alten Waschmittelfässern aus Pappe stapelten sich Puppenkleider, und in einem Regal standen Vaters alte Schlittschuhe. Meine Mutter stellte nach und nach seine Mitbringsel dazu, einzelne Modelltraktoren und -LKWs, mein Vater bemerkte es nie, und auch der Elch würde sich bald dazugesellen.

Die Lebensmittel verstaute mein Vater in dem hohen Küchenschrank, der beim Aufziehen quietschte, zwei Löcher im Furnier, weil der Knauf irgendwann abgefallen war und mein Vater zwar einen neuen gekauft, ihn aber nicht angeschraubt hatte. Er zog an der oberen Ecke der Tür, stieß mit der Fußspitze an den unteren Rahmen, die Krümel und der Staub, die sich dort angesammelt hatten, knirschten unter seinen Sohlen. Er schob Grieß- und Paniermehlpackungen in Plastiktüten herum und Gläser mit Kirschen und Gurken; an der Innenseite der Schranktür hing ein klebriges Stück Pappe, das übersät war mit hellbraunen, pudrigen Lebensmittelmotten.

Sophia und ich waren damals überzeugt, dass es uns möglich wäre, das Fliegen zu lernen. Wir waren regelrecht besessen von Vampiren, Hexen und Geistern. Sophia besaß eine Bibi-Blocksberg-Spielfigur, die sie stets in einem neongelben

Brustbeutel mit sich herumtrug, ich einen Donald Duck aus einem Überraschungsei, von dem ich so tat, als sei auch er eine Hexe. Pikka konnte unserer Begeisterung nichts abgewinnen, und schüttelte immer nur gelangweilt den Kopf, wenn wir mit den Figuren spielten.

Wir vertrieben uns die Zeit im Hinterhof, zeichneten mit Straßenkreide Muster an den Schuppen, hockten uns auf den Boden, um Ameisenstraßen zu beobachten, versteckten uns hinter dem Baum, dort, wo nichts wuchs, weil kein Licht einfiel und nur eine Schicht schwarzer Erde den Boden bedeckte, in die wir mit den Schuhsohlen einsanken, während Mücken uns die Arme zerstachen. Es gab nichts zu erleben bei mir zu Hause. Es gab keine Süßigkeiten, die Sophia und Pikka mochten (nur harte Kaugummis, oben im Küchenschrank), es gab keine Schaukel im Hinterhof oder sonst etwas, was sich zum Spielen geeignet hätte, wir ließen nur immer wieder einen Flummi springen. »Wenn wir in die Schule kommen«, sagte Sophia – es waren nur noch ein paar Wochen, und Wochen waren ein Zeitraum, den ich kaum überblicken konnte –, »dann kann ich schon ein bisschen schreiben.« Ihre Mutter brachte ihr einzelne Wörter bei. Als ich meine darum bat, sagte sie, ich würde mich später im Unterricht langweilen. Sie buchstabierte mir nur meinen Namen, der außerhalb der Wohnung einen anderen Klang hatte als drinnen, den sie draußen mit langem I aussprach, hölzern und bedacht darauf, dass niemand Verdacht schöpfte.

»Ist das etwas Türkisches?«, fragte Sophia, als wir durchs Treppenhaus liefen, und zeigte auf einen Wandteppich, den meine Mutter über eine unverputzte Stelle neben Großvaters Tür gehängt hatte, wobei sie das *sch* als *ch* aussprach – *türkiches* –, als mache sie sich sonst die Zunge daran schmutzig.

Auf den Schaukeln am Fluss waren wir stundenlang damit beschäftigt, Schwung zu holen und am höchsten Punkt abzuspringen, in der Hoffnung, der kurze Moment, in dem wir in der Luft standen, möge sich verlängern. Pikka beobachtete uns dabei, etwas abseits an die Streben des Klettergerüsts gelehnt, die Hände in den Hosentaschen. »Fliegen kann man nicht lernen«, rief er uns zu. »Entweder man kann es, oder man kann es nicht!« Sophia sagte, sie habe es ein paarmal schon beinahe geschafft, während ihrer Voltigierstunden in der Reithalle am Hügel. Es habe beinahe funktioniert, als sie sich auf den Rücken des Pferdes gestellt hatte, die Hände an den Griffen des weißen Voltigiersattels, den sie langsam losließ, um die Arme zur Seite zu strecken, ganz auf den Rhythmus des Galopps abgestimmt. Wir stießen unsere Hacken in die groben Steinchen, mit denen der Boden unter den Schaukeln aufgeschüttet war, und liefen den Sandweg entlang bis zu den Pollern vor *Conny's Eck*. Ab dem frühen Nachmittag standen dort ältere Männer in zu großen Jacken, die sie auch an Sommertagen trugen. An einem Stehtisch tranken sie Herrengedecke, der Geruch ihrer billigen Zigarillos bildete eine dicke Wolke um sie, und wenn man nicht aufpasste, riefen sie einem einen Spruch hinterher. Jetzt, zur Mittagszeit, war die Kneipe geschlossen, und der heruntergelassene braune Rollladen wölbte sich nach außen, als lehne jemand von innen mit rundem Rücken dagegen. »Traust du dich?«, flüsterte Pikka mir zu, er machte eine Mutprobe daraus, wer es wagte, gegen die Beule zu drücken und damit womöglich einen Betrunkenen zu wecken, der in unserer Vorstellung eingeschlafen und gegen die Jalousie gesunken war. Gemeinsam stemmten wir unsere Handflächen gegen den Widerstand, und dann liefen wir atemlos unter Gelächter die Straße hoch. Wir liefen zum Hügel, liefen über die Flusswiese, aber nie zu nah ans Wasser, wie es uns eingebläut worden war. Wenn große Frachter kamen, schlugen die Bugwellen an die Wackersteine, holten Schwung, und wenn die Schiffe schon längst die Schleuse passiert hatten, spritzten sie weit ans Ufer. Wir machten uns einen Spaß daraus, kreischend vor den Fontänen davonzulaufen und den Leuten auf den Motorbooten zu winken, die mit hoher Geschwindigkeit an uns vorbeifuhren, so schnell, dass es aussah, als schwebten sie übers Wasser. Die Wellen, die diese Boote verursachten, waren nur ein leises Plätschern zwischen den Steinen.

Wenn man vom Spielplatz dem wilden Pfad folgte, der parallel zur Brückenauffahrt unter Bäumen verlief, gelangte man zu Sophias Haus. Es lag am Ende einer Spielstraße, die kaum befahren war. Einfamilienhäuser reihten sich mit Sicherheitsabstand aneinander, Zier- und Obstbäume, Carports und Stauden bestimmten die Gärten. Sophias Haus war weiß getüncht und die Fenster in leuchtendem Rot umrandet.

Sophias Mutter kam leise die Treppe herunter. Bei jedem Schritt schob sie mit einer eingeübten Bewegung die birnenhaften Hüften nach vorn, aus denen trotz aller Weichheit eine Festigkeit im Leben sprach: die Abende beim Volleyball, die sie sich schon in ihren frühen Zwanzigern angewöhnt hatte, die Vorliebe für dunkles Brot. Sie trug Pullover aus melierter Wolle und eine Brille mit roten Metallbügeln, zwei dünne Stege über der Nasenwurzel, kein Rand um die Gläser. Ein dünner blonder Pony, den sie mit einer Rundbürste föhnte, die Haarspitzen berührten die Augenbrauen, und wenn sie den Kopf drehte, wackelten die Strähnen hin und her. In der Ecke des Treppenabsatzes stand eine Glasschale mit Schwimmkerzen, in die sie im Vorbeigehen einen prüfenden Blick warf.

Im Badezimmer gab es zwei Waschbecken, auf der Seite der Mutter stand ein Seifenspender aus Glas und Edelstahl, sonst nichts; an der Wand war ein zusätzlicher Vergrößerungsspiegel befestigt. Alles andere hatte sie in den Schubladen darunter verstaut. Flache Plastikschalen teilten die Fächer auf, ihre Zahnbürste legte sie in ein längliches Abteil, daneben, in einer anderen Schale, die Gesichtscremes für Tag und Nacht; Zahnseide, Abschminkpads, eine Reinigungsmilch aus derselben Serie wie die Cremes. Ganz oben bewahrte sie ihre Schminke auf. Die Lippenstifte in schwarzen Hülsen, abgegriffen und ein bisschen verkratzt von den Schlüsseln in den Handtaschen, in die Sophias Mutter sie tagsüber warf; Goldränder zwischen schwarz und schwarz. Alle hatten die gleichen Abnutzungsspuren, eine scharf zulaufende und zerbrechlich wirkende Spitze in der Mitte, weil sie Ober- und Unterlippe gleichzeitig bemalte, indem sie die Spitze zwischen die Lippen klemmte. Gepresste Puder in hellem Beige, durch die schon der Boden der Pfännchen durchschien; Lidschattenpaletten, dessen hell- und dunkelbraune Farben am meisten benutzt wurden, die blaue nur gelegentlich; metallisch glänzende Tuben, schon halb ausgepresst, von denen ich nicht wusste, wozu man sie benutzte. Aus alldem sprach ein sicheres Frausein, aus der Kosmetikschublade und aus ihren Taschen aus Leder, den Stiefeln, die sie im Winter trug und die aussahen wie mit Bedacht aus dem Regal eines populären Schuhgeschäfts gezogen, das nur ich nicht kannte; schlichte Stiefel mit Absatz, die sie noch größer machten und ihren Gang nicht beeinträchtigten, es blieb dasselbe konzentrierte Hervorschieben der Hüften. Ein Paar klassische Stiefel, durch die sie aufgenommen war in eine Reihe bürgerlicher Leben, mit ein paar generationsbedingten Besonderheiten: der abgeschlossenen Bankausbildung, bei der sie ein Seidentuch hatte tragen müssen und mit den Fingern über feuchte orangefarbene Kissen gefahren war, bevor sie die Geldscheine abzählte; Leute, die vor der Glasscheibe ihres Schalters standen, ihr dabei zusahen und sie für seriös hielten, für jemanden, der man in finanziellen Angelegenheiten vertrauen konnte. »Damals in der Bank«, fing sie manchmal einen Satz an und schloss mit einem Erfahrungswissen, das sie unterscheiden sollte von den anderen Hausfrauen in der Straße. Eine forsche Disziplin, die sie dort gelernt hatte und mit der sie morgens alle Handgriffe ausführte, die Pausenbrote schmierte, wenn ich bei Sophia übernachtet hatte, das Tee- und Kaffeewasser aufsetzte (Tee für den Mann, Kaffee für sie); die schnellen Mascarastriche, mit denen sie ihre Wimpern tuschte, bevor sie uns zur Schule brachte. Ein fliehendes Kinn, das ihr bei alldem einen Ausdruck rührender Arglosigkeit verlieh.

»Es muss nicht immer alles Geld kosten«, hatte meine Mutter einmal zu ihr gesagt, und Sophias Mutter hatte ungläubig die Augen geweitet, denn natürlich musste es Geld kosten, das Ballett, die Reitstunden, eine umfassende Bildung, wie sie es nannte, konnte man nicht erreichen, indem man die Kinder zu den Brombeerhecken am Fluss schickte. Sophias Mutter schien im Gegensatz zu meiner einen Plan zu haben, den sie nicht bewusst bedenken musste und der sie trotzdem in allem lenkte. Er hatte sie in dieses Einfamilienhaus gebracht, in eine glückliche Ehe, zu immer glatt rasierten Beinen, zu dem Zierrasen, über dem ein Regenbogen stand, wenn die Sprinklermaschine frühmorgens einen feinen Schauer versprühte. In diesem eingefassten Garten befand sich das Paradies, und es wurde nicht berührt von den Kühltürmen, die hinter der äußeren Hecke aufragten; Sophias Mutter blendete sie einfach aus. Sie gehörten ganz selbstverständlich zur Kulisse des Orts, sie waren schon immer da gewesen, aber mit ihr hatten sie nichts zu tun, so wenig wie ihr Garten mit seinen penibel errechneten Bewässerungszeiten mit dem eingezäunten Industriepark, wo die Kohleberge mit plumpem Wasserstrahl vor der Selbstentzündung geschützt wurden.

Ich blickte in die Badezimmerschublade von Sophias Mutter und sah, dass sie wusste, was Ordnung war, was Qualität war, was ein Stil war, der allgemein als ansprechend bezeichnet werden konnte – wie die perfekte Wassertemperatur zwischen warm und kalt. Sie kaufte Sophia zum Schulbeginn einen pinken *Scout*-Ranzen, auf dem zwischen Blumenbouquets verschiedene Mädchennamen standen, neben *Anna*, *Julia*, *Sabrina*, *Sandra* auch *Sophia*, in runden weißen Lettern, und ich wollte den gleichen haben, obwohl mein Name nicht dabei war, wie er nie irgendwo dabei war, nicht bei den Schlüsselanhängern und Nummernschildern aus dem Kaufhaus, nicht mal bei den Namenstassen, die mein Großvater für jedes Familienmitglied im Schrank stehen hatte. Es war ein geheimer Name, dessen Klang mich in der Außenwelt in Schmutz verwandelt hätte. Auf unzählige Notizzettel hatte ich ihn gezeichnet, auf die Löschblätter meiner neuen Schulhefte, deren Seiten mit Großlineaturen bedruckt waren und in denen ich später jeden Buchstaben des Alphabets endlos wiederholen sollte, um ihn mir einzuprägen. Das l wurde zu einer langen Kette von Schleifen.

Meine Mutter schoss ein Foto von mir mit dem neuen Rucksack auf dem Rücken, in einem Arm hielt ich die Schultüte, den anderen streckte ich triumphierend in die Höhe, und die Sonne schien auf die Lücke in meinem Mund, wo mir vor kurzem die Schneidezähne ausgefallen waren.

»Es gibt ein Mädchen in dieser Klasse, das so heißt wie

unsere Freundin aus dem Lesebuch«, sagte die Lehrerin am ersten Schultag. »Könnt ihr erraten, wer es ist?«

Ich dachte allen Ernstes für einen kurzen Moment *vielleicht bin ich es*, mit einer naiven Hoffnung, bevor sie mit dem Finger auf Sophia zeigte. Diese wurde rot über die Aufmerksamkeit und lächelte die Lehrerin schüchtern an, strich sich die Haare hinter die Ohren und sah auf den wachsigen Umschlag des Buchs, aus dem wir unsere ersten Buchstaben lernen sollten.

Ich hatte schon früh den Verdacht, dass die Arglosigkeit ihrer Mutter auf Sophia abgefärbt hatte und dass meine Unwissenheit etwas ganz anderes war. Es lag nichts Liebenswürdiges darin, es handelte sich um eine tiefsitzende Verunsicherung, die weiter ging als bei allen anderen Mädchen und etwas damit zu tun hatte, dass ich keinen Namen hatte, der in einem Lesebuch oder auf einem Schulranzen stand. Meine Unwissenheit war nichts, was weitläufig akzeptiert war und oft sogar begrüßt wurde – ein schmaler Grat, den Sophia schon als Kind zu navigieren wusste. Sie war nicht so, dass man Verständnis für »meine Schwächen in Mathe« gehabt hätte, weil »meine Stärken eben woanders« lägen, oder dass man über meine niedlichen Schwierigkeiten, im Sachkundeunterricht den Stromkreislauf zu verstehen, gelächelt hätte. Ich konnte am Vier-Ecken-Rechnen teilnehmen, dem Lieblingsspiel der Klasse (wer zuerst die richtige Antwort auf eine von der Lehrerin gestellte Aufgabe rief, durfte eine Ecke weiter rücken), und ich sagte die Antwort, aber ich war nicht laut genug und blieb bis zum Ende des Spiels in der Ecke stehen, in die ich zuerst gestellt worden war.

Es war eine Unwissenheit, die weit hineinreichte in meine Vergangenheit, weit über den Zeitpunkt meiner Geburt hinaus, die gekoppelt war an helle staubige Straßen an Berghängen entlang, die ich noch nie im Leben gesehen hatte, die aber meinem Aderlauf entsprachen, die Luft klar, aber in der Mittagshitze drückend; eng stehende Augen und ein flacher Hinterkopf, weil man mich als Kind zu lang auf dem Rücken hatte liegen lassen.

Ich konnte die Sprache meiner Mutter nicht sprechen, aber das galt nicht. Jeden Mittwochnachmittag schickte sie mich zum Schreibunterricht. Er fand im Keller der Schule statt für ein paar ausgewählte Kinder, die alle über die Scherze des Lehrers lachten, ich verstand sie nicht, aber ich lachte mit, aus Verlegenheit. Ich war die Einzige, die ratlos Kringel auf das linierte Papier zeichnete, als wären die Buchstaben Hieroglyphen. Wenn ich meinen Namen sagte, berichtigte der Lehrer meine Aussprache.

Es war die Zeit, in der das Comedyduo *Mundstuhl* die Figuren Dragan und Alder erfand, deren Witz daraus entsprang, dass sie dumm waren. Es war die Zeit, in der Häuser brannten, wovon ich nichts mitbekam, weil meine Mutter die Nachrichten abschaltete, wenn ich dabei war. Es war die Zeit, in der alles ein unbegreiflicher Ekel war, der wortlos in mir gärte. Es war die Zeit, in der ich mit meiner Mutter im Auto saß und sie fragte, was eine Schmiererei an der Ortsausfahrt bedeutete, am westlichen Tor des Industrieparks, von wo aus man kilometerweit nichts als geschwungene Röhren sehen konnte, Schornsteine und verwinkelte Straßenzüge, durch den Fluss geteilt. Meine Mutter sagte, sie wolle es mir nicht übersetzen, es sei nichts, was ein Kind zu wissen brauche.

»Wir könnten fliegen lernen«, flüsterte mir Sophia ins Ohr, als im Sportunterricht Turnen an der Reihe war und die Lehrerin die Holzringe von der Decke ließ, an denen man sich auf weiter Flugbahn hin- und herschwingen konnte. Auf Socken trat ich von den als Sturzdämpfer ausgelegten blauen Matten auf das glatte Holz des Hallenbodens und holte mir die Erlaubnis, auf die Toilette zu gehen. Ich lief über die Fliesen der stillgelegten Duschen, in der Umkleide lagen die Sachen der anderen Mädchen verstreut auf den Bänken. Ich trat an Sophias Platz und nahm ihren Turnbeutel vom Haken, es war das passende Modell zu unseren pinken Rucksäcken. Darunter hing der Brustbeutel mit der kleinen Hexe. Ich verstaute sie im hintersten Fach meines Ranzens unter den Deutsch- und Matheheftern und lief auf meinen rutschenden Socken zurück in die Halle, an der Bühne vorbei, die während des Unterrichts mit roten Vorhängen verschlossen war. Sophia flog an den Ringen durch die Luft, und ihre mit silbernen Pailletten bestickten Turnschläppchen, die sie auch beim Voltigieren trug, glitzerten.

Als wir nach der Stunde aus der Halle kamen, regnete es. Wir hielten die Jacken über unsere Köpfe und rannten den Bürgersteig neben der Hauptstraße hoch, bis wir zu einem Zierbaum kamen, der über den Zaun eines Vorgartens hinauswuchs und ein kleines Dach bildete, dort warteten wir den Regen ab. Sophia griff nach ihrem gelben Beutel, und ihre Augen weiteten sich erschrocken, als sie fühlte, dass die Spielfigur nicht darin war.

Abends, in meinen Decken liegend, holte ich sie hervor, und im weißen Licht der Laterne, das durchs Fenster an der gegenüberliegenden Wand bis auf mein Bett fiel, warf die Hexe Schatten in meiner hohlen Hand, bis ich einschlief.

Ich trug den pinken Rucksack über den Schulhof, der mit Kastanien eingefasst und deshalb im Sommer kühl war, beschattet durch die großen Baumkronen, ich trug ihn in die kalten Toilettenkabinen, deren Bodenfliesen immer bedeckt waren mit Spielsand und Erde und vertrockneten Insekten. Es gab nie Toilettenpapier, und der Händetrockner ging nicht. Ich trug ihn über das Linoleum der Gänge, jedes Jahr ein Stockwerk höher, die Metapher der Lehrerin im Kopf, die Bildung als ein Haus beschrieb; es brauche ein gutes Fundament, sagte sie, sonst seien die oberen Stockwerke nicht sicher. Jede Stelle des Rucksacks, an der Sophias Name stand, hatte ich mit blauer Tinte unterstrichen.

Wenn ich meine Mutter nach ihrer Vergangenheit fragte, klangen ihre Antworten wie ein Märchen: »Ich komme von weit her, aus einem kleinen Dorf am Meer, es liegt in den Bergen, und die Berge beugen sich zum Strand. Es gibt nur enge staubige Straßen, die zum Meer führen, und die Leute haben keine Autos, sondern Esel, sie treiben ihre Schafe durch die Straßen, sie laufen mit Sackkarren voll Wasser; es gibt kein gutes Wasser im Dorf, man muss es kaufen. Wasser zu verkaufen war die erste Arbeit meines Bruders. Wir haben in einem kleinen Haus gewohnt, ich und meine fünf Geschwister, aber alle sind früh ausgezogen, sie waren viel älter als ich. Ich hatte deshalb ein eigenes Zimmer, ein Luxus. Es gab ein Bett in dem Zimmer und einen kleinen Tisch. Morgens früh weckte uns der Ruf des Muezzins, und wer freitags nicht in die Moschee ging, über den wurde geredet. Ich mochte es dort, es war kühl, und man konnte so viel Tee trinken, wie man wollte; ich mochte es dort, es war ein erlaubtes Versteck. Die Hühner laufen frei auf den Straßen herum, und im Sommer fallen Maulbeeren von den Bäumen. Es gibt auch hier am Fluss einen dieser Bäume, ist er dir schon mal aufgefallen? Er steht nur wenige Meter vom Hügel entfernt. Hier weiß niemand, dass man die Beeren essen kann, sie liegen im Sommer zertreten um den Baum, schwarze Flecke überall. Nur die Brombeeren sammeln sie hier, aber mich erinnern die Maulbeeren an früher, als ich jung war. Jeden Tag habe ich auf dem Boden gesessen und das Essen vorbereitet, ich habe Weinblätter gerollt mit Pinienkernen und Reis und Rosinen darin, stundenlang. Im Herbst habe ich Gemüse eingelegt. Bei uns sagt man, in ein Haus, in dem dieses Gemüse gegessen wird, muss kein Arzt kommen; und es stimmt, zu uns musste nie ein Arzt kommen. Die meisten in meiner Familie sind über hundert Jahre alt geworden. Auch du und ich werden über hundert Jahre alt werden. Es liegt daran, dass meine Mutter einen Zauberspruch an die Dschinn gerichtet hat, und die Dschinn haben ihr gehorcht, sie war eine Weise, sie hat den Dschinn gesagt: Beschützt meine Familie, niemand soll ein böses Auge machen, und die Dschinn beschützen uns seitdem; weil niemand uns böse anguckt, bekommen wir keine Krankheiten. Zusammen mit dem Gemüse und der Meeresluft, sie fehlt hier, aber das macht nichts, die Dschinn beschützen dich, sie bringen das Meer zu dir, auch wenn du es nicht siehst. Nachts sitzen sie um dein Bett, aber du musst keine Angst haben, du kannst sie nicht sehen, sie halten Wache, damit du ruhig schlafen kannst, alle bösen Geister halten sie von deinem Bett fern. Wo ich herkomme, glauben wir daran, für alles gibt es Geister, für das Meer und die Beeren und die staubigen Straßen in den Bergen. Ich habe es geliebt, mein Dorf, aber ich habe mich auch gefragt, ob das alles ist. Soll ich mein Leben lang nur das sehen, habe ich mich gefragt. Es ist schön, aber soll es alles sein, auf dem meine Augen die ganzen hundert Jahre ruhen sollen.«

Sie hörte Dinge, die nicht da waren, das war ihr Zeichen. »Muss langsamer machen«, sagte sie; mit dem Arbeiten, mit der Wäsche, mit den Tellern, die sie aus dem Wohnzimmer holte. »Muss mich beruhigen«; sich Strategien suchen, um Ruhe zu bewahren, den Blutdruck zu senken, sich eine Tabelle über den Cholesteringehalt verschiedener Lebensmittel an den Küchenschrank hängen (die sie dann doch nicht beachtete). Sich schöne Gedanken machen, damit sie einschlafen konnte. »Ich stelle mir Pudding vor«, sagte sie. »Muss mich schützen«; die Tür einen Spaltbreit offen lassen, damit mein Vater sich versichert sah, immer hineingehen zu können, wenn er wollte; es war die beste Vorkehrung dagegen, dass er wirklich ins Zimmer kam. Sonst hämmerte er an die Tür, trat mit dem Fuß gegen den Rahmen und rief: »Lass mich rein!« Sie hörte ein Piepen im rechten Ohr und Geräusche »wie zerknülltes Papier oder wenn ganz nah einer raschelt mit altem Laub«. Selbst den Sirenenalarm des Industrieparks hielt sie manchmal für etwas in ihrem Ohr, und ich musste ihr sagen, was zu tun war, wie ich es in der Schule gelernt hatte. »Das ist nur eine Übung«, sagte ich. Ich erkannte es an dem blechernen und etwas leiernden Entwarnungston, der zuerst aktiviert wurde. »Was ist eine Übung?«, fragte sie. »Die Sirenen.« »Ach, das sind wirklich Sirenen«, sagte sie und ihr Blick, der nervös auf ihren Händen hin und her geirrt war, entspannte sich. »Wir müssten jetzt die Fenster schließen, wenn es echt wäre«, sagte ich. Der Ton schwoll an und wieder ab.

Wir übten den Chemieunfall, wie wir auch den Feueralarm übten. Alle paar Monate schickte der Park sein Dröhnen durch den Ort wie ein Riese mit rundem, weit offen stehendem Mund. Wann, wurde vorher nicht bekanntgegeben, um eine möglichst authentische Situation zu schaffen. Einmal ertönte die Sirene mitten in der großen Pause, während Sophia mir in einer Traube aus Kindern Klatschspiele zeigte. Hinter uns staksten ein paar auf Eimerstelzen vorbei, ein Stück weiter flogen Softbälle durch die Luft. Der Ton erklang, und obwohl allen in den ersten Sekunden klarwurde, dass es nur eine Übung war, kam Bewegung in die Kinder;

das Stimmengewirr wurde lauter. Sophia und ich verloren uns aus den Augen, und dann stand ich vor einem blonden Jungen aus einer der höheren Klassen; er zog die Augen zu zwei schmalen Schlitzen zusammen. »Was glotzt du so dumm«, fragte er, und ich wendete den Kopf ab. »Eins von diesen Kellerkindern«, hörte ich ihn hinter mir sagen, als ich loslaufen wollte, um den anderen zu folgen, die zum Eingang des Schulgebäudes drängten. »Von diesen Kellerkindern«, hörte ich und dann noch ein Wort, das auch mit K begann, aber ein anderes, dann ein harter Stoß in den Rücken, der näher kommende graue Asphalt, dann nichts. Dann lange, obwohl lange das falsche Wort ist, weil die Zeit aus den Angeln gehoben war, nichts.

Als ich den Kopf hob, war der Schulhof leer. Ich sah, wie die Flügeltüren des Schulgebäudes aufgingen und zwei ältere Mädchen mit Zetteln in den Händen heraustraten. Als sie mich in der Mitte des Schulhofs liegen sahen, begannen sie zu rennen; sie griffen mich links und rechts an den Armen und hievten mich hoch. Der Alarm war vorbei, und der Unterricht hatte längst begonnen.

Ich lehnte über dem Waschbecken, und Blut lief mir aus der Nase, meine Handgelenke lagen schwer auf dem Beckenrand, und meine Hände hingen schlaff über der weißen Emaille, kalt und blau gefleckt. »Ein Unfall«, sagte die Schulkrankenschwester, »nichts passiert«, und ließ ihre Finger über mein Gesicht wandern, da, wo es auf den Boden geschlagen war; am linken Wangenknochen und am Nasenrücken eine Abschürfung und eine Schwellung, die sich minütlich vergrößerte, die Haut spannte so, dass sie das Licht reflektierte und es aussah, als wäre sie nass.

»Ein Unfall«, sagte die Lehrerin zu meiner Mutter. Ein Unfall, und ein unglücklicher Zufall mit dem Probealarm.

»Die Kinder rennen, ohne sich einmal umzusehen«, da müsse man noch üben (dafür seien die Proben ja da, damit im Ernstfall Ruhe herrsche). »Und sie«, sagte die Lehrerin und zeigte auf mich, mein geschwollenes Gesicht, »sie ist ja auch etwas schmächtig.« Ich könne mich nicht so gut durchsetzen, das sei ihr schon aufgefallen, ich hätte ein dünnes Fell, »vielleicht ein dickeres wachsen lassen«, sie würde sich da keine Sorgen machen, was die anderen beträfe, es gäbe eben Raufereien, das sei Teil der Entwicklung, die Kinder in dem Alter durchmachten, und dazu käme, dass ich eher mal untergehen würde im Tumult, »mit dem dünnen Stimmchen, mal lauter werden, mal ein bisschen robuster werden, hm? Sie ist etwas sehr sensibel«, sagte die Lehrerin und beugte sich dabei zu mir herunter.

Ich sagte meiner Mutter auf dem Heimweg, welches Wort ich gehört hatte, kurz vor dem Stoß. Ich fragte, was es bedeutete, und sie sagte, dass das nicht sein könne, dass unmöglich ich damit gemeint sein konnte. »Es ist ein Schimpfwort«, sagte sie. »Aber du kannst nicht gemeint sein. Du bist Deutsche.«

»Es liegt daran, dass ich zu sensibel bin«, sagte ich von da an, »man muss sich ein dickes Fell wachsen lassen«, mit einem erwachsenen Gesichtsausdruck, so als wüsste ich, wie das ginge, so als hätte ich eine genaue Vorstellung davon, wie es auszusehen hätte, ein Fell, das man sich wachsen lassen konnte und von dem die Stöße in den Rücken abprallen würden wie nichts.

Meine Mutter hörte nachts einen LKW durch die Wand kommen. »Das war ein richtiger Krach«, sagte sie, »so als wäre direkt neben meinem Kopf etwas Großes zusammengestürzt.«

Sie lag unter weißem Bettzeug mit gelben Nadelstreifen in einem Krankenzimmer und sah mich mit dem gleichen Lächeln an, das sie an manchen Morgen hatte, wenn das Glas schon zusammengefegt und mein Vater längst mit seiner Arbeitstasche verschwunden war. »Ist nichts Schlimmes«, sagte sie, »bin bald wieder zu Hause.«

Das ganze Leben meines Vaters war eine einzige Ersatzhandlung. Er hortete Zeitungen und Konserven, sammelte Prospekte, die vor Monaten eingeschweißt in dünnes Plastik im Briefkasten gelegen hatten und von denen täglich neue hinzukamen. Jede Fernsehzeitung hob er auf; sie waren adressiert an seine Mutter, die ich nie kennengelernt hatte.

Er hatte mit sechzehn angefangen zu arbeiten, etwas anderes, ein eigenes Wollen, war für ihn nicht denkbar gewesen. Das Wort *Wunsch* war verboten, es gehörte in die Welt der Groschenromane, die seine Mutter im Zeitschriftenladen in der Ortsmitte kaufte, wenn sie Geld übrig hatte vom Putzen. Wünsche waren eine Sache der anderen, der Sentimentalen (der Frauen) oder derer, die es sich leisten konnten. Man durfte zu keiner Bürde für die Familie werden, indem man etwas wollte. Man benahm sich, als wäre man immer noch gefangen in einer Zeit, in der Selbstbeschränkung notwendig gewesen war; der Schuppen im Hinterhof noch ein Schweinestall, der Reitverein am Hügel noch eine Landwirtschaft mit bestellten Kartoffelfeldern; Hühner in den leeren Straßen, der Industriepark noch nicht aus dem Boden gestampft. Dabei lag seine Jugend in den Sechzigern und Siebzigern, in denen man gut Geld verdienen konnte, dank des Aufschwungs, der die ganzen Entbehrungen der Jahrzehnte davor (und auch die Gründe der Entbehrungen) vergessen machte. Mein Vater erinnerte sich, dass es plötzlich Abgase in der Luft gab. »Ich weiß noch, auf dem Weg zur Schule, der ganze Ruß«, sagte er, »und überall Trümmer, die lang nicht geräumt wurden«. Ein bestimmter Lehrer, schon älter und *alter Schule*, bevorzugte ihn, weil er wusste, dass er aus einer *aufrechten* Familie kam. Die beschämten Augen meines Vaters, wenn er über diesen Lehrer sprach.

Stille über dem Eigentlichen, über den Regalen, die man nun imstande war zu füllen; dass man sich die Zimmer nicht mehr teilen musste mit Geflüchteten oder Ausgebombten. »Ausgebombt«, ein Wort, das mein Vater und mein Großvater benutzten wie einen Schlusspunkt. Ein anderes war »im Krieg«. Es war alles gesagt damit. »Wir haben immer viele Ausflüge gemacht«, sagte mein Vater, wenn ich ihn nach seiner Kindheit fragte, schob die Ärmel hoch, schob etwas auf dem Tisch herum.

Er war der Erste in der Familie, der aufs Gymnasium hätte gehen können, aber er war nur einen Tag dort gewesen und gleich wieder zurückgekommen. »Das ist nix für mich«, hatte er zu seinem Vater gesagt, der verständnisvoll genickt hatte und erleichtert war, weil es auch für ihn nichts war. Wehrdienst für fünfzehn Monate. Dann Lehre in derselben Firma wie sein Vater im Industriepark, die zwischen den Generationen und Staatsformen den Namen gewechselt hatte. Sein Kinderzimmer am Ende des Flurs (das spätere Schlafzimmer meiner Mutter), das sich in ein Jugendzimmer verwandelte, die Sammlung an *Fünf-Freunde*-Bänden, zu denen nun Lehrbücher über Werkstoffkunde hinzukamen. Im Flur das Foto seines Großvaters (meines Urgroßvaters) in Wehrmachtuniform. »Der ist ja nicht zurückgekommen« – als handelte es sich um eine weit entfernte Geschichte oder ein bezugsloses Ereignis. »Es war normal.«

Von seiner Mutter gab es kein Bild. Von seiner Mutter nur ein paar Groschenhefte und den Namen auf dem Adressaufkleber der Fernsehzeitung.

Ich stellte mir die beiden am Küchentisch vor, müde nach der Arbeit. Manchmal sagte mein Vater etwas, und der Großvater antwortete ihm mit einem gebellten »Achjo!«, dann sagte er nichts mehr. Sein Zimmer war umstellt von Schränken, in denen er jede Hose und jedes Oberteil aufhob, das er je getragen hatte; alle Unterhemden, die ihm zu klein geworden waren, und Handtücher, immer diese Handtücher, die vom Verschleiß schon beinahe durchsichtig waren und als Motive Teekannen und Enten hatten. Im Zimmer selbst ein weiterer Schrank mit *den guten Hemden*, den er nie öffnete und aus dem der süße Geruch von Mottenkugeln drang. Das Bett eine Neunzig-Zentimeter-Matratze, zu der ein schmaler Trampelpfad führte, den sein Vater jeden Morgen um sechs entlangschlappte, um ihn zu wecken. Ein Röhrenfernseher auf einem Rollwagen, zum Bett gedreht. Der Boden übersät von achtlos abgelegten Zetteln aus der Berufsschule, Überraschungseierfiguren, Comicheften, Verpackungen von Schokoriegeln. Die Zimmertür ließ sich nicht mehr schließen. Einmal lackierte er den vordersten Schrank passend zur Wandfarbe (hellbraun), der rührende Versuch, den Raum wohnlicher zu gestalten. Sein Vater sagte zu solchen Bemühungen nur: »So was brauch' mer nicht.«

Was man *brauchte*, waren in erster Linie Lebensmittel, von denen man nie genug auf Vorrat haben konnte; Textilien auch, die man sich zwar nur heimlich anschaffte (denn man hatte ja genug), aber auch dabei beschlich den Großvater das Gefühl, dass es vielleicht nicht reichen könnte, und wenn ein paar Geschirrtücher im Angebot waren, nahm er sie mit, denn »die kann' mer immer mal brauchen.« Nicht zu brauchen waren Dinge, die das Umfeld schöner machten. Dinge, die nur dazu da waren, die Stimmung zu heben. Die eigene Stimmung war etwas Vernachlässigbares. Die von klein auf antrainierte Sparsamkeit wurde zu einer Lebensart, an der er festhielt, obwohl es keinen Grund mehr zum Sparen gab. Was ihn antrieb, war die Angst, *nichts* zu haben. Es wäre ihm nie eingefallen, etwas auszusortieren, weil immer eine *schlechte Zeit* kommen konnte. »Wir wurden zweimal ausgebombt« war Erklärung genug, warum es zwei Brote und nicht nur eins sein mussten, warum nicht eine reduzierte Zehnerpackung Socken bei *real*, sondern besser zwei. Eine Mischung aus Völlerei und Selbstkasteiung.

Es kam nie jemand zu Besuch, weil es meinem Vater unangenehm war, wenn seine Kollegen sich umsahen, bemerkten, dass er nie etwas anrührte in seinem Zimmer, seit Jahren kein einziges Mal sauber gemacht hatte und der graugrüne Teppich nur auf der schmalen Spur um das Bett herum staubfrei war. Wenn er jemanden einlud, dann nur im Sommer, und er wurde gleich in den Hinterhof gelotst, wo mein Vater die Gartenstühle aus dem Schuppen holte und die Polster auflegte.

Manchmal stank es in der Wohnung, und er spürte die Quelle auf, indem er von Zimmer zu Zimmer ging, sich hinter die schweren Möbel und die vollen Kleiderschränke beugte, bis er eine aufgeplatzte, halb leer gegessene Eispackung oder ein schimmliges, in Alufolie gewickeltes belegtes Brot hervorzog und rot darüber wurde.

Er arbeitete viele Nachtschichten und zögerte den Heimweg hinaus, indem er für jeden Handgriff lang brauchte, später den Kaffee in der Mitarbeiterküche auffüllte und eine heimliche Zigarette im Treppenhaus rauchte. Erst am frühen Morgen kam er nach Hause und schloss die Wohnungstür auf, sein Vater schlief unter dicken Daunendecken, die er mal wieder hätte abziehen müssen, der Geruch von altem

Schweiß hing in der Luft, ein dumpfes Rascheln unter den Laken, und ohne das Licht anzustellen, fand er den Weg in sein Zimmer, wo er den Fernseher anstellte und auf dem Bettrand sitzend eine Tüte Erdnussflips öffnete.

Samstags blieb er für Stunden in der großen Einkaufshalle, wohin mein Großvater ihn schickte, weil es für ihn langsam zu anstrengend wurde, und kam mit Taschen und Körben voll buntem Joghurt und in beschichtetes Papier eingeschlagener Wurst zurück.

Ein Geist, ich schwör's euch, ein Geist«, flüsterte Pikka, neben mir kauernd, wir blickten durch den losen Holzzaun in den Garten. »Was? Wo?«, presste ich hervor, und Pikka zeigte stumm zu den Büschen im hintersten Eck der Silberfarm. Sofort zog er seinen Finger wieder zurück, als hätte er Angst, etwas könnte ihn packen. Es war Anfang Frühling, und die Temperaturen wurden langsam milder, aber immer wieder tobten Stürme über den Ort, die jeden losen Zweig von den Bäumen rissen und die Stromleitungen zum Schwanken brachten. Die dichte Wolkendecke zog in schnellen Wirbeln über den Himmel wie brodelnde Suppe, in der Nacht hatte es heftig geregnet, und der Boden abseits des Wegs hinter der Kläranlage war aufgeweicht und matschig.

In der Mitte des Gartens stand eine windschiefe Hütte mit einem Hufeisen über der Tür und einem einzelnen Fenster, von dessen Rahmen der Lack abblätterte. An einem Nagel hing ein an einer Kette befestigter leerer Blumentopf, der hin- und herschwankte und immer wieder rumpelnd gegen die Außenwand der Hütte stieß. Wasser tropfte aus einer der Regenrinnen. Es war leicht, sich vorzustellen, dass ein Gespenst darin umging. Die Scheiben des Fensters waren vor Schmutz grau angelaufen, trübe sah man dahinter Stapel von vergilbtem Papier, eine Zimmerpflanze drückte ihre Blätter gegen das Glas. Jemand musste also doch von Zeit zu Zeit anwesend sein. »Vielleicht gießt der Cowboy die«, sagte Sophia und lachte. »Wer hat dir eigentlich davon erzählt, dass es hier spuken soll?«, flüsterte ich Pikka zu. »Benjamin, aus der Parallelklasse«, sagte er. Ich kannte keinen Benjamin, aber so, wie Pikka den Namen aussprach, schien es sich um jemanden zu handeln, der wusste, was er sagte. »Der war sogar mal im Dunkeln hier, und da hat er wirklich was gehört, wirklich hat da ein Hund gebellt, und es hat sich auch was bewegt in der Hütte, wie ein Schatten, aber ein leuchtender.« »Wie soll ein Schatten leuchten?«, fragte ich. »Ja, keine Ahnung! Da wusste er aber, das muss ein Geist sein!« Angestrengt blickten wir zum Fenster und versuchten zu erkennen, ob sich dahinter etwas rührte. »Bestimmt lebte er im Mittelalter«, sagte Sophia. »Das Schild sieht doch alt aus, vielleicht ist es das echte von damals.« »Wie lang ist das Mittelalter denn her?«, fragte ich. »Ich weiß nicht, bestimmt hundert Jahre«, sagte sie. »Das Hufeisen, das muss auch von damals sein.« »Ich sag's euch, da hinten bei den Büschen war was, ich glaub, das hat auch weiß geleuchtet«, sagte Pikka. »Wollt ihr versuchen reinzugehen?«, fragte Sophia, und Pikka und ich sahen sie an, erschrocken und voll verschämter Versuchung. »Wenn wir es mit einer Räuberleiter versuchen, kommen zumindest zwei rein. Ich könnte hier draußen bleiben und aufpassen.« »Wieso du?«, fragte Pikka. Sie zuckte mit den Schultern, »ich weiß nicht, ihr beide scheint irgendwie faszinierter von der Sache zu sein.«

Pikka und ich rutschten von den Holzlatten auf den schlammigen Boden hinter dem Zaun. Gebückt, als ob uns sonst jemand sehen könnte, liefen wir zur Hütte. Die Tür war nicht verschlossen. Getrocknete Erdklumpen, die irgendwem von den Schuhsohlen gefallen sein mussten, bedeckten den Boden des ersten von zwei Räumen. Ein abgewetztes Sofa stand an der hinteren Wand, ein schiefer Couchtisch davor und darauf eine Schüssel voll Zigarettenstummel. Es roch unangenehm sauer. Wir strichen mit den Fingern über den Stapel Zeitungen auf dem Fensterbrett: Staub. Draußen sahen wir Sophias pinken Pullover durch die Ritzen des Zauns. »Komm, wir gehen weiter«, sagte Pikka. »Was ist, wenn wir den Geist stören?«, fragte ich. Pikka schüttelte den Kopf. »Wir sind doch gleich wieder weg.« Während wir mit kleinen Schritten hinüber zur Tür am anderen Ende des Raumes gingen, spielten wir verschiedene Ereignisse durch, die zum Tod des Cowboys und seines Hundes geführt haben könnten. Er hatte sein ganzes Leben an genau dieser Stelle verbracht, auf diesem Stück Erde; vielleicht war er sogar einer langen Ahnenreihe entsprungen, die alle hier ansässig gewesen waren. »Ein Geist ist doch immer an einen bestimmten Ort gebunden«, sagte Pikka. Über dem Sofa hingen in einer Reihe zehn gerahmte Bilder, die Pikka und ich uns genauer ansahen, indem wir auf die Polster stiegen. Sie knirschten unter unseren Füßen, der Schaumstoff darin schien schon porös zu werden. Es waren alles Schwarz-Weiß-Fotografien, Porträts von Personen aus einem anderen Jahrhundert, die wahrscheinlich mit einer Lochkamera aufgenommen worden waren, denn obwohl die Personen starr dasaßen, glaubte ich die Bewegung ihrer Atmung zu sehen, verwischte weiße Schlieren um die Konturen ihrer Körper, wie nach langer Belichtung. »Das muss seine Familie sein«, sagte Pikka verschwörerisch.

Von einem der Nachbargärten her hörten wir den hellen Klang eines Windspiels. »Und mit ihm endet die Ahnenreihe?«, fragte ich. Pikka nickte. »Ich denke schon, es sieht doch mehr nach nur einer Person hier aus.« Wir öffneten die angelehnte Tür zu einer kleinen Kammer mit einem weiteren schmalen Fenster, auch dieses so dreckig, dass man kaum hindurchsehen konnte; bis hoch zum Fensterbrett waren zerknüllte Werbeprospekte aufgeschichtet, und der Boden war bedeckt mit unzähligen Zigarettenstummeln; jemand musste die Schüssel einfach immer hier hinein ausgeleert haben. Von alldem konnten wir nur einen kurzen Blick erhaschen, denn etwas regte sich unter den Papierhaufen, und Pikka und ich stießen erstickte Schreie aus, taumelten rückwärts aus dem Raum und rannten hinaus, zurück zum Zaun. »Was ist?«, fragte Sophia mit aufgerissenen Augen. »Da war was, da hat sich was bewegt«, sagte ich, während Pikka schon die Hände ausstreckte und mir bedeutete, hinüberzuklettern. Während ich mich auf der anderen Seite herunterließ, lief Pikka zur Flanke des Grundstücks, wo der Zaun etwas niedriger war. Mit einem dumpfen Geräusch schlugen seine Schuhspitzen gegen das Holz, als er hochsprang und sich oben festhielt. Es raschelte im Gebüsch, dann stand Pikka wieder neben uns und klopfte sich den Dreck vom Pullover. »Das war der Geist, wer auch immer es ist«, sagte er. Wir traten zurück auf den Weg und schauten alle drei hoch zu dem Schild.

1999 kamen Sophia und ich aufs Gymnasium. Den Lehrern war es ungemein wichtig, uns klarzumachen, dass wir die zukünftige Elite seien; sie benutzten diese Wendung in Nebensätzen, manchmal riefen sie auch bloß »Ihr seid die Elite!« scheinbar zusammenhanglos durch den Raum und sahen erwartungsvoll auf die dreißig zehnjährigen Schüler in Hochwasserhosen. Es handelte sich dabei um eine implizite Aufforderung, so viel ahnte ich damals schon, aber welches Verhalten genau von mir verlangt wurde, was genau damit zusammenhing, dass ich zur Elite gehören sollte, verstand ich nicht, und es war auch keine Frage, die ich mir bewusst stellte, sondern vielmehr eine allgemeine Ratlosigkeit, die sich daraus ergab.

Ich starrte über Stunden auf die Tischplatte aus dunkel lasiertem Massivholz, den Rücken in die Stuhllehne gedrückt. Ich starrte auf graues Kopierpapier, auf das Tabellen gedruckt waren und in Abschnitte unterteilte Texte, ich beugte mich über die Blätter, so nah es ging, ohne dass die Oberfläche unscharf wurde, und ließ meinen Blick auf der Maserung ruhen. An der Unterseite der Tischplatten klebten getrocknete Kaugummis, es gab Untertischkörbe mit altem Brotpapier und ausgetrunkenen Saftkartons, auf der Oberseite waren Namen eingeritzt und Sprüche mit Edding und Tipp-Ex geschrieben. Im Sommer klebten die Arme an der Lasur fest. Wenn es besonders heiß war, gaben die Stühle durch den Schweiß Farbe ab und hinterließen rotbraune Schlieren auf der Kleidung.

Ich ahnte, dass es etwas mit einer Haltung zu tun hatte. Damit, nicht ungeduscht zu sein oder Löcher im Pullover zu haben. Ich ahnte, dass meine vom Waschen fusseligen grauen Oberteile mit Drachenaufdruck nicht geeignet waren. Ich ahnte, dass mein Wohnort nicht geeignet war und die alten Möbel in der Küche, dass der Schmutzfilm auf der braunen Arbeitsplatte nicht dazu passte und auch nicht die Tapete mit Elefanten in meinem Zimmer, die an einigen Stellen vom Putz gerissen war. Dass ich versuchte, Bruchrechnungen auf einem weißen Plastikschemel zu lösen, während der Fernseher vor mir die Talkshow *Britt* zeigte. Ich hatte das Gefühl, dass es etwas damit zu tun hatte, wie ich lachte. Dass ich dazu angehalten war, nur milde zu lächeln, und auch das nur, wenn es sich um einen Witz handelte, der ein von mir auswendig gelerntes Gedicht beinhaltete.

Es ging um filigran zurückgesteckte Haarsträhnen im Gegensatz zu den drahtigen und auf eine Länge geschnittenen, offen getragenen Haaren im Mittelscheitel über dem weißen Kapuzenpullover, dessen Ärmelsäume sich vom Zigarettenrauch meines Vaters gelb färbten. Es ging um diesen Rauch, der in jeder Faser hing, und die Fußmatte mit Orientmuster vor unserer Wohnungstür.

Es hatte etwas mit meinem geheimen Namen zu tun und damit, dass ich wenig Gemüse aß, dass mein Vater mir alle paar Wochen etwas Obst schnitt und der Meinung war, so bliebe ich gesund, dass ich zum Mittagessen Tiefkühlpizza bekam und niemand in unserer Wohnung an irgendeinem Tisch aß, weil diese voller Zeitungen und leerer Döschen waren.

Alle Schüler standen an ihren Plätzen, ich sah mit gesenktem Kopf auf meine geschlossenen Hefte und hörte, wie Herr

Kaiser, unser Klassenlehrer, die Reihen abschritt und vor den einzelnen Pulten stehen blieb. Mit heiserer Stimme fragte er Vokabeln ab. Wenn ich mich umdrehte, sah ich Sophia, die zusammen mit ein paar anderen nach jeder Frage die Hand hob, den Stift noch zwischen den Fingern.

Herr Kaiser blieb vor mir stehen, er sagte meinen Namen und dazu: »Markt – qu'est-ce que c'est?«

Es hatte etwas mit dem Vakuum in meinem Kopf zu tun, sobald mir eine Frage gestellt wurde. Ich besah es von allen Seiten, während sich der Unterricht um mich herum in einem Schwebezustand befand und alles auf ein Wort von mir wartete. Ich suchte in meinem Gedächtnis nach dem Wort, aber ich kannte es nicht. Ich ließ das Blut in meine Wangen und Ohren steigen, ohne mich zu wehren, ich atmete flach, ich starrte auf die Tischplatte und auf die Kante des Papiers, ich sah auf meine Fingerspitzen, die auf der Tischplatte lagen, und Herr Kaiser schaute über seine bräunlich getönten Brillengläser hinweg, hinter denen sein schwaches linkes Auge sich vor Aufgebrachtheit noch weiter aus seinem Blickpunkt in meinem Gesicht zur Seite wegdrehte. Er wiederholte seine Frage, nachdrücklicher und lauter: »Markt – qu'est-ce que c'est?«

Im Alter von zehn Jahren stellte ich mich auf meine Fensterbank und schaute nach unten auf die Straße. Es könnte vorbei sein, dachte ich, wich erschrocken vor dem Gedanken zurück und begann, an einer uneinsehbaren Stelle hinter dem Vorhang ein Loch in die Wand zu schlagen, um ein Geheimfach zu bauen. Als ich auf Backstein stieß, gab ich auf. Ich wusste sowieso nicht, was ich hätte hineintun sollen. Ich umging die Stellen im Flur, an denen die Dielen unter dem Korkboden quietschten. Zu bestimmten Zeiten hielt mein

Vater die Wohnzimmertür geschlossen, woran man ablesen konnte, dass er wieder angefangen hatte, sich Bier zu kaufen. Meine Mutter und ich schlossen die Lade der Spülmaschine leise, wir schlichen, wir drückten die Spülung der Toilette nur halb herunter, die Fenster öffneten wir nicht.

Mein Vater verbrachte die Nächte im Wohnzimmer auf einem alten Schlafsofa mit Sprungfedern, neben ihm die schwarze Vitrine mit den guten Gläsern und einem Kaffeeservice, das mir Sophia zu meinem letzten Geburtstag geschenkt hatte, noch eingeschlagen in die durchsichtige Geschenkfolie, weil mein Vater gesagt hatte, es sei zu wertvoll, um es zu benutzen. Meine Mutter schlief allein in dem Ehebett mit dem Kopfteil aus dunkelblauem Kunstleder, das sie sich aus Pflichtgefühl angeschafft hatten. Niemand außer meinem Vater schloss seine Tür. Ich nicht, weil ich damals noch eine aus Holzbrettern notdürftig an die Wand genagelte Zarge hatte, in die keine Tür hineinpasste; meine Mutter nicht, weil sie alle gebügelten Hemden an der Türklinke aufhängte. Die Aschenbecher aus Kristall, die sie vor meiner Geburt auf dem Flohmarkt gekauft hatten, standen in jedem Zimmer. Auf dem Esstisch lag eine Decke, die meine Mutter alle zwei Wochen austauschte, nicht weil es Flecken gab von gemeinsamen Mahlzeiten, sondern weil sich Staubschichten gebildet hatten. Ich bekam mein Essen ins Zimmer gebracht, meistens das gleiche wie mein Großvater, vielleicht noch etwas Salat dazu, Eisbergsalat mit feingeschnittenen Zwiebeln und Zitronensaft; ich aß auf dem Boden sitzend, zwischen zwei Spielen. Mein Vater aß nachts die Reste. Er holte sie sich aus dem Kühlschrank und häufte sie auf einen Teller, den er mit ins Wohnzimmer nahm und beschienen vom blauen Fernseherlicht leerte. Das beständige Murmeln der Sendungen lullte mich in den Schlaf und wechselte sich mit dem Radio ab, das morgens mit den ersten Handgriffen angestellt wurde und zuerst noch aus den Boxen eines tragbaren Rekorders kam, später, integriert in die Mikrowelle, aus kleinen Löchern die größten Hits der Achtziger und Neunziger in die Küche plärrte. Mein Vater saß mit übergeschlagenen Beinen in der hinteren Ecke des Wohnzimmers über Rechnungen und räusperte sich. Meine Mutter fegte mit einem trockenen Bodenwischer die Haare auf den Fliesen des Badezimmers zusammen. Sie mischte Vitamintabletten in ihr Wasser, die sich sprudelnd auflösten, es orange färbten und einen chemischen Geruch nach Mandarine in der Küche verbreiteten. Die Arbeitsplatten hatte auch ihr scharfes Putzmittel nicht ganz vom klebrigen Film befreien können, er haftete immer noch hinten unter dem Warmwasserboiler, dessen Kupferrohre im Boden verschwanden und durch die man hören konnte, wenn mein Großvater in seine Küche ging.

Ich lebte in einem anderen Zeichensystem. Die geringste Änderung an der Ausrichtung der Möbel richtig zu deuten konnte für mich überlebenswichtig werden. Ich musste erkennen, was in der Wohnung geschah, schon wenn ich zur Tür hereinkam, musste prüfen, ob die Luft aufgeladen war, wie jemand, der auf dem Land lebt und sich vor einem Gewitter in Sicherheit bringen muss. »Nicht unter einen Baum stellen, wenn es blitzt!«, war uns im Sachkundeunterricht gesagt worden, »ein Auto ist ein faradayscher Käfig«, aber für mich waren diese Informationen nutzlos, für mich galt: Wenn die Wohnzimmertür geschlossen ist, dann beweg dich leise. Die Glassplitter waren nur die äußersten Zeichen, wenn diese auftraten, dann konnte es jeder andere auch sehen, aber es ging um das Davor. Es ging darum, sich besonders geschickt zu verhalten, *bevor* es losbrach, und sich aus der Schusslinie zu ziehen. Nicht verantwortlich zu sein. Nicht mit dem falschen Fuß aufzutreten, durch einen zu lauten Schritt eine Welle der Wut zu verursachen, nicht abzurutschen, während ich mir ein Glas Wasser eingoss, damit es nicht die Tischplatte überschwemmte und Tropfen auf den Küchenboden fielen, sehr langsam, während ich daneben stand. »Nicht mal das bekommst du richtig hin«, sagte mein Vater, dann ein Türschlagen, dann der Rekurs auf etwas anderes, etwas, das meine Mutter getan hatte, nicht richtig gefegt, nicht richtig den Kaffee zubereitet, und selbst wenn ich an ihrer Stelle fegte, was mir sonst ein an meine Mutter gerichtetes »So solltest du es machen!« von meinem Vater einbrachte, konnte es bei anderer Luftqualität das Gegenteil bewirken. »Sei still, Ruhe, Ruhe!«, rief er dann, und die gespannten Mundfalten, die ich als erste Zeichen hätte lesen müssen, wurden zu tiefen Furchen, verbanden sich mit den Wutfalten auf seiner Stirn, die sich damals schon eingegraben hatten und zu jeder Tageszeit stehenblieben. Es hatte etwas mit diesen Falten zu tun. Wie meine Mutter schweigend die Wäsche in Richtung meines Vaters zusammenlegte. Die Uhrzeit, zu der er sich das Essen holte. Ob er sein Haar wusch. Die Wohnzimmertür. Und allem gemein war diese Stille, für die mir ein sechstes Sinnesorgan wuchs.

Sophia sagte von sich: »Man nennt mich auch das wandelnde Lexikon«, weil sie die Formulierung in einer Detektivserie bei *KIKA*, dem einzigen Sender, den ihre Eltern ihr zu sehen erlaubten, aufgeschnappt hatte. Von da an begann sie tatsächlich das *Langenscheidt Deutsch-Französisch Wörterbuch* ihrer Mutter durchzugehen, abends vor dem Einschlafen. »Man lernt etwas«, sagte sie; auch das schien sie von jemand anderem zu haben. Während sie im warmen Licht ihrer Nachttischlampe in ihrem Wörterbuch blätterte, lag ich steif im Dunkeln, ging mein eigenes Wörterbuch durch, übersetzte das Knacken der alten Balken im Haus, übersetzte die Gläser, die den Tag über im Küchenschrank gefehlt hatten, die sich teils im Wohnzimmer stapelten, teils mit Sprüngen und Rissen im Restmüll lagen, ich bemühte mich, so wenig Spuren wie möglich zu hinterlassen, damit niemand mich zur Rede stellen würde. Scheinbar von selbst bewegten sich diese Gläser, wie bei einer Séance. Wie durch eine kosmische Gewalt war die Scheibe der Vitrine aus den Scharnieren gefallen, während ich tagsüber in der Schule gewesen war, und meine Mutter hatte die Scherben aufgekehrt.

Eine neue Folge *Wer wird Millionär?* begann. Mein Vater schaltete die Sendung jede Woche überpünktlich ein und zog selbstgefällig an seiner Zigarette, wenn er mit einer Antwort richtiglag. Er dachte, dass in der Schule von mir das Gleiche erwartet wurde wie von den Kandidaten, nämlich einzelne Wörter als Antworten hersagen, und ich dachte das auch, weshalb ich jedes Mal Notenabzug auf meine Klassenarbeiten bekam, weil ich unter die Aufgaben immer nur einen kurzen Satz schrieb, der alle Gedanken, die ich mir zuvor gemacht hatte, außer Acht ließ. Ich glaubte, dass meine Gedanken niemanden interessierten und dass es Antworten waren, die man von mir wollte, aber nicht für *accent aigu* und *accent grave* hatte ich Platz in meinem Kopf, nicht für die Bedeutung von *marché*, *des légumes*, *des fruits*, *un kilo d'artichauts*; Herr Kaiser machte mit den Händen vor, wie man die Blätter der Artischocken abtrennte und in flüssige Butter tunkte, »zur Vorspeise, mit etwas Knoblauch mariniert, dazu ein Aperitif, un verre de vin, s'il vous plaît«, sagte er und spreizte seine Finger ab von dem imaginären ledrigen Blatt in der einen und dem Weinglas in der anderen Hand. Nicht diese Bedeutungen waren wichtig, mir zu merken, sondern die Zeichen, die mir und meiner Mutter das Überleben sicherten. Der angetrocknete Wein in den Kochtöpfen wurde zum Auslöser eines Reflexes, gleich dem Blinzeln mit den Augenlidern und dem Ducken des Kopfes bei Gefahr. »Sei still, sei still«, sagte meine Mutter, und still war ich, anstelle der Regionen, die für das Speichern von Vokabeln zuständig waren, befand sich in meinem Gehirn ein Areal von Stille, eine Qualität von Stille, wie sie auftrat kurz nach dem Geräusch von zerberstendem Glas.

»Hast wieder *Millionär* gesehen?«, fragte mein Großvater nachmittags, wenn mein Vater nach der Arbeit in seinem Wohnzimmer vorbeischaute, wo er im Sessel sitzend die Nachrichten und den Sport hörte, und dann tauschten sie sich darüber aus, was jeder der beiden gewusst hatte und was nicht. Das Wissen um die Antwort auf die Millionenfrage war der Schlüssel zu einer verborgenen Welt, den sie zwar in den Händen hielten, zu der sie aber nie vorgedrungen waren. Mein Vater rief wöchentlich bei der Hotline an, bei der man sich für einen Platz in der Show bewerben konnte, er sprach seinen Namen auf Band mit seiner dünnen, verhuschten Stimme, und ich hoffte jedes Mal, dass er nicht ausgelost würde, weil ich wusste, er würde mit seinen fliehenden Schultern auf dem erhöhten Aluminiumstuhl sitzen, von den Lichtern geblendet, und so aufgeregt sein, dass ihm das Herz die ganze Sendung hindurch bis zum Hals schlagen und er kein Wort herausbringen würde.

Manchmal schickten meine Eltern mich vorsorglich zu meinem Großvater. Ich saß dort auf dem grauen Sofa, das sich L-förmig in den Raum streckte, die weißen Gardinen zugezogen und die Kakteen dahinter vertrocknet, zwei Schrankwände umschlossen die kürzeren Seiten des Raums. Hinter den Türen verbargen sich Dinge, die außer beim Umzug seit zwanzig Jahren nicht mehr berührt worden waren und von denen mein Großvater wahrscheinlich schon nicht mehr wusste, dass es sie gab. In den Regalen stapelten sich Bücher in Schutzumschlägen, die allesamt aus seiner Mitgliedschaft beim *Buchclub* stammten. Er bestand auf dem Abonnement, obwohl er schon lang nicht mehr lesen konnte, und einmal im Monat schickte er meinen Vater in den Laden, um ein Buch zu kaufen, das sich dann – manchmal noch in Folie eingeschweißt – zu den anderen reihte. Ich zog ein paar Buntstifte aus der Schublade eines Schränkchens, das mein Großvater »die Nähmaschine« nannte, weil sich irgendwo darin eine alte *Singer* befand, die niemand mehr benutzte. Das Telefon darauf verschwand unter Notizblöcken und losen Zetteln, die er als »Schmierpapier« aufhob, daneben ein Bierkrug mit Stiften, die Hälfte davon leere Kugelschreiber mit dem Namen der Firma, für die mein Vater noch immer arbeitete. Ich zog violette Linien auf dem Papier, und das Muster der Tischdecke drückte sich durch, gewebter Stoff und gestickte Blumen, während im Fernsehen der erste Kandidat Platz nahm.

Mein Großvater erhob sich schwerfällig aus seinem Sessel und schlappte mit langsamen Schritten in die Küche, wo er im Kühlschrank einen der von meiner Mutter vorbereiteten Teller suchte. Er schob seine Hand in das mittlere Fach, ohne die Finger auszustrecken, Dutzende Male hatte ich ihn bei dieser Bewegung beobachtet, und nun hörte ich, wie er gegen verschiedene Verpackungen stieß, bis er die Frischhaltefolie über dem weichen Hühnerfleisch ertastete. Mit seinem verbliebenen Augenlicht konnte er gerade noch feststellen, dass es draußen dunkel wurde, früher schon als meine Eltern und ich, wenn es noch hell, aber die Sonne schon hinter den Nachbarhäusern verschwunden war, als wäre es kein erlöschender, sondern ein schärfer werdender Sinn. Der Teller drehte sich unter der gelben Innenbeleuchtung der Mikrowelle, auch das konnte mein Großvater noch umrisshaft sehen, nicht aber die Spritzer von Tomatensoße und Spinat, die sich eingebrannt hatten in die weiße Beschichtung. Ich hörte es aus der Küche dröhnen, dieses Mikrowellengeräusch, das sich mit den Werbeeinspielern von RTL und dem dumpfen Ton aus dem Industriepark mischte, während aus dem oberen Stockwerk die Stimmen meiner Eltern drangen, gedämpft zwar durch den Kork, die Dielen, die tragenden Balken, aber es waren wütende Schreie, und etwas fiel zu Boden über meinem Kopf, den ich über das Papier mit den violetten Abdrücken des Tischdeckenmusters beugte. »Wird früh dunkel wieder«, sagte mein Großvater, als er mit dem Teller in der Hand zurück ins Wohnzimmer kam. »Ja«, sagte ich, obwohl es eigentlich noch hell war, ich sagte es mit einiger Verzögerung, in die Stille nach ein paar Sekunden hinein, in denen von oben noch einmal ein dumpfes Geräusch gekommen war, in denen ich zustimmend mit dem Kopf genickt hatte, weil mir erst hinterher einfiel, dass er mein Nicken nicht hatte sehen können.

Dass ich nicht zur Elite gehören konnte, hatte auch damit zu tun, dass die Barmänner aus den Gaststätten des Orts unsere Telefonnummer kannten. »Er singt wieder?«, flüsterte meine Mutter nachts in den Hörer, bevor sie sich leise ihre Jacke überzog und ich hörte, wie sie den Schlüssel vom Brett nahm. Immer und immer wieder holte sie ihn ab, ging mit ihm die kurzen Wege von *Conny's Eck* oder dem *Schluckspecht* nach Hause, hielt ihn am Arm, wenn er drohte auf die Fahrbahn zu wanken, sah peinlich berührt zu Boden, wenn einer ihnen entgegenkam. Es war eine Szene, die in jedem Jahrhundert hätte stattfinden können. Das einzige Zeichen, das auf die Gegenwart deutete, waren die blinkenden Spielautomaten in den Kneipen, die elektrischen Lichter, dass es ein Telefon gab, mit dem man meine Mutter verständigte, und dass ein Fernseher in der Ecke lief. Aber sie hätte genauso gut in einer staubigen Kneipe der Fünfzigerjahre stattfinden können, die man damals noch »Wirtschaft« nannte, wie es mein Großvater tat: »Warst wieder in der Wirtschaft?«, fragte er meinen Vater freundschaftlich. Es war eine Szene, die so schon hundertfach stattgefunden hatte, die auch an jedem anderen Ort hätte stattfinden können, in irgendeinem Bergdorf oder am Meer zwischen den Fischern und den Staubstraßen meiner Mutter. Es war eine so zeit- und ortlose Erfahrung, dass sie schon in das menschliche Erbgut eingeschrieben sein musste, dass meine Mutter genau wusste, was zu tun war, und meinen Vater zur Tür hineinschob, ihn auf das Sofa legte, ihm die Schuhe auszog, als wäre es ihr naturgegebener Platz.

Morgens roch die Wohnung nach ausgedünstetem Alkohol, und nachmittags, wenn ich von der Schule nach Hause kam, steckte der Schlüssel von innen in der Wohnungstür, sodass ich ihn mit einem Stift aus meinem Mäppchen aus dem Schloss stoßen musste. Ich erwartete etwas Schreckliches, aber es war nur Sonnenlicht, das auf die Flaschen fiel und die Reste von Rauchschwaden beschien, und ich, die in der leeren Wohnung mit meinem Schulranzen in der rechten Hand stand und begriff, dass mein Vater schon wieder verschwunden war und mich vergessen hatte.

Es hatte damit zu tun, dass meine Eltern die Fernsehzeitung abonniert hatten und niemand eine Tageszeitung las. Tageszeitungen zumindest waren etwas, was die Lehrer konkret benannten. Ich wusste nicht, wie ich zwischen alldem meinen Eltern sagen sollte, dass sie eine Tageszeitung kaufen sollten.

»*Markt* – qu'est-ce que c'est?« Herr Kaiser betonte es nun so, als könnte ich auch das deutsche Wort nicht verstehen.

Es hatte damit zu tun, dass mein Vater bei seinem letzten Gang zum *Buchclub* den Band *Bildung. Alles was man wissen muß* gekauft hatte, aber über die ersten Seiten nicht hinausgekommen war. Wie mein Vater glaubte ich, dass das Buch ein Heilmittel gegen meine Unzulänglichkeit sei, weshalb ich auf Sophias Frage, was ich übers Wochenende vorhätte, sagte, dass ich die ganzen zwei Tage »nur lesen« wolle. Sophia sah mich von der Seite an mit einem Blick, den ich als vage Abwertung empfand. Weil ich den Versuch unternahm, mich elitär zu benehmen. Weil ich eine Pose einnahm, die man mir nicht abkaufen würde. Weil ich wahrscheinlich log und nicht lesen würde, sondern vor dem Fernseher sitzen und Sonnenblumenkerne essen, bis meine Unterlippe weißlich und aufgeweicht war.

Sophia durfte nur manchmal fernsehen und nur manchmal etwas zwischen den Mahlzeiten essen. Ihre Mutter machte ihr dann »Naschteller«. Die Zutaten dafür holte sie aus dem obersten Fach eines Rollküchenschrankes, an den Sophia nicht eigenständig gehen durfte, und legte sie mit entfernter Verpackung auf einen Teller.

Es kam mir vor, als färbe darüber die Abgeklärtheit ihrer Eltern auf sie ab, als läge das Geheimnis allen Erfolgs in dieser Servierart abgezählter Süßigkeiten, in den Capri-Leggins und den echten *Adidas*-Schuhen, die sie trug, und in den weichen Haargummis, die farblich auf ihre T-Shirts abgestimmt waren.

Unter meinem Pullover staute sich die Hitze, aus meinem Mund zog sich der Speichel zurück, meine Zunge war ein taubes Stück Fleisch, das sich gegen meinen Gaumen drückte. »Das muss wie aus der Pistole geschossen kommen!«, sagte Herr Kaiser. »Na?«, er schüttelte das Buch in seiner Hand, sein abfälliger Kaffeeatem schlug mir ins Gesicht, er drehte sich von mir weg.

»Sophia. Markt – qu'est-ce que c'est?«

»Marché.«

Ich sah auf den feuchten Abdruck meiner Finger auf dem Holz.

Manchmal ging ich nachmittags mit Sophia nach Hause. Ihre Eltern hatten das Wohn- und Esszimmer mit türkisem Teppich ausgelegt, auf Leinwand gezogene Fotografien von Berglandschaften und Geparden hingen an den weiß tapezierten Wänden. Auf dem Glastisch vor der Ledercouch stand eine Schale mit nach Fruchtaromen duftendem Potpourri, und in den Wohnzimmerschränken waren kuratierte Souvenirs von ihren Reisen ausgestellt: die Büste von Tutanchamun, besondere, auf Holzklötzchen geklebte Muscheln und Gesteinsstücke vom Vesuv; alles Gegenstände, die wir genauso wenig berühren durften wie die Sammlung *Geo*-Hefte von Sophias Vater. Unter den Augen der Geparden breiteten wir unsere Hefte auf dem saubergewischten

Esstisch aus, der noch nach einem teuren Allzweckreiniger roch, während wir Dreiecke zeichneten und mit unseren Zirkeln Kreise zogen. Das Lineal rutschte mir ab, und Sophias Mutter sagte, ich könne einfach keine geraden Striche ziehen.

Nach den Hausaufgaben schauten wir *Logo!*, die Kindernachrichtensendung bei *KIKA*. Ich bemühte mich, aufrecht zu sitzen, während die blonde Moderatorin mit ernstem und doch fröhlich einladendem Gesicht etwas über einen entfernten Krieg erzählte, und wir aßen die kreisförmig angeordneten *Kinder*-Riegel und *nimm2*-Bonbons.

Abends ließ ich mir ein Bad ein, stellte eine Kerze auf den Wannenrand, legte mich auf die kratzige Emaille, dann schlug ich im warmen Wasser liegend *Bildung* auf und las einige Sätze über die griechische Antike, und weil ich glaubte, dass elitäre Personen sich jeden Satz genau merkten und jeden Satz genau verstanden, und weil ich mir keine Vorstellung mehr von »verstehen« machen konnte, weil ich nicht wusste, wie sich »verstehen« bemerkbar machte, weil »verstehen« zu einem mystischen Zustand elitärer Personen geworden war, kam ich über den ersten Absatz nicht hinaus.

Es ist ein Hörsturz«, sagte der Arzt. Meine Mutter lag mit einem Schlauch im Handrücken unter der gestreiften Decke, vor dem Fenster grüne rauschende Bäume. »Hatten Sie in letzter Zeit viel Stress?«

Mein Vater stand am Fußende des Bettes, die Hände in den Hosentaschen. Es schien, als sehe er an allem vorbei; er schaute dem Arzt auf den Kittel, nicht in die Augen, während der die Entstehung von Hörstürzen und das weitere Vorgehen erklärte. »Kortison, vorerst.« Er blickte suchend an die Wand, als handelte es sich um ein Wimmelbild, auf dem es etwas zu entdecken gäbe, nicht ins Gesicht meiner Mutter, die dem Arzt aufmerksam zuhörte und nickte. »Nein, viel Stress, nein, eigentlich nicht«, sagte sie.

Wir hatten im Wohnzimmer gesessen. Anders als meinem Vater war es meiner Mutter wichtig, beim Fernsehen angenehmes Licht zu haben. »Jetzt machen wir es uns gemütlich«, hatte sie gesagt, eine warmweiße Tischleuchte auf der Fensterbank eingeschaltet und die Wandlampen heruntergedimmt. Sie hatte Apfelschnitze und in Streifen geschnittene Orangen auf den Tisch gestellt, dazu eine Schale mit Nüssen. Der Film, den wir schauen wollten, hatte noch nicht begonnen, und die Vorabendserien flimmerten über den Bildschirm. Meine Mutter legte die Wolldecke zusammen, unter der mein Vater nachts schlief, und stopfte sie sich als Kissen in den Rücken. »Wieso schlaft ihr eigentlich nicht in einem Zimmer«, fragte ich und deutete mit meinem Blick auf die Decke, »ihr habt euch damals doch extra dieses große Ehebett gekauft.« »Dein Vater schnarcht mir zu viel«, sagte sie. »Er isst auch gern nachts. Ich schlafe von neun Uhr abends bis sechs Uhr morgens, für mich ist es besser, wenn es geregelte Abläufe gibt, für deinen Vater nicht, er lebt gern in den Zwischenräumen.« Sie sah mir nicht mehr ins Gesicht beim Sprechen, sondern folgte mit den Augen ihren Händen, die sich Nüsse aus der Schale nahmen und sie ein paar Sekunden festhielten. Mit mahlenden Kiefern sprach sie weiter: »Dass alle seine Sachen sicher an einem Ort sind, das ist ihm bei allem Improvisieren wichtig. Auch, dass wir an einem Ort sind, an den er zurückkehren kann. Er muss wissen, dass ich von neun bis sechs im Schlafzimmer bin, das gibt ihm Sicherheit. Dass ich morgens die Wäsche mache und nachmittags den Hof fege. Wenn er mich von der Arbeit aus anruft und ich nicht ans Telefon gehe, wird er wütend; er hinterlässt aber auch keine Nachrichten auf dem Anrufbeantworter, ich soll von allein wissen, dass er angerufen hat. Er mag es nicht, wenn ihm etwas durch die Finger rinnt, selbst wenn er nur das Gefühl hat, dass es so ist. So sind die Männer, weißt du. Das kannst du dir merken, auch wenn du wohl noch Zeit hast. Vor allem wenn sie vierzig werden, werden sie komisch«, sie lachte mit einem verschmitzt gehässigen Unterton. »Ab vierzig denken sie, sie hätten etwas verpasst, sie hätten was aufzuholen. Andere kaufen sich dann 'nen Maserati, wir haben dafür kein Geld, da muss dann was anderes her, aber auf Bewegung kommt dein Vater nicht, rausgehen und sich Luft machen, er lässt es lieber in sich brodeln, so lang, bis es von allein aus ihm rauskommt, da reichen dann die Handtücher im Angebot auch nicht mehr, die Funktelefone, die er immer anschleppt und im Haus verlegt. *Der Papa kann dann durchrufen, wenn er was braucht* –

vielleicht glaubt er das auch selbst, aber ich bin es ja, die ans Telefon gehen soll.« Sie zuckte mit den Schultern, und als ob ihr plötzlich meine Frage wieder eingefallen wäre, schob sie hinterher: »Mir ist es egal, ob wir in einem Zimmer schlafen oder nicht. Mich stört es nicht. Soll er doch machen, wenn er meint.«

Mir fiel ein Loch in der Tapete des Wohnzimmers auf. Etwa dreißig Zentimeter von der Decke entfernt hing noch ein Fetzen des blassorangen Papiers, darunter war es schwarz, als verberge sich dort nicht grauer Verputz, sondern ein dunkler, leerer Raum. Schnell sah ich wieder woanders hin; zum laufenden Fernseher, auf meine Hände. Es musste eine der Stellen sein, wo sich schon kurz nach dem Anbringen Luftblasen zwischen Tapete und Wand gebildet hatten, versuchte ich mir einzureden. Meine Mutter hatte meinen Blick bemerkt. Auch sie sah wieder zum Fernseher, froh, dass ich nicht nachfragte. Hatte ich nachts etwas gehört, was das Loch erklären könnte, oder war es gar nicht nachts entstanden? War es während der Schulzeit passiert, als ich gerade nicht wie festgefroren in der Tür stand, dort, wo die Wand einen Vorsprung bildete, hinter den man sich drücken konnte. Ich konnte mich an keinen neuen Vorfall erinnern. Vielleicht hatte ich auch darüber hinweggeschlafen, die Schritte im Flur waren mein Zuhause geworden. An meiner Mutter fanden sich keine Spuren. Meine Schultern entspannten sich wieder, und ich griff mir eine der Obstscheiben. »Nimm ein paar Nüsse dazu, das schmeckt besonders gut«, sagte sie und lächelte.

Die Werbung begann, eine blonde Frau in Nahaufnahme drehte ihre rosige Wange nach rechts, »makellose Hau–«, sagte sie und wurde unterbrochen durch das Umschalten meiner Mutter. Wir sahen eine andere Frau in langem grauem Kleid und passendem Kopftuch im Aufgang eines Staatsgebäudes stehen, an ihrer Seite zwei dunkelhaarige Männer, einer älter, einer jünger. Ein weiterer Mann trat hinzu und überreichte der Frau eine Trophäe aus durchsichtigem Plexiglas. »Wer ist das?«, fragte ich. »Der Bundespräsident«, sagte meine Mutter erstickt, die Fernbedienung noch immer in der Hand. Sein Anzug war maßgeschneidert, das konnte man sehen, die anderen beiden Männer hatten zu dem Anlass auch ihre Anzüge aus dem Schrank geholt, aber diese waren etwas zu groß und standen spitz von ihren Schultern ab. Es wurde noch ein Foto geschossen, für das Regal zu Hause, sie lachten nicht für die Kameras, was hätten sie auch zu lachen gehabt. Sie standen da, die Arme steif neben dem Körper. Ein Bild mit dem Bundespräsidenten, ein Handschlag: »Wenn wir uns das nächste Mal sehen, können Sie dann aber etwas besser Deutsch«, sein freundschaftliches Lachen, während sich die Hände voneinander lösten, die Mikros waren noch an. »Aber wer sind die –«; bevor ich meine Frage stellen konnte, schaltete meine Mutter schon wieder um.

Sie war zu Boden gefallen, auf das Korkparkett, das sie damals mit größter Sorgfalt ausgesucht hatte, mit der Hand darübergestrichen war, als wir kurz vor dem Umzug im Baumarkt gewesen waren: »Das gibt so ein schönes warmes Gefühl an den Füßen. Und weicher als Holz ist es auch.«

Der näher kommende Boden und die Geistesgegenwart, die ihr Körper besaß, blitzschnell fuhren die Hände nach vorn und fingen den Sturz ab. Ihre Reflexe wussten, was zu tun war. Ihr war nichts passiert.

»Er hat K– zu mir gesagt«, hatte ich ihr berichtet, als wir im Auto saßen, das verkrustete Blut hing mir noch in der Nase, und in meinem Rachen schmeckte es metallisch. Meine Hände waren nicht schnell genug gewesen, den Sturz abzufangen. »Das kann nicht sein«, hatte sie gesagt und mit dem Blick eines plötzlich verstehenden Kindes durch die Windschutzscheibe gestarrt, bevor sie den Motor angelassen hatte.

»Hörst du etwas?«, fragte sie und sah mich mit großen Augen an, kurz nachdem der zweite Werbeblock begonnen hatte.

»Stress hatte ich eigentlich keinen«, sagte sie zum Arzt.

»Na gut, vielleicht besteht auch eine besondere Neigung, Sie meinten ja, Sie hätten öfter Ohrgeräusche. Wir werden ein paar Tests machen, sobald Sie sich etwas erholt haben«, sagte er und nickte ihr aufmunternd zu. »Heute Nacht wollen wir sie dabehalten, damit die Infusion gut arbeiten kann. Versuchen Sie einfach, sich ein bisschen zu entspannen.« Meine Mutter nickte und lächelte.

»Bin bald wieder zu Hause«, sagte sie zu mir, als der Arzt den Raum verlassen hatte.

Auf dem Weg zurück durch die Gänge des Krankenhauses hielt mein Vater, immer wenn jemand in einem Bett an uns vorbeigerollt wurde, die Luft an und schaute an die Decke. »Ich kann den Geruch hier nicht ertragen«, sagte er.

Vom Flur drangen das Geräusch der sich öffnenden Wohnungstür und das Rascheln der Jacke meines Vaters in mein Zimmer. Ich drückte die Stopp-Taste des Kassettenrekorders, vor dem ich die letzte Stunde gesessen und unregelmäßige englische Verben geübt hatte: »Go – went, gone«, hatte ich auf Band gesprochen, mit der Absicht, beim späteren Abhören in die Pausen hinein die richtigen Vergangenheitsformen aufzusagen, um mich selbst zu testen. Mein Vater war gerade dabei, seine Jacke über einen Bügel zu schlagen, als ich in den Flur trat. Ich folgte ihm in die Küche und setzte mich ihm gegenüber, aus der Brusttasche seines Hemdes zog er sein Etui mit den vorgestopften Zigaretten. »Wie war es?«, fragte ich.

»Ja –«, sagte er und schaute kurz in die Luft, als müsse er sich an etwas erinnern, das schon lang zurücklag. Er war beim ersten Elternabend gewesen. Man hatte die Gruppe Anfang Vierzigjähriger in den Vorraum der Aula geführt, ein langgezogener Bereich mit Steinboden, Glasfront und grellen Oberlichtern, wo sie Augenkontakt vermieden hatten. Der Schulleiter hatte ihnen die Pläne für die ersten zwei Jahre Gymnasium und danach auseinandergesetzt, bevor sie sich grüppchenweise den jeweiligen Klassenlehrern angeschlossen hatten.

»Na ja«, sagte mein Vater, »meine Welt ist es nicht. Die haben halt bisschen erzählt, wie wo was, und so weiter.«

»Wie wo was – ?«

»Es ist jetzt halt so, die ersten zwei Jahre sind mehr wie

’ne Probezeit. Deshalb seid ihr auch nicht bei den höheren Klassen untergebracht, sondern habt einen eigenen Schulhof. Die gucken jetzt erst mal, wer wirklich geeignet ist. Viele schicken ihre Kinder da hin, obwohl die eigentlich gar nicht dafür gemacht sind. Orientierungsphase nennt sich das.«

»Orientierungsphase«, hatte der Schulleiter gesagt, und die Neonröhren hatten die blauen Schatten unter seinen Augen dunkler wirken lassen. »Danach wird ausgesiebt, wenn klar ist, wer der Sache gewachsen ist. Abitur, das ist kein Spaß«, und die besonders Eifrigen in der ersten Reihe, zu denen auch Sophias Mutter gehörte, hatten verstehend genickt. Nur kurz hatte sie meinem Vater ein Handzeichen gegeben und freundlich gelächelt, als sie gemeinsam in den Raum gegangen waren, dann war sie zielstrebig nach vorn gelaufen, und mein Vater hatte sich in eine der mittleren Reihen gesetzt.

Aussieben, nicht mal ansatzweise hatte der Schulleiter sich Mühe gegeben, ein freundlicheres Wort zu finden. An den Wänden hingen die Bilder der Malkurse, die halbjährlich nach den Projektwochen von der Kunstlehrerin ausgetauscht wurden. Vor den Bildern standen die weißen Steh- und breiten Buffettische, die zum Ende des Schuljahres für den Empfang der Abschlussklassen aufgestellt wurden, nachdem ihnen in der Aula feierlich die Zeugnisse ausgehändigt worden waren.

Auch Herr Kaiser hatte das Wort benutzt, als mein Vater später mit den anderen Eltern in unserem Klassenraum auf den viel zu kleinen Stühlen saß. Ein Poster der Britischen Inseln hing an der Tür, und die Antworten auf einen Vokabeltest standen in zittriger Kreide-Schrift an der Tafel.

»Ausgesiebt.« Mein Vater wiederholte es wie einen Glaubenssatz. »Dich betrifft das ja nicht«, sagte er dann. Er versuchte, keinen Zweifel daran zu lassen, aber etwas an der Drehung seines Kinns war anders als sonst. Hinter dem selbstverständlichen Ton, den er beim Sprechen anschlug, blitzte sein Unverständnis hervor. »Es geht darum, also, wenn ihr auf die Verbundschule kommt – da ist es dann anders, da müsst ihr Abitur schreiben, da muss man der Typ für sein.« Ich nickte. »Klar«, sagte ich. »Geh schlafen«, sagte mein Vater, »ihr schreibt doch morgen einen Test.«

Sophia, Pikka und ich trafen uns am nächsten Tag an der Bushaltestelle. Wir nahmen immer den gleichen Bus, obwohl Pikka getrost einen späteren hätte nehmen können. Sein Schulweg war kürzer, weil er auf ein anderes Gymnasium ging, das früher nur für Jungen gewesen war und heute mit einem naturwissenschaftlichen Profil warb; Sophias und meines hingegen war nur für Mädchen gewesen und galt bis heute als musisch ausgerichtet. Alle Schulkinder des Orts drängten in den Gelenkbus und stießen mit ihren dicken *4You*-Ranzen aneinander. Manche hatten Stammplätze in den vorderen Reihen, die meisten aber hielten sich lieber hinten auf. Auf der Gelenkscheibe standen drei Kinder im Kreis, fassten sich an den Händen und machten sich einen Spaß daraus, in den Kurven das Gleichgewicht nicht zu verlieren. »Bitte festhalten, das ist hier nicht der Autoscooter«, tönte die nuschelnde Stimme des Busfahrers durch die Lautsprecher. Es regnete, und die Scheiben waren beschlagen von unserer Atemluft. Wer am Fenster saß, wischte mit dem Ärmel Gucklöcher frei, durch die man über die Mauer des Industrieparks hinweg die Lichter und Schornsteine sehen konnte. Die Straße war in schlechtem Zustand, und jedes Mal wenn der Bus durch ein Schlagloch fuhr, hoben wir ein paar Zentimeter von unseren Sitzen ab.

»Wenn wir aufs Verbundgymnasium kommen, können wir auch die Pausen zusammen verbringen«, sagte Pikka zu mir, während ich den Rucksack auf meinen Knien festzuhalten versuchte. Das Verbundgymnasium war der Ort, an dem unsere beiden Schulzweige für die letzten drei Jahre bis zum Abitur zusammengelegt wurden, und es hatte einen guten Ruf, alle reichen Familien aus den umliegenden Dörfern im Gebirge schickten ihre Kinder dorthin. Sie fuhren dafür lange Wege mit der S-Bahn, und im Winter hatten sie manchmal schon Schnee in den Kapuzen, weil es dort oben früher schneite als bei uns, zumindest, wenn es echter Schnee war. »Es gibt dort Wahlfächer«, sprach Pikka weiter, »haben die euch das auch schon beim Elternabend erzählt?« Ich nickte. »Was nimmst du als Leistungskurs?« Er nestelte an den Schnallen seines Rucksacks, die er, wie es derzeit Mode war, stets offen ließ, damit sie bei jedem Schritt rhythmisch klapperten. »Ich weiß noch nicht –«, sagte ich. »Wir können ja dann zusammen welche wählen, das wird richtig cool«, sagte er, und seine Augen folgten den vorbeirauschenden Hecken am Straßenrand, die anzeigten, dass wir bald bei seiner Schule ankommen würden.

Im Vorraum der Aula diktierte die Englischlehrerin Verben. Wenn alle Klassenzimmer belegt waren, wurden auch hier Klausuren abgehalten. Hinter die Grundform sollten wir das Simple Past und das Past Participle setzen. Das hochtoupierte Haar der Lehrerin bewegte sich nicht, als sie bei jedem Verb den Blick von ihrem Blatt hob. »Put!«, rief sie mit ihrer jodelnden Stimme, damit es auch die in den letzten Reihen hören konnten. Sie trug einen beigen Hosenanzug und duftete nach teurer Gesichtscreme. Ein einzelner schlichter Goldring schmückte ihre rechte Hand, in der sie ihre Notizen hielt, und eine dünne Perlenkette bewegte sich über der Kuhle zwischen den Schlüsselbeinen, immer wenn sie ansetzte, uns ein neues Verb zu diktieren. »Begin!«, rief sie als Nächstes.

Es war nicht genug gewesen, das wusste ich, als ich abends wieder auf dem Teppichboden saß und das Kabel des Kassettenrekorders mit der Steckdose verband. Es würde keine gute Note werden. Mein Stift hatte über dem Blatt in der Luft gehangen, während die Lehrerin mit langsamen Schritten durch die Reihen gegangen war. Die Sohlen ihrer braunen Mokassins hatten kein Geräusch auf dem Steinboden gemacht; sie hatte neben mir verharrt, aber ich hatte nicht zu ihr hochgeblickt. Ich hatte nicht sehen können, dass ihr Jackett einen Fleck hatte, dass die Schminke etwas zu dick auf der Haut lag, dass sie stur einem vorgegebenen Kanon folgte, weil sie bloß nichts falsch machen wollte, wie alle Lehrer der Schule. Bevor sie etwas priesen, schlugen sie es erst in ihrer Bibliothek nach, um sicherzugehen, dass es anspruchsvoll genug war. Sie wussten, dass sie nichts Außergewöhnliches an sich hatten. Sie wussten, dass sie langweilig waren. Sie wussten, dass sie nur Lehrer geworden waren, weil ihnen nichts Besseres eingefallen war, und sie waren wütend auf die Jugend, die sie täglich vor sich hatten und die täglich weiter von ihnen abrückte. Sie waren wütend auf ihr unendliches Potential, das sie an sich selbst nie oder erst zu spät erkannt hatten, und am wütendsten wurden sie, wenn eins der Kinder schon jetzt damit begann, eine eigene Persönlichkeit zu entwickeln und etwas zu mögen, das nicht die *Ilias* war; seien es schrille Flokati-Pullover oder *Pokémon*-Karten; sie sahen darauf herab. Erst als ich vorgab, etwas zu schreiben, indem ich die Füllerspitze auf das Papier setzte, war die Englischlehrerin weitergegangen.

»Man muss der Typ dafür sein«, dachte ich. »Beat – beat, beaten«, sprach ich auf Band, mit Nachdruck in der Stimme. »Become – became, become.«

Sophia hatte sich den Ort zu eigen gemacht: den Reitstall, in dem sie voltigierte, den Turnverein, in dem sie Ballett tanzte, und die Kirche, die als Einzige abseits des Sports Zusammenkünfte für die Jugend organisierte. Sophias Landschaft bestand aus diesen Gruppenräumen und den schönen Straßen. Die Allee vor ihrer Haustür gehörte dazu, mit den Zierahornbäumen, die im Herbst ein tiefes Rot annahmen, den blank gekratzten Rillen der Bürgersteige, den »Willkommen«-Schildern an den Gartentoren, die gewissenhaft ausgetauscht wurden, wenn die Sonne sie ausgeblichen hatte. Die Ortsmitte mit dem Kreuz, wo ihre Mutter sich zu kleinen Unterhaltungen mit Bekannten traf, die Einkaufstaschen mit genau der Menge Lebensmitteln in der Hand, die sie für die nächsten zwei Tage brauchte. Die Straße zum Hügel, denn obwohl hier kein großer Nachbarschaftszusammenhalt herrschte, wurde doch an Fronleichnam geschmückt. Die Leute legten Birkenzweige auf die Türgiebel, und rot-weiße Bänder flatterten den Blasinstrumenten und Pferden entgegen. Auf einem saß Sophia und winkte mir zu, wie ich mir den Bauch hielt und aus dem Fenster gebeugt zusah.

Meine Landschaft bestand aus dem Gitter über der Abluftanlage des Supermarkts, auf dem ich stand, wenn ich vor der Schule an der Bushaltestelle darauf wartete, dass Sophia um die Ecke kam. Zu mir gehörte der geschlossene Rollladen von *Conny's Eck*, der Bahnhof, die startenden Flugzeuge im Himmelsviereck meines Zimmerfensters, der Strommast, die Mauern des Industrieparks, die aufragenden Röhren, gegen all das rannte ich an, aber es waren meine einzigen Ankerpunkte. Kein Garten umschloss unser Haus, keine Birke spendete mir Schatten, denn aus Schatten bestand ja unser ganzes Grundstück, und unsere Wohnung war ein Geheimnis, das wir zu hüten hatten, dessen wir uns schämten. Wenn ich in den Stuhlreihen des Gymnasiums saß, glaubte ich die blinkenden Spielautomaten des *Schluckspechts*, die mein Vater am Wochenende bediente, um mich aufleuchten zu sehen, sie lenkten Herrn Kaisers Aufmerksamkeit auf mich. Ohne die sorgsam ausgesuchte Kleidung, ohne feste Abendbrotzeiten und Fragen nach »meinem Tag«, wie Sophias Mutter sie stellte, und ohne die schützende Mauer von Erziehungsberechtigten, die wussten, was man am Elternabend zu fragen hatte, damit ihre Kinder in Ruhe gelassen wurden, war ich ihm schutzlos ausgeliefert. »Wenn ihr die ganze Zeit eure blöden Sendungen guckt, dann müsst ihr euch nicht wundern, dass ihr keine Vokabeln lernt, die verstopfen euch das Hirn«, sagte Herr Kaiser und blickte eine Sekunde länger auf mich als auf die anderen. Die ständige Anspannung, unter der ich im Klassenraum saß, die Alarmbereitschaft vor der geschlossenen Wohnzimmertür, dieses ständige Abwehren von Gefahren nistete sich in meinem Körper ein. Ein juckender roter Ausschlag breitete sich auf meiner Brust aus, den mein Vater mit abgelaufenen Salben behandelte. Permanent spürte ich einen Kloß im Hals, an dem ich vorbeizuschlucken versuchte, und bekam stechende Bauchschmerzen. Erst dann ging mein Vater mit mir zum Arzt. »Man muss sich ja nichts einbilden«, war seine Devise; immer musste alles Leiden eisern übergangen werden. Selbst an dem Tag, als in einer Notoperation drei walnussgroße Steine aus seiner Gallenblase geschnitten wurden, hatte er brav an seinen Laugenbottichen gestanden, den ausbrechenden kalten Schweiß mit Argwohn bedacht, aber nicht weil er sich um sich selbst sorgte, sondern weil er es sich nicht durchgehen lassen wollte; er beobachtete seinen schmerzenden Körper wie einen ungezogenen Jungen. Sich etwas eingestehen gab es nicht. Man hatte andere Ursachen für die Schmerzen zu suchen als das Naheliegende, leicht auszuhebelnde Ursachen mussten es sein, wie eine falsche Waschmittelmarke, die der Willkür von Krankheit und Tod eine harmlose Maske aufsetzten. Nie wollte mein Vater die wahren Gründe anerkennen. Nicht, als seine Mutter gestorben war, und nicht, als ich den Ausschlag und die Bauchschmerzen bekam. »Es muss der neue Weichspüler sein«, sagte er zum Arzt. »Wenn Sie den gerade gewechselt haben, wird das der Grund sein«, sagte der. »Was die Bauchschmerzen angeht«, er drückte auf meinem Unterbauch herum, »gehe ich davon aus, dass es sich bloß um Luft handelt, aber wir machen dennoch eine Röntgenaufnahme, nur zur Sicherheit.« Wirklich handelte es sich um Luft, wie die Auswertung der Bilder ergab. Der Arzt richtete seine langen Finger auf die seltsam verbeulten Stellen meines Dünndarms. »Siehst du hier, das ist eine Luftblase«, sagte er, und mein Vater wiederholte erleichtert: »Es ist nur eine Luftblase.« »Pass nur in Zukunft etwas auf beim Essen, dass du nicht schlingst und gut kaust, der Rest erledigt sich von selbst.« Ich nickte, obwohl ich nie schlang, in letzter Zeit sogar noch lustloser im Eisbergsalat herumstocherte, mit größter Überwindung die Brotbissen hinunterwürgte, am Kloß in meinem Hals vorbei, aber davon sagte ich nichts. Davon hatte ich zu schweigen.

Gemäß der Prognose des Arztes wurden die Bauchschmerzen noch einmal schlimmer, bevor sie ganz verschwinden sollten, ein paar letzte Tage Bettruhe wurden mir verordnet, die ich unten bei meinem Großvater auf dem Sofa verbrachte, damit mein Vater ungestört das Wohnzimmer mit seiner lauten Musik füllen konnte. Hier unternahm ich den einzigen Versuch, jemandem etwas begreiflich zu machen. »Sie schreien viel –«, sagte ich zu meinem Großvater, weiter kam ich nicht. Bis auf »sie schreien« konnte ich nichts benennen, keins der zerbrochenen Gläser und nicht den Klumpen in meinem Hals. Mein Großvater saß in seinem Sessel und fuhr sich mit der Hand über die geschlossenen Augen. »Achjo«, sagte er, »das kommt schon mal vor.«

Nach einer Weile der Stille, in der mein Großvater geglaubt haben musste, dass ich eingeschlafen war, stand er auf und ging zur Wohnwand hinter dem Sofa. Mit der flachen Hand fuhr er an den Griffen entlang, bis er den richtigen gefunden hatte, und hinter der Tür kam ein verspiegeltes Fach mit Schnapsflaschen zum Vorschein. Er nahm einen Schluck aus einer der Flaschen, fachmännisch und als wäre es Medizin, legte er dabei den Kopf in den Nacken.

»Der Opa säuft«, sagte ich ein paar Tage später zu meinem Vater, ich konnte mich wieder bewegen, ich ging wieder zur Schule und war beinahe froh, der Wohnung zu entkommen, lieber ließ ich Herrn Kaisers Spitzen über mich ergehen, als meinen Vater durch die Wände stöhnen zu hören und mich unsichtbar zu machen, damit er nicht mir die Schuld am verschütteten Wein oder an einem heruntergefallenen Handtuch geben konnte. Ich wollte ihn warnen, weil ich dachte, für meinen Großvater könnte es vielleicht noch nicht zu spät sein, so klein, wie sein Schluck gewesen war. Mein Vater saß auf dem Sofa im Wohnzimmer wie immer, das Fernsehlicht stand ihm im Gesicht wie immer; ich beugte mich zu ihm hinüber, mit einem ernsten Kindergesicht, und ich dachte, mein Vater müsse verstehen, was ich damit meinte, was es bedeutete, wenn man nichts unternahm. Er sah mich mit einem überraschten Ausdruck an, richtete sich kurz auf, zog die Schulterblätter zusammen, und dann fing er an zu lachen. Ein lautes, raumfüllendes Lachen.

Später wurde meine Warnung zu einem geflügelten Wort. »Der Opa säuft«, riefen sich mein Vater und Großvater zu, sobald einer von ihnen eine Schnapsflasche hervorholte, und klopften mir dabei auf den Rücken.

Mehr sagte ich nicht, sondern lauschte nur. Vom Bett aus, hochgefahren aus traumlosem Schlaf; vom Bad aus, hinter den Handtüchern, in die ich meinen Kopf drückte. Die Scherben fand ich erst, wenn alles schon wieder still war, wenn sie auseinandergegangen waren und es schon der nächste Morgen war. Meine Mutter lächelte mich vom Küchentisch aus an, als wäre über Nacht etwas Schönes passiert, als wartete draußen ein Frühlingstag.

Ein paar Geschichten über seine Mutter konnte man meinem Vater abringen, in gelösten Momenten, nach einem Bier oder einem Glas Sekt: dass sie mittags immer ein Nickerchen auf dem Sofa gehalten und danach nach einem Kaffee gerufen hatte, dass sie schöne Dinge mochte und sich außer Groschenromanen auch feine Likörgläser kaufte, von dem Geld als Putzfrau, dass sie bei reicheren Familien die Böden sauber machte und mein Vater als »ganz kleiner Bub« vorn auf dem Wischer sitzen durfte und den größten Spaß dabei hatte. Er lachte, aber seine Augen blickten mich an, als wollte er sich dafür entschuldigen, dass es sich für ihn um eine schöne Erinnerung handelte. »Schlaganfall« konnte man ihm noch abringen, weiter nichts. Keinen Ort und keine Jahreszahl, diese war nur abzulesen vom rotbraunen Grabmal aus Naturstein mit eisengeschmiedeten Ziffern: 1976.

Sein Vater wurde nach ihrem Tod der schweigende alte Mann, wie ich ihn kannte. Er ging nach der Beerdigung sofort dazu über, im Keller die Thermen für die Warmwasserversorgung auszutauschen und die Heizkörper im Haus durch neue zu ersetzen, als wäre das die erste Aufgabe, die nun zu erledigen war. Die alten hob er auf, stapelte sie zwischen den abgewetzten Schlittschuhen, abgerissenen Holzpaneelen und Kupferleitungen hinter der Luftschutztür. Mit dem größten Ernst trug er die Leiter die Treppe hinauf und hinunter, mit Schritten, als kippe er von rechts nach links, ein Riese, dem die Kräfte schwanden. Diffuse Symptome: Müdigkeit, ab und zu eine Sehstörung, wie ein Film vor den

Augen, mehr Erkältungen als früher, weshalb er sich sämtliche Nahrungsergänzungsmittel, die in der Drogerie im Regal »Immunsystem« zu finden waren, zulegte. Ein konstanter Duft nach Tigerbalsam kam aus seinem Schlafzimmer. Er rieb sich die Fesseln mit Teufelskrallensalbe ein und lutschte Salzpastillen. Die zufällige Diagnose Diabetes tat er als ungefährlich ab, eine Geschichte wie aus dem Lehrbuch. Weiterhin Sahnekuchen zum Sonntag und manchmal auch unter der Woche, die Überzeugung, es handle sich beim Treppensteigen in den ersten Stock um »Bewegung«. Mit dem ersten Schwinden des Augenlichts ein kurzer Anflug von Sorge, die sich darin äußerte, dass er zu den Sahnekuchen Äpfel zu essen begann, weil es das Erste war, was ihm unter »gesund« einfiel. Dann die heimliche Vorliebe für Bonbons, die versteckten Verpackungen schauten unter den Sofakissen hervor, weil es schlechter wurde mit dem Sehen. Mein Vater warf sie wortlos in den Mülleimer. Von da an saß er fast nur noch in seinem Sessel, zwischen mehreren Lampen, von denen nur der schwarz-türkise Deckenfluter funktionierte. Mit den Jahren rückte er immer näher an den Fernseher heran, der auf dem schweren Mahagonischreibtisch stand, stützte die Hände auf der Tischplatte auf, das Gesicht nur Zentimeter vom Bildschirm entfernt, auf dem die Umrisse der Moderatorinnen flackerten, und versuchte mit seinen immer trüber werdenden Augen etwas zu erkennen. Am Jahrestag ihrer Hochzeit und zum Geburtstag seiner verstorbenen Frau bekam er schlechte Laune, und mein Vater musste sich selbst ausrechnen, was der Grund dafür war.

Er hatte schon früher ausziehen wollen, aber weil es nichts zu wollen gab und er Mitleid mit seinem Vater hatte, wie er so einsam auf seinem Sessel saß den Tag hindurch, tat er es erst spät und auch dann eher mit einem halben als einem ganzen Schritt. Mit dem Rad die lange Straße hinunter, fünfzehn Minuten durchs Feld und durch einen kurzen Abschnitt kühler Bäume – dort hatte er eine kleine Wohnung gefunden. Zwei miteinander verbundene Zimmer in einem Neubau über einem Klamottenladen, das Bad mit einer Luke als Fenster, die Küche mit breitem Fensterbrett. An den Wänden des vorderen Zimmers brachte er Setzkästen an, in die er seine Miniaturlastwagen stellte. Als Alleinstehender hatte er Geld für eine schwarze Schrankwand mit Vitrine (schwarze Möbel, ein Zeichen von Modernität in den Achtzigern); für eine Stereoanlage und einen Wasserkocher, für den er von seinem Vater getadelt wurde: »Ich hab doch noch einen im Keller!«

Genug Geld für Kneipenabende mit seinen Kollegen, manchmal sogar »weiter draußen«, in der Stadt, die eigentlich das Zentrum war und der Ort »weiter draußen«, aber so kam es meinem Vater nicht vor. Über das Kopfsteinpflaster des Kneipenviertels stolpern, durch die Holztüren, keifendes Lachen und mit den Händen auf den Tresen schlagen. Wenn er etwas getrunken hatte, konnte er die Geschichte ihres Kennenlernens immer und immer wieder erzählen: Er sah meine Mutter in einer Menschenmenge stehen, den Blick geradeaus auf die kleine Bühne, auf der irgendein unbekannter Musiker etwas auf der Gitarre spielte. Er stellte sich ihr in den Weg und fragte, ob sie nun noch etwas sehen könne, mit einem verschmitzten Augenzwinkern. Es war das einzige Mal, dass er geradewegs auf etwas zugegangen war, das einzige Mal, dass er sich halbwegs darüber bewusst gewesen war, etwas zu wollen.

Als er meine Mutter das erste Mal mit zu seinem Vater nahm, begegneten sie ihm auf der Treppe. Freundlich nickte meine Mutter ihm zu, damals schon hatte sie diesen Augenaufschlag von unten herauf. Mein Vater erzählte mir, dass sie ihn an Lady Di erinnert hatte, eine Unterwürfigkeit im Blick, die genauso gut eine berechnende Stärke hätte sein können. »Hallo«, sagte sie. Mein Großvater sah sie von der Seite an, warf das »Hallo« murmelnd zurück und ging schnellen Schrittes weiter treppab.

»Ist es dir nicht recht?«, sagte mein Vater ein paar Tage später, drehte sich zu meinem Großvater hin, der auf dem Sessel saß, er selbst auf dem Sofa, beide hatten sie fünfzehn Minuten still nebeneinandergesessen und zum Fernseher geblickt, wo im Nachmittagsprogramm eine Talkshow lief. »Ist es dir nicht recht?«, unterbrach er die Stille zwischen ihnen, und mein Großvater schob zunächst nur die Unterlippe vor. »Was soll mir nicht recht sein?«, fragte er. »Sie«, sagte mein Vater. »Ist *sie* dir nicht recht?« »Quatsch«, sagte mein Großvater. Die leergegessenen Teller des gemeinsamen Mittagessens standen noch vor ihnen; gestampfte Kartoffeln, Rahmspinat und hartgekochte Eier hatte es gegeben. »Was soll mir an ihr nicht recht sein, früher oder später musstest du ja mal wen nach Haus bringen, ich hab mir schon langsam Sorgen gemacht«, sagte er, einen Anflug von Lächeln im Gesicht, das gleich wieder erlosch. »Ich wollte sie dir vorstellen«, sagte mein Vater. »Du hättest ja kurz mal ein Wort mit ihr wechseln können.« »Hab ich doch, hab doch hallo gesagt.« Mein Vater atmete aus und drehte den Oberkörper wieder in Richtung Fernseher, er ließ sich zurück ins Polster fallen. »Ich habe nie etwas gegen die gehabt, und ich habe es auch jetzt nicht«, sagte mein Großvater.

»Du hast nichts dagegen gesagt!«, hörte ich meine Mutter rufen, wenn sie im Streit wieder zu dieser alten Geschichte zurückkehrten, die ich damals noch nicht richtig begriff, aber mit jedem Mal, dass sie sie hervorholten, ich in meinem Bett saß und sie hören konnte durch die Wände, verstand ich besser und reimte mir den Rest zusammen. »Du hättest entschiedener widersprechen müssen, für mich«, rief meine Mutter. »Ich habe es nicht besser gewusst«, sagte mein Vater.

Nachdem sie bei ihm eingezogen war, versuchte meine Mutter ihm schonend beizubringen, dass man nicht alles aufheben musste. Sie begann mit der Küche, hielt einen Gegenstand nach dem anderen in die Höhe, vieles davon besaß mein Vater auch doppelt und dreifach, und fragte: »Was ist damit?« Meine Mutter war es gewohnt, fast nichts zu besitzen. Sie war ja mit kaum etwas gekommen, hatte alles zurückgelassen in einem Fünfhundert-Seelen-Dorf an der Schwarzmeerküste. Für sie war es wichtig, dass gestaubsaugt wurde. Dass Pflanzen im Fenster standen. Dass man beim Nachhausekommen sofort die Schuhe auszog und nicht vorher durch den Flur in die Küche lief, um etwas abzustellen. »Du musst aufräumen«, war ein Satz, den sie oft wiederholte. Ich weiß nicht, was sie sonst groß miteinander redeten, bevor meine Mutter besser Deutsch lernte.

Mein Vater war dreißig, als ich zur Welt kam, und meine Mutter trug von da an unablässig ein dumpfes Gefühl der Alarmbereitschaft mit sich herum. Sie schaute zu, wie er im Wohnzimmer rauchte, während das Kind am Boden auf einer Decke lag. Wie er schwankte, wenn er sich im Flur schwerfällig die Schuhe anzog und gegen die Wände des Neubaus fiel. Jeder Außenstehende hätte es für einen kurzen Schwindel gehalten, wie er einen befällt, wenn man zu schnell aufsteht, aber es passierte ihm nur alle paar Monate, immer wenn er die Kneipenabende mit seinen Freunden wiederaufnahm. Er glaubte, ein Stück weit seine Selbstbestimmung verloren zu haben, indem er eine Frau in seine Wohnung geholt und mit ihr ein Kind gezeugt hatte, es wurde ihm plötzlich ein diffuser Anspruch auf »sich selbst« gewahr; dass meine Mutter ebenfalls ein »Selbst« war, kam ihm nicht in den Sinn. Sie sagte, das sei typisch für Männer. Sie hätte ihn etwas mehr an die Hand nehmen müssen, damit er es verstanden hätte. Nur einmal bestand sie auf einem Abend im Kino, und als sie zurückkam, lag ich schlafend auf dem Sofa, und mein Vater saß aufgelöst daneben. Das Glas vibrierte schon damals in der Vitrine, aber für mein Gehör war alles noch weit entfernt. Es gab noch keine Tür, die meine Mutter einen Spaltbreit hätte offen lassen können, denn mein Vater hatte die Tür zum Schlafzimmer ausgehängt, um mehr Platz zu schaffen. Der Laden im Erdgeschoss war ab dem späten Nachmittag geschlossen; es konnte sie keiner hören. »Dein Vater, er kommt die Treppen doch nur noch schwer hoch, und es wird auch langsam zu eng hier für uns drei«, sagte sie. »Wäre es nicht besser, wir würden zu ihm ziehen?«

Es war meinem Vater unangenehm, Pflegegeld für den Großvater zu beantragen oder eine Behinderung anerkennen zu lassen. Nicht weil er sich für seinen Vater schämte, sondern aus der Überzeugung heraus, man müsse seinen Unterhalt aus eigener Kraft bestreiten und dürfe nichts für sich in Anspruch nehmen, schon gar keine Staatsgelder; auch nicht, wenn man ein Recht auf sie hatte. Als er sich dann doch endlich überwunden hatte und jemand vom Gesundheitsamt vorbeikam, setzte sich der Großvater kerzengerade im Sessel auf und ließ sich mit zitternden Händen beäugen, als wäre es ein großer Test, der bestimmen würde, ob er gut genug sei.

Mein Vater machte sich alles unnötig schwer und kam deshalb zu nichts. Er war gehemmt durch einen merkwürdigen Perfektionismus, der sich darin zeigte, dass er, als ich Klopapier in die Grundschule mitnehmen wollte, weil es in dem dunklen Toilettenhäuschen nie welches gab, eine halbe Stunde lang sorgfältig je drei Papiere abteilte und für mich in einer Brottüte verstaute, statt mir eine ganze Rolle oder, noch einfacher, eine Packung Taschentücher in die Hand zu drücken. Dass er, wenn ich als Hausaufgabe einen Zeitungsartikel mitbringen sollte, darauf bestand, ihn umständlich auszuschneiden und auf ein weißes Blatt Papier zu kleben, statt mir einfach die Seite mitzugeben. »Das macht man so!«, sagte er, beinahe trotzig, aber ich war mir nicht sicher.

»Man muss früh anfangen mit so was«, sagte er über Profifußballer oder Konzertpianisten, und zwar vor allem, um herauszustellen, dass es für ihn bereits zu spät war, mit etwas *richtig* anzufangen. Für mich kam es, obwohl ich noch jung war, nicht in Frage, weil man »dafür« (für alles, was über die normalen Schularbeiten hinausging) *richtiges* Talent brauchte. Selbst die sogenannten Sternchenaufgaben (die man als zusätzliche Fleißarbeit machen konnte und die es brauchte, um Einsen zu bekommen) redete er mir aus: »Das Wichtigste ist, im Leben möglichst einfach durchzukommen.« Sich anzustrengen führte zu nichts, davon war er überzeugt. »Das ist mir zu fein«, war ein Satz, den er bereits über Stoffservietten sagte.

Mein Talent beschränkte sich darauf, endlos über unlösbare Probleme nachzudenken und heimlich Tagebuch zu schreiben. (Später, als ich schon an der Uni war und sich dieses Talent als nützlich erwies, sagte er, dass man mein Fach nicht *brauche*.)

»Ich habe mir überlegt, vielleicht hatte sie auch eine Hormonstörung«, sagte mein Vater zu Weihnachten 1996, nach einem Glas Sekt, die Wangen ein bisschen rot und die Augen ein bisschen feucht. Es war der Versuch einer Erklärung, die lichtblitzhaft sein Gedankenkreisen offenlegte. »Zucker hatte sie nich'«, sagte der Großvater, den Kopf in die Hände gestützt.

»Ach, das hamm se noch getestet?«, fragte mein Vater, ein abschätziger und zugleich hilfloser Kommentar auf *sie*, die vielleicht noch etwas hätten ausrichten können.

Dann Stille.

Sein kurzer, sektgeschwängerter Anflug, zur Christmette in die Kirche zu gehen, der ihm vom Großvater ausgeredet wurde nach dem Credo, nach dem beide lebten, nämlich »besser nicht« irgendwohin zu gehen. Der Baum mit dem schweren Lametta aus Blei, den Kugeln aus Glas, »ordentlicher Schmuck«, wie er »früher noch« gefertigt wurde, aber keine echten Kerzen, aus Angst vor Feuer. Die vergilbten Gardinen im Fenster, ein dickkrustiger Braten, der von meiner Mutter hereingetragen wurde, die noch kochende Soße, die beim Abstellen an die Ränder der Keramikform schwappte.

Ob das Grab der Großmutter eingeebnet werden solle oder nicht, weil die Ruhefrist abgelaufen war. Ob man das Nutzungsrecht verlängern solle; wie viel das koste. *Eingeebnet*, ein Wort, das ungeheuren Eindruck auf mich machte. Die Kurve eines Hügels, die mein Großvater mit der Hand in die Luft malte, dann die einer Kuhle, »wenn die Erd' nachrutscht«, sagte er und meinte den Zustand frischer, ein paar Wochen alter Gräber, die mit dem Grab meiner mir unbekannten Großmutter nichts zu tun hatten; ihres wurde seit zwanzig Jahren wenig besucht.

Wir hörten nichts von der Explosion in der Kirche, in diesem Winter 96, obwohl sie eigentlich nicht weit weg war; bloß die Straße hinunter und dann links. Es lag an der lauten Musik, die mein Vater irgendwann anstellte, nach dem zweiten Sekt und ein paar Bieren hinterher; daran, dass er die Musik noch zusätzlich auf der Gitarre begleitete und wild den Kopf hin und her schwang, als hätte er lange Haare. Dass ich auf dem braunen Sofa saß, das mein Vater zur Feier des Tages zusammengeklappt und vom Bett wieder in ein Sitzmöbel verwandelt hatte. Dass ich ihm zusah und dem Schnee vor den Fenstern, die Moderatoren im Regionalsender hatten sich mit ihren aufgeweckten Stimmen »Weiße Weihnacht« gewünscht, aber nur der Ort hatte welche bekommen. Mein Vater und mein Großvater in Jogginghosen, verlangsamtes Sprechen und dumpfes Gekicher zum Ende des Abends, hängende Augenlider. Meine Mutter in einem langen schwarzen Rock, die Hände im Schoß gefaltet, ihr angestrengter Versuch mitzulachen. Vielleicht entfernte Sirenen der Feuerwehr, die ausgestellt wurden, als sie ins Wohngebiet einbog, weil ohnehin niemand da war, der aus dem Weg hätte gehen können, aber das kann ich heute nicht mehr sagen, und wir hätten uns auch nichts dabei gedacht.

Eine Fliege hielt mich nachts wach. Mein Vater auf der Couch, das Gesicht zusammengestaucht durch die Polster, befahl mir mit geschlossenen Augen: »Iss deine Suppe auf, iss deine Suppe auf«, genuschelt durch weiche Schlaflippen.

Vielleicht hatte Herr Kaiser eigentlich Wissenschaftler werden wollen, sich aber nicht getraut und geglaubt, dass Lehrersein der einfachere und sicherere Weg sei. Vielleicht hatte er auch, als er das Studium aufnahm, noch in der Nähe seiner Jugend (mit Anfang zwanzig) gedacht, es wäre schön, sein Leben mit jungen Leuten zu verbringen, um so selbst ewig jung zu bleiben und ewig nah einer Welt, die er verstand und in der er Erfolg gehabt hatte, weil er sich immer im richtigen Moment gemeldet hatte und belohnt worden war für seine vorschlaue Art zu sprechen. Aber dann waren die Jahre vergangen, und schon mit dreißig war ihm aufgefallen, dass er Lärm nicht mehr ertrug. Jeden Morgen riss er die Fenster auf, weil die pubertierenden Kinder stanken. »Nous avons besoin d'air frais!«, sagte er mit angestrengter Stimme. Dann übte er mit ihnen das Gehorchen, indem er ihnen sagte, wann sie sich zu setzen und wann sie zu stehen hatten. »Levez-vous!«, rief er, und die Schüler erhoben sich. »Asseyez-vous!«, und das Rücken der Stühle erfüllte den Raum. Während der Freistunden traf er sich mit der Chemielehrerin im Hinterzimmer des Experimentierraums, wo die Säuren, Laugen und die ganzen Pulver lagerten. Sie hatte eine Flasche Schnaps in einem der Regale versteckt, von der sie abwechselnd verstohlen nippten, als wären sie selbst noch Schulkinder. Sein linkes Auge war von Geburt an schwächer, aber erst seit die Chemielehrerin an die Schule gekommen war (vor fast zehn Jahren), war es ihm unangenehm. Seitdem trug er die getönten Brillengläser, hinter denen man das schielende Auge trotzdem sah, und betrachtete abschätzig die jungen Mädchen in der ersten Reihe, die sich jeden Tag absprachen, was sie am nächsten tragen wollten, und wenn es auf die Sommerferien zuging und sie ihm zu laut über ihre Heimatländer sprachen, sagte er, dass sie sich integrieren sollten.

Im Frühling, in der Zeit vor Ostern, fanden die Projektwochen statt. Für die siebten Klassen war es verpflichtend, an der Vorbereitung auf *Jugend debattiert* teilzunehmen, weil es, so stand es in den Fortbildungsbroschüren, das demokratische Bewusstsein stärke. Die Gewinner durften am Wettbewerb des Bundeslandes teilnehmen. Alle Themen waren als klare, mit ja oder nein zu beantwortende Fragen formuliert: *Sollten homosexuelle Paare Kinder adoptieren dürfen? Sollte die doppelte Staatsbürgerschaft abgeschafft werden? Sollte das Tragen des Kopftuchs in öffentlichen Institutionen verboten werden?* Die Broschüre empfahl, zum Einstieg mit »Scherzfragen« zu beginnen: *Soll die Schulpflicht auch für Gummibärchen gelten?,* lautete die erste, und die vier Schüler, die vor der Klasse an gegenüberliegenden Tischen ihre Plätze eingenommen hatten, tauschten kichernd ihre Argumente aus.

Aus einer Sammlung kleiner Zettel zog Herr Kaiser das erste ernst gemeinte Thema. *Sollten Väter bei Abtreibungen mitbestimmen dürfen?* Er warf eine Münze, um die Teams auszulosen – Sophia und ich sollten dafür sein. Wir begannen, uns zu besprechen und Ideen zu sammeln. »Was könnte die Gegenseite bringen?«, fragte Sophia in gepresstem Flüsterton. »Wir müssen vorbereitet sein!« Nachdem sie kurz angespannt in die Luft geschaut hatte, begann sie eifrig Stichpunkte zu notieren.

Ich hatte früh eine Vermutung, schon bevor es losging, auf dem Weg zur Schule, zwischen den kranken Bäumen, die die Straße säumten. Es zog in meinem Unterbauch, und mir fielen die schmalen Spalten in den Zeitschriften ein, aus denen ich alles über Körpervorgänge lernte. Eine Vorahnung, die meine Mutter nicht ernst nahm, weil sie mich mit zwölf Jahren für zu jung hielt; »Kinder werden immer früher geschlechtsreif«, lautete eine der Überschriften, es steckte etwas Ekelhaftes darin, etwas Schmutziges, und ich wusste nicht, wie diese Vorstellung vom Zusammenhang zwischen Schmutz und dem Wort »geschlechtsreif« in meinen Kopf gekommen war. Die Zeitschriften zeigten in rosa Papier gewickelte Tampons, die wie Bonbons aussahen, Binden aus weicher duftender Baumwolle; in aufquellenden Perlen sollte sich das Blut sammeln, das in den Werbeclips immer tiefblau war. Meine Mutter drückte mir dünne Slipeinlagen in die Hand, zwischen Tür und Angel, damit ich aufhörte, darüber zu reden. Kein starker Schmerz zuerst. Später den ganzen ersten Tag im Bett verbringen müssen, in meinem kleinen Kinderbett mit der Elefantentapete im Hintergrund. So große Schmerzen, dass ich mich unter der Decke zusammenkrümmte und nicht anders konnte, als stoßhafte Seufzer ins Kissen zu atmen; sobald die Krämpfe etwas nachließen, schlief ich vor Erschöpfung ein. Am meisten Sorgen machte ich mir darüber, dass ich den Unterricht verpasste, weil ich die Schmerzen nicht als echten Krankheitsgrund ansah, sondern als persönliches Versagen. Die dünnen Streifen meiner Mutter reichten nicht aus, und ich dachte, so müsse es sein; ich dachte, man müsse alle zehn Minuten zur Toilette gehen und daher kämen die Witze, dass Mädchen kleine Blasen hätten.

Ständig hing ein Geruch von kaltem Rauch in der Mädchentoilette, die Wände der Kabinen waren mit Sprüchen und Graffiti bedeckt; Mülleimer gab es keine, denn auch hier hielt man uns für zu jung. Dazu kam, dass alles geklaut und kaputtgemacht wurde, weshalb auch keine Klobürsten mehr in den dafür vorgesehenen Haltern steckten. Ich rollte die benutzte Einlage zusammen und legte sie hinter den Fuß der Toilettenschüssel, hoffend, dass sie unentdeckt bleiben würde, dann zog ich den schmetterlingsbedruckten Umschlag aus dem Hosenbund, wo ich ihn heimlich hingesteckt hatte, bevor ich den Klassenraum zugleich mit dem Pausenzeichen verlassen hatte; schnellen Schrittes, damit ich die Erste auf dem Gang war und niemand mich von hinten sah.

In den Zeitschriften stand, dass man sich mit allem Zeit lassen solle. In jeder Ausgabe waren Geschichten abgedruckt, angeblich von Leserinnen eingeschickt, in denen das *Erste Mal* beschrieben wurde, und immer ging alles sehr langsam und brannten überall Kerzen. Ich stellte mir vor, dass man sich dabei würdevoll und bedächtig bewegte, so als wäre es ein Gottesdienst, und ständiges Summen von Klangschalen erfüllte den Raum. Die Monatsblutung wurde als etwas Besonderes verhandelt, das viele Neuanschaffungen erforderte; auf einer Doppelseite waren Wärmflaschen abgedruckt, Frauentee mit Hibiskusblüten, Rosenquarz, blumenverzierte Etuis, in denen die Binden steckten, »weiches Vlies« stand daneben, und die Lücken waren ausgefüllt mit Models, die Gesichtsmasken auf dem Nasenrücken verteilten, um hormonell bedingte Pickel im Keim zu ersticken. »Nimm deine Gesichtscreme und mische einen Tropfen Pfefferminzöl unter.«

Meine Mutter erlaubte mir, beim Sportunterricht nicht mitzumachen, aber der Lehrer akzeptierte die Begründung nicht, er sagte, er glaube nicht daran, dass es weh tue, er glaube, dass Bewegung gut sei und ich mich nur herausreden wolle, weil ich Fußball nicht mochte, und er schickte mich ins Tor, auf Socken, weil Straßenschuhe in der Halle nicht erlaubt waren. Ich hielt mir die Arme vors Gesicht, wenn die Jungs mit voller Wucht schossen und die harten Bälle von den Wänden abprallten. Kalter Schweiß brach mir aus, und alles Blut floss in die Körpermitte. Ich blieb stehen, bis ich in die Hocke gehen musste, um nicht umzufallen, und die Stürmer riefen sich gegenseitig »jetzt!« zu, bevor sie auf den Freiraum um mich zielten.

»Passionierter, passionierter!«, rief Herr Kaiser von meinem Platz aus, auf den er sich während unserer Diskussion gesetzt hatte.

»Der Vater sollte mitbestimmen, denn er ist der Erzeuger des Kindes, ohne ihn wäre es gar nicht da«, wiederholte ich das Argument, das Sophia und ich nach dem vorgegebenen Muster gebaut hatten: Forderung – Begründung – Konklusion. Es gelang mir trotzdem nicht, den Satz nicht wie eine verstohlene Frage klingen zu lassen.

»Es ist ja auch schwer für den Vater, das einfach mit anzusehen!«, sagte Sophia. Ich sah sie überrascht von der Seite an, sie hatte es gewagt, aus dem verstockten Hin und Her der Debatte auszubrechen. Jetzt wusste niemand, wie weiter, auch nicht die Gegenseite, die unruhig in ihren Notizen blätterte.

»Die Mutter sollte das alleinige Bestimmungs–«, begann eine der beiden vorzulesen, aber Herr Kaiser unterbrach sie. »Nein, warte mal, das ist gut, versucht doch mal, darauf einzusteigen – macht das Ganze doch mal etwas hitziger!«, sagte er und fuhr mit seinem Stift in der Luft herum.

Nach Schulschluss hörte ich, noch im Klassenzimmer, während ich gerade meine Brotdose aus dem Rucksack holte, wie draußen vor der Tür geschrien wurde. »Was ist das!« und »Iih!«. Als ich den Flur entlangging und zwangsläufig an der Toilette vorbeikam, sah ich, wie mehrere Mädchen sich vor der Kabine, in der ich noch in der letzten Pause gewesen war, versammelt hatten und mit Sicherheitsabstand hineinstarrten. Durch einen Spalt zwischen den eng beieinanderstehenden Beinen erkannte ich die Binde, die sich aufgerollt hatte und offen die Blutauflagerung zeigte.

Der *Girl's Day* fand nach den Osterferien statt. Wir bekamen einen eigenen Bus, der uns übers Gelände des Industrieparks fuhr, und zum ersten Mal sah ich die Fabrikgebäude nicht nur von Weitem. Die verschlungenen Röhren des großen Destillationskomplexes wirkten aus der Nähe noch unwirklicher; ich blickte an ihm hoch, so gut es durch das Busfenster ging. Sophia knuffte mich in die Seite. »Hier, es steht schon in der Schülerzeitung«, sagte sie und zeigte auf den Artikel in ihrem Schoß. Sie hatte es bis ins schulinterne Finale geschafft, und wenn sie auch das gewann, würde sie am landesweiten Debattierwettbewerb teilnehmen. Mit vor Freude leicht geröteten Wangen umklammerte sie das Blatt und las den Absatz, in dem ihr Name genannt wurde, noch ein zweites und ein drittes Mal durch.

Auf der Treppe zum Eingang eines Chemiekonzerns machte ein Journalist ein Foto von unserer Gruppe für die Ortszeitung, die über den *Girl's Day* berichten wollte. Ich verlagerte mein Gewicht auf das linke Bein; ich hatte mir eine Strähne meines Ponys mit einer Krebsklammer aus dem Gesicht gesteckt, wie ich es in einer der Mädchenzeitschriften gesehen hatte; den oberen und den unteren Knopf meines Cardigans hatte ich offen gelassen, und die Fransen meiner ausgestellten Jeans schwebten über meinen Knöcheln, weil sie schon zu kurz für mich wurde, obwohl ich sie erst vor wenigen Monaten gekauft hatte. Ich achtete darauf, dass mein Gesicht nicht feindselig wirkte, ich wollte keine Zähne zeigen und schmiegte die Lippen aufeinander, in der Hoffnung, dass man den rosafarbenen Lipgloss sah, den ich mir auf Empfehlung der Zeitschrift gekauft hatte. Die Fingerspitzen schob ich in die Taschen meiner Hose, viel weiter kam ich nicht hinein.

»Weißt du was«, sagte ich zu Sophia, als das Foto geschossen war, »du bist ja dann gleich in zwei Zeitungen, innerhalb einer Woche, du bis fast eine Berühmtheit!«, und Sophia warf den Kopf in den Nacken vor Lachen.

Eine Frau mit dem Logo des *Girl's Day* auf einem Ansteckschildchen holte uns ab und führte uns an offenen Türen vorbei, hinter denen Männer in weißen Kitteln vor Rührmaschinen standen. Ich sah ihnen dabei zu, wie sie das Verhalten verschiedener Kunststoffe untersuchten, Schutzbrillen auf der Nase und den Blick konzentriert auf die sich am Boden der Gefäße drehenden Magnetstücke gerichtet. Die Frau zeigte mit ausladenden Gesten hinein; betreten durften wir die Räume nicht. Dann ging es ein Stockwerk höher, wo sich die Planungsbüros und die Buchhaltung befanden. Sie lotste uns in das Büro einer Frau, die sich extra für den Tag eine Bluse angezogen hatte, die Schleife am Kragen saß schief, wie von ungeübten Händen geknotet. Dicht gedrängt standen wir vor ihrem Schreibtisch, auf dem ein schwarzes Telefon den Mittelpunkt bildete; drum herum Folien mit Säulendiagrammen. Sie lächelte und zeigte mit vor Aufregung weißen Fingern auf die Graphen.

Zum Abschluss brachte man uns in ein Zimmer, in dem

pinke Girlanden von der Decke hingen und Brezeln auf Servietten lagen. Es wurde eine PowerPoint-Präsentation an die Wand geworfen, mit deren Hilfe die Frau, die uns durch das Gebäude geführt hatte, uns genau auseinandersetzte, dass der Frauenanteil bei dreißig Prozent liege und, je näher man den Chefetagen komme, desto tiefer sinke. »Ja – woran liegt das«, sagte sie, aber es klang nicht wie eine Frage, sondern wie eine Feststellung, und dann betonte sie, dass wir uns bloß zu trauen hätten.

Meine Mutter hatte nur ein geschätztes Geburtsdatum. Ihre Mutter habe sich das Datum nicht gemerkt, es sei ihr egal gewesen. Sie erzählte das durch einen schmalen Spalt zwischen den Lippen, kaum hörbar sagte sie: »Ich weiß nicht, wann mein richtiger Geburtstag ist.« War meine Mutter Waage oder Jungfrau? Sie sagte, man habe zuerst versucht, sie aus dem Bauch zu schlagen, ohne Erfolg. Ihre Mutter habe dann aufgegeben, die Schwangerschaft abgewartet, und dann habe sie ihre Tochter gehasst. Sie sagte, sie habe die Füße in Staub gehalten, von der Bettkante aus. Sie sei früh aufgestanden, um ihrem Bruder zu helfen, Wasser zu verkaufen, an der Straße, die zum Strand führte. Als Kind habe sie gern rohe Zwiebeln gegessen, schon zum Frühstück, und ihre Mutter sei zum Dorfarzt gegangen, um zu fragen, ob das schlecht für sie sei, und der Dorfarzt habe nein gesagt, es sei in Ordnung, nur solle sie nicht die dünnen Häute essen, diese dünnen, fast durchsichtigen Häute, die sich von den einzelnen Schalen der Zwiebel abziehen lassen, und das erzählte sie mir, wenn ich die Häute abzog und mir in den Mund steckte. »Iss das nicht«, sagte sie. Sie habe jeden Sommer die Ferien über in der Schule sitzen müssen, weil sie das ganze Jahr nicht aufgepasst hatte. Stattdessen sah sie zum Fenster hinaus, in die wechselnden Farben des Himmels, die Ellbogen aufs Holzpult gestützt. Auch die Schule war aus Holz, ein einstöckiges Haus, wie alles einstöckig war, die Wohnhäuser und die Moschee, und wäre man um die Ecke gebogen und über den Marktplatz gelaufen, die abschüssige Straße hinunter über den Hügel, dann hätte man das Meer gesehen. Meine Mutter stellte sich vor, nicht geschlagen zu werden. »Hat einen Gürtel genommen«, sagte sie. »Pah, pah«, ahmte sie die Schläge nach. Was sollte ich mit diesen Bildern anfangen? »Bei dir ist's nicht so schlimm«, sagte sie.

Sie stellte sich vor, weit wegzugehen. Es war mehr das Gehen an sich als die Hoffnung auf irgendeine Art Reichtum. Natürlich kannte sie die Geschichten. Natürlich wusste sie, warum die anderen weggingen, warum ihre große Schwester gegangen war, aber das war es nicht. Sie wollte keinen Mercedes, sie wollte niemandem Geld schicken, sie wollte nicht jeden Sommer mit fliegenden Fahnen zurückkommen und vor den Leuten ihr Leben ausschmücken, niemandem mit erhobenem Kopf ihren Lohn nennen und dabei verschweigen, dass man die Hälfte für eine enge Wohnung in einer Plattenbausiedlung ausgab, so wie es ihre Schwester tat. »Soll ich hierbleiben?«, sagte sie, in der Stimme ihres früheren Ichs. »Ich wusste genau, was passieren würde. Soll ich hierbleiben – ich hätte einen Mann geheiratet, ich hätte in seinem Haus gewohnt, gekocht, geputzt, ich hätte eine gute Zukunft gehabt und gleichzeitig hätte ich keine Zukunft gehabt. Soll ich hierbleiben –«, sie drehte die Handflächen zur Decke. »Nein.«

Ihre Schwester hatte sie vom Frankfurter Flughafen abgeholt, nachdem sie gegangen war, nach der langen Busfahrt, bei der sie sich in jeder Kurve in den Sitz gekrallt hatte; nach dem Flug, der noch schlimmer gewesen war, bei dem sie während des Starts konzentriert tief durch die Nase ein- und durch den Mund wieder ausgeatmet hatte, aber das Herzklopfen war geblieben. Ein Gefühl, wie wenn man im Traum aus großer Höhe fällt. Ihre Schwester hatte hinter den sich automatisch öffnenden Schiebetüren gewartet, hinter dem Metallgeländer, das die Ankommenden in die Halle schleuste.

»Mein Vater ist früh gestorben, ich habe ihn sehr geliebt«, sagte sie. Es war gerade noch aus ihr herauszubekommen, wie und wann er gestorben war, dann verstummte sie, sah aus dem Fenster, obwohl nichts zu sehen war, sah auf die eigene Reflexion in der Scheibe, die Dunkelheit dahinter, das gelbe Licht der Küche im Rücken. Es sei ein Autounfall gewesen, Mitte der Sechziger, als sie gerade zehn oder elf war. Auf einer dieser kurvigen Straßen, von denen sie sprach, wenn sie erzählte, wie sie hergekommen war: »Ich komme von weit her, es gibt dort keine richtigen Straßen, sie führen an Bergen entlang, die Leute laufen mit Eseln am Wegrand.« Ich wusste nie, was daran stimmte und was bloß erdacht war, damit ich mir etwas Geheimnisvolles vorstellen konnte. Diese kurvigen Straßen, auf denen meine Mutter Angst gehabt hatte, nicht nur wegen des unzuverlässigen Busfahrers. Ihre Angst hatte ihren Ursprung tiefer in der Vergangenheit, an einem Nachmittag, an dem ihr Vater von einem Auto erfasst worden war. Er war am Straßenrand gegangen, den weiten Weg nach Hause. »Von der Arbeit«, sagte sie, aber nicht, was für eine Arbeit es gewesen war, wo er diese Arbeit verrichtet hatte. »Sie haben ihn in die Erde gelassen, in ein weißes Tuch geschlagen«, und sie zeigte die Bewegung, mit der die Männer das Seil durch die Hände hatten gleiten lassen.

Sie war mit ihrer Mutter allein, der Mutter, die sie nicht hatte haben wollen, die schon alt war, meine Mutter war ein Nachzügler gewesen, mit Anfang oder sogar bald Mitte vierzig empfangen, als ihre Mutter hoffte, es wären schon genug, als letztes Kind von sechs zur Welt gekommen. Als der Vater starb und sie zehn oder elf war, war die Mutter fünfundfünfzig. Keine Lust mehr auf Spielereien im Sand. Keine Lust, stundenlang dabei zuzusehen, wie das Mädchen einen Reifen die abschüssigen Straßen hinuntertrieb. Wenn sie zu spät nach Hause kam, zog die Mutter den Schuh aus. Wenn sie die Milch vergoss, wenn sie das Gemüse nicht richtig ansetzte, wenn sie sich nicht mit aller Förmlichkeit verbeugte und ihr die Hand küsste, wenn sie sich einen Moment lang nicht bewegte, nachdem die Mutter ihr gesagt hatte, wo sie sich hinsetzen sollte. Als sie älter wurde, kam Wut in ihr auf, und sie blieb manchmal absichtlich lange aus, ließ die Schläge der Mutter absichtlich auf ihre Schultern niedergehen, stand ihr gegenüber und wartete schon darauf, mit wilden Augen. Mit sechzehn traf sie sich heimlich mit ihren Freunden am Wasser, ein Stück abseits der großen Strandpromenade, die für jeden, der auf das Meer zusteuerte, leicht einzusehen war, dort, wo die Felsen die Bucht umschlossen. Jemand hatte Rakı mitgebracht, von den Eltern geklaut und abgefüllt in eine der Wasserflaschen, die sie nachmittags in den Straßen verkauften. Meine Mutter trank ein paar Schlucke davon zu viel, aber sie tat es absichtlich. Sie wankte absichtlich nach Hause, selig den Mund warm und voll mit Speichel, selig den Blick hinter sich auf die Strandbeleuchtung, auf die schwankenden Stromleitungen, in die Fenster, hinter denen die Leute sich zu Boden setzten und zu essen begannen. Sie stand im Türrahmen, und ihre Mutter sah es sofort. »Was hast du gemacht?«, schrie sie, und meine Mutter antwortete nicht, harrte aus, während ihre Mutter sich diesmal die Mühe machte, die Eisenstange von der Ofenstelle zu holen. Schön weich fühlten sich die Wangen meiner Mutter an, taub und wie mit einer dicken Creme bestrichen. Schön weich die Schultern und die Arme, die ihr am Körper herabhingen, während ihre Mutter sie von der Tür wegzog und begann, ihr auf den Rücken zu schlagen, bis sie eine Stelle im Nacken traf, die meine Mutter, auf allen vieren auf dem Holzboden hockend, ganz in die Knie zwang. Das Licht ging aus vor ihren Augen. Die Weichheit ihrer Wangen und Arme zog ein in den ganzen Körper, ein Tanz der Nervenenden im nachlassenden Schmerz, der sich vom Rücken her über ihr ausbreitete wie eine Decke.

In Deutschland fiel ihr auf, dass die meiste Zeit Wolken den Himmel verhängten. Dass es kalt war, öfter und länger als warm. Ihre Schwester hatte ein paar Sachen für sie aussortiert, ein dickeres Kleid, eine Jacke, einen Schal auf einem Stuhl in ihrem Schlafzimmer bereitgelegt. Es gab eineinhalb Räume, eine kleine Küche, die mehr einer Kammer glich, vom größeren der Zimmer abgehend. Immerhin gab es einen Balkon. Meine Mutter bekam das halbe Zimmer, schlauchförmig mit zwei schmalen Fenstern; eins nah an der Decke, das man nur kippen konnte, eins auf Augenhöhe, durch das man die Balkone der gegenüberliegenden Häuser sehen konnte, dazwischen ein Rasen mit gleichmäßig angeordneten Wäschestangen.

Ihre Schwester ging putzen in den Bürokomplexen der Innenstadt. Sie musste früh aufstehen, mehr nachts als morgens, weil die Arbeit erledigt werden musste, bevor die ersten Angestellten kamen. Meine Mutter wurde in der ersten Nacht davon geweckt, dass ihre Schwester im engen Flur der Wohnung leise in ihre Jacke schlüpfte und die Tür hinter sich zuzog. Die Wände waren so dünn, dass sie noch dumpf ihre Schritte im Treppenhaus hörte. Sie hatte ihr eine Stelle in derselben Firma verschafft, die meine Mutter eine Woche nach ihrer Ankunft antrat. Sie musste nicht viel verstehen, nur einen Wagen mit überschwappenden Wassereimern,

Mülltüten und Wischlappen durch die mit Teppich ausgelegten Büroflure schieben, von Zimmer zu Zimmer, und Locher anheben, Tastaturen, Briefablagen, darunter durchwischen und die Sachen so anordnen, wie sie vorher gestanden hatten. Eine Kollegin übersetzte die Anweisungen des Chefs, er sagte: »Wischen – sauber!«, und ahmte nach, wie er mit dem Finger über eine Oberfläche fuhr und durch einen Blick auf seine Fingerspitze prüfte, ob Staub darauf lag. Die Kollegin übersetzte: »Er will, dass wir die Tische wischen.« »Gehst du schnell«, sagte der Chef, »nix langsam!« »Er will, dass wir uns bei der Arbeit beeilen«, sagte die Kollegin, und meine Mutter nickte, blickte der Frau in die Augen und fragte sich, ob sie mit der Zeit die gleichen hohlen Schatten und vielen kleinen Falten bekommen würde, als ob die Haut unter den Augen ein zerknittertes Betttuch wäre.

Sie sagte, sie sei einmal von einem Löwen gebissen worden. »Von einem echten Löwen?«, fragte ich. »Ja«, sagte sie, »guck, hier«, und zeigte auf eine Stelle in ihrem Nacken. Ich beugte mich vor, um mich zu vergewissern, und noch bevor ich die langen Narben richtig ins Auge fassen konnte, drehte sie den Kopf zu mir herum, ahmte das Fauchen und Grollen eines Löwen nach und lachte hell auf, als ich mich darüber erschreckte. Sie steckte die Haare sonst so zusammen, dass man die Striemen nicht sah, und band sich ein zum Dreieck gelegtes Tuch um den Hals.

Die staubigen Straßen und Dörfer, von denen meine Mutter mir erzählte, wurden von den Leuten im Ort gehasst, solange sie nicht selbst während der Sommerferien dorthin reisten und ihre Handtücher auf den Liegen ausbreiteten. Es war ein Witz, den Kaya Yanar in seiner Freitagabendshow machte: »Im Sommer fahren die Türken alle in die Türkei, und die Deutschen kommen einfach gleich mit!« Und das Lachen meiner Mutter klang schallend durch die Wohnung.

»Wir werden unter Beobachtung stehen«, mein Vater hatte es damals wie eine Warnung ausgesprochen. Meine Mutter hatte genickt und die Tapetenfetzen in ihren Händen betrachtet. Sie hatte gewartet, bis mein Vater das Thema wechselte, hatte stillgehalten wie eine Katze, die man im Nacken packte. »Wir dürfen dann nicht mehr so laut sein«, hatte er gesagt, als wäre sie schuld an den fliegenden Aschenbechern und klirrenden Scheiben gewesen. »Wir müssen uns dann zusammenreißen. Wie würde das wirken, wenn die Nachbarn uns hören, oder – mein Vater. Wir müssen uns benehmen lernen. So wie jetzt geht es dann nicht weiter. Diese Streitereien. Denk auch an deine Tochter, wie soll sie uns sehen. Klar, Familie ist Privatsache, was unter uns passiert, das bleibt auch unter uns, Beziehungen sind eben schwer, sind harte Arbeit, das kann sie ruhig von klein auf lernen, zu verstecken gibt es da nichts. Ab und zu streitet man. Aber hier werden wir eben beobachtet, mein Vater hat seine Ohren überall, auch wenn er seine Augen nicht mehr hat. Das hat seine Ohren nur besser gemacht. Er sollte uns nicht hören müssen, er sorgt sich doch sonst. Also reißen wir uns besser zusammen. Wir können uns hier nicht benehmen wie vorher – ist dir das klar?« »Ja«, sagte meine Mutter. Sie schaute ihn noch immer nicht an, als bete sie, er würde nicht darauf kommen, dass das von Anfang an ihre Hoffnung gewesen war. Dass jemand in den ernsten Momenten etwas hören würde und meinen Vater vom Gröbsten abhalten. Dass er etwas daraus lernen würde. Sich nicht mehr trauen. Sich zweimal überlegen, ob er etwas nach ihr warf oder nicht.

Meine Mutter war gegangen, sie hatte eine Sicherheit hinter sich lassen wollen, in der sie selbst nicht in Sicherheit war. Die Hausschuhe ihrer Mutter hatte sie hinter sich lassen wollen, die Stille in der Küche, wenn ihre Mutter ihr bedeutet hatte, welche Arbeit sie machen sollte. Diese gewalttätige Stille, die alles Laute, alle Hiebe und alle Schreie in sich trug und gegen ihre Ohrmuscheln drückte. Sie saß am Boden, wie eingeschlagen in Glaswolle, deren Fasern sich ihr unter die Haut bohrten.

»Ja«, sagte meine Mutter, »das ist mir klar.«

Sie ging nach unten in die Wohnung meines Großvaters, um wie jeden Mittwoch den Teppich in seinem Wohn- und Schlafzimmer zu saugen. Er saß in seinem Sessel, strich mit den Fingern über seine Augenlider, und als das Rasseln des Staubsaugers verstummte und meine Mutter das Kabel zusammenzurollen begann, sagte er: »Hast gestern wohl wieder ein paar Flaschen umgetreten, was?« Spitz waren die Aschenbecher auf dem Boden aufgeschlagen, ich war zusammengezuckt und hatte hilflos zu meinem Großvater im Sessel geblickt, der zur Decke gesehen und dann den Kopf geschüttelt hatte wie über ein tollpatschiges Kind.

Es war ein Nachmittag, an dem alles still verlief und kein Glas sich rührte, sie saßen sich gegenüber am Küchentisch. Mein Vater stellte kurze gemurmelte Fragen, die er mitten im Satz abbrach, während meine Mutter als Antwort mit den Schultern zuckte und fast unmerklich den Kopf schüttelte. Ich ging mehrmals an der offenen Tür vorbei, sah, wie meine Mutter auf die Tischdecke blickte und abzuwarten schien, dass etwas vorüberging, sah sie die Haut ihrer Fingernägel mit dem rechten Daumen nach unten schieben, sah, wie mein Vater sich vorbeugte, als wollte er sich von einer plötzlichen Erscheinung überzeugen, ungläubig, rührend. Das gedämpfte Öffnen der Eingangstür; meine Mutter mit einer kleinen Reisetasche in der Hand, ihren schwarzen, in die Stirn fallenden Haaren, dem Tuch um den Hals. Die Alpenveilchen, die sie im Treppenhaus auf die Fensterbank gestellt hatte und an denen sie vorbeieilte; sie zog einen Grauschleier hinter sich her wie auf einem zu lang belichteten Foto, sie ließ das Licht im Treppenhaus brennen, obwohl sie wusste, dass es von allein nicht ausging.

Mein Gesicht war etwas, das ich verstecken wollte. Ich dachte, es würde unerkannt bleiben, wenn ich meine Haare glättete und penibel darauf achtete, jeden Morgen mit einem Einwegrasierer aus blauem Plastik über meiner Oberlippe entlangzufahren. Mit den Wachsstreifen hatte ich mir Stücke der Lippenhaut abgerissen. Ich achtete darauf, nur von der Seite fotografiert zu werden. Pikka und Sophia verbot ich, meinen geheimen Namen zu benutzen. Ich glaubte, er würde mein Gesicht in hartes Scheinwerferlicht tauchen.

Durchs Fenster neben meinem Schreibtisch beobachtete ich eine Wolke, die von der Stromleitung zwischen den gegenüberliegenden Dächern zerschnitten wurde. Ein Regal mit Wörterbüchern nach alter Rechtschreibung hing an der Wand über dem Tisch, mein Vater hatte sie nicht wegwerfen wollen. Daneben ein Becher Stifte, die ich nie benutzte und an denen sich mein Blick fing, wenn ich eigentlich etwas lesen sollte. Ich dachte an Konzentration. Ich beugte mich über den Text mit aufgestützten Ellbogen und dachte *sich konzentrieren*, *mich konzentrieren* und konnte immer nur Wortanfänge erkennen, bevor alles vor meinen Augen verschwamm. Ein sperriger Computerbildschirm nahm die halbe Tischplatte ein, er hatte keinen Internetzugang. Der kleine Fernseher, der gegenüber dem Bett gestanden und auf dem ich mittwochabends *Buffy* geguckt hatte, war verschwunden. Mein Vater hatte geglaubt, er sei der Grund für meine schlechten Noten.

Er hatte mir einen Lektüreschlüssel zu Carl Zuckmayers

Hauptmann von Köpenick gekauft, weil ich das Stück scheinbar nicht verstand. Immer wenn der Lehrer fragte, was mit diesem oder jenem gemeint war, fiel mir nichts ein. Ich suchte in meinem Kopf – dieses endlose Suchen, das sich nicht mehr nur auf einzelne Wörter bezog, sondern auf ganze Zusammenhänge, die mir nicht in den Kopf wollten oder aus ihm heraus. Den anderen machte es nichts aus, wenn sie die Antwort nicht sicher wussten, sie meldeten sich trotzdem und rieten. Waren die Antworten falsch, sagte der Lehrer: »Nein.« Er wusste immer, was stimmte und was nicht, er glich es mit den Lösungsheften ab, die ihm als Lehrer zusammen mit dem Schulbuch geliefert wurden. Wir Schüler hatten uns das Buch kaufen müssen, weil er alle, die es in der Bibliothek gab, für unzureichend hielt; es hatte eine Liste gegeben für die, die es sich nicht leisten konnten, und nur einer hatte seinen Namen draufgeschrieben.

Mein Gesicht blieb dasselbe. Sophias Mutter betrachtete es kritisch, während ich versuchte, ihr an dem weißen, sauber gewischten Esszimmertisch eine harmlose Geschichte zu erzählen, und Sophia in der Küche noch etwas Käse aus dem Kühlschrank holte. Ich beschrieb ihr, wie ich vor ein paar Tagen in der frisch gebohnerten Küche ausgerutscht war, mein Auge hätte fast die Ecke des Esstischs getroffen, ich sei gerade noch mal davongekommen. Eine unverfängliche, alltägliche Geschichte, der die Wertschätzung von Sophias Mutter sicher wäre, weil sie von einem gebohnerten Boden handelte, also von Sauberkeit und Sorgfalt, die, so hoffte ich, auf mich abfärben würden. Ich bemühte mich um einen Ausdruck der Unschuld, aber Sophias Mutter gab nur ein angedeutetes Lachen von sich, während sie in ihr Brot biss, und meine Lider senkten sich unter ihrem Blick.

Immerhin hatte ich es so weit gebracht, dass mein Gesicht nur manchmal erkannt wurde. »Man sieht es gar nicht«, sagte Sophia zu mir, und ich nahm es wie eine Auszeichnung. »Nur wenn du dir was um den Kopf legen würdest, dann würde man's an deinen Augen sehen«, sagte sie und lachte. Sie streckte ihre flachen Hände aus und verdeckte meine Stirn, Nase und Mund, so dass nur meine Augen in ihrem Sichtfeld waren. Ich lachte auch; bis dahin hatte ich geglaubt, es würde an allem liegen, nur nicht an meinen Augen, die ich schön gefunden hatte, aber jetzt wurden sie unter Sophias Blick zu etwas anderem. Ich begann, sie im Spiegel zu fixieren und mir am unteren Rand meiner Augenbrauen ein Haar nach dem anderen auszureißen, bis es aussah, als sei ich immer überrascht.

Meine Hausaufgaben zum zweiten Akt des *Hauptmanns von Köpenick* standen in runden Lettern in meinem Deutschheft. Der Lehrer ging reihum, um sich zu vergewissern, dass alle eine ganze Seite geschrieben hatten, und setzte seinen roten Haken darunter, nachdem er sie kurz überflogen hatte. Bei mir stockte er, beugte sich tief über meine Schulter und zeigte auf eine Stelle, an der ich einen falschen Artikel verwendet hatte, aus Unkonzentriertheit, weil ich im Lektüreschlüssel geblättert und mitten im Satz zu schreiben aufgehört und aus dem Fenster gesehen hatte.

»Ist Deutsch deine Muttersprache?«, fragte er und sah prüfend in mein Gesicht, auf meinen Nasenrücken und die schwarzen Stoppel meiner nachwachsenden Augenbrauen, die meine Tarnung zunichtemachten. »Ja«, sagte ich, und der Lehrer strich den Artikel mit seinem Rotstift aus.

Ich war jemand, der Leuten ungefragt erzählte, wo ich gewesen war am 11. September 2001 – als Zwölfjährige im Wohnzimmer. Sophias Kaffeeservice stand noch immer in der Vitrine, die jetzt, durch das Fehlen der Glastür, nur noch ein Regal war, so dass sich langsam Staub auf dem Geschenkpapier sammelte. »Eilmeldung! Wichtige Gebäude werden bombardiert!«, schrieb ich in mein Tagebuch, nachdem ich durch die Kanäle gezappt hatte und nirgendwo die Sendungen liefen, die in der Fernsehzeitung angekündigt waren. Ich las gerade das *Tagebuch der Anne Frank* und hatte begonnen, selbst eines zu führen. Ein paar Wochen später notierte ich einen Satz, der mit »in Zeiten des Terrors« begann. Ich war jemand, der den Müll rausbrachte und bedacht darauf war, genaue Terminabsprachen einzuhalten, ich war immer zu früh in der Schule, ich lächelte Leute auf dem Gang mit aufeinandergepressten Lippen und langgezogenen Mundwinkeln an, ohne mit den Augen zu lächeln. Ich erwartete, dass man mir die zehn Cent von letzter Woche zurückgab, und zahlte bei Verabredungen immer getrennt. Ich las die Ausschilderungen auf der Straße und die Informationstafeln an den Bahnhöfen, damit ich niemanden nach dem Weg fragen musste; vor allem las ich die Verbotsschilder. Ich hielt mich daran, nicht in der ersten Klasse zu fahren, wenn ich kein Ticket dafür hatte, und ich hatte natürlich nie eins. Ich hielt mich an das Rechtsfahrgebot, sogar auf den Gehwegen, und auf den Rolltreppen erst recht, ich ging nicht bei Rot über die Straße, ich hatte nur eine Muttersprache, ich hatte nur einen Geburtsort, ich hatte einen deutschen Nachnamen und zwei Vornamen, von denen der eine geheim war, ich rasierte mir die Monobraue, ich sagte: »Nicht ich bin Türkin, sondern meine Mutter«; ich sagte, ich sei nicht so wie andere mit türkischem Elternteil, und bat damit stumm darum, dass man mich auch nicht so behandelte, aber meistens sprach ich gar nicht darüber, sondern vertraute weiter darauf, dass man mir nichts anmerkte, dass ich mit meiner Frisur und meiner Kleidung gut darüber hinwegtäuschen konnte, und wenn ich mich einmal verirrte in einen anderen Stadtteil und Sophia nachdenklich in die Gesichter der Passanten schaute und dann zu mir sagte: »Du siehst allen Leuten hier ähnlich«, dann wendete ich den Kopf ab.

»Leg mal um«, sagte Sophia und drapierte ihren Seidenschal um mein Haar. Ich stand zwischen einer Litfaßsäule und dem Rinnstein, und neben uns drängten sich die Leute vorbei. »Jetzt siehst du noch mehr so aus wie alle hier, wenn du jeden Tag so rumlaufen würdest, würden es alle sehen. Du hast Glück, dass du nicht so strenge Eltern hast«, sagte sie. Glück, das Wort hing zwischen uns in der Luft wie eine Warnung, wie der Hinweis auf eine Gefahr, die ich jederzeit auf mich ziehen oder eine Zeitlang abwenden konnte, wenn ich die richtigen Accessoires wählte, aber sie würde mich doch immer verfolgen, sosehr ich mich auch anstrengte. Sophias Blick glitt an mir auf und ab, als wäre sie unbeobachtet, als würde ich gar nicht mitbekommen, wie sie mich betrachtete, als stünde ich hinter einer verspiegelten Glasscheibe, durch die nur sie blicken konnte, und ginge dahinter auf und ab wie ein eingesperrtes Tier, das immer nur seiner eigenen Reflexion in die Augen sieht, eine Katze im Nachthaus des Zoos, die Pupillen geweitet zu großen schwarzen Tellern.

»Wir müssen los«, sagte Sophia und zog mich am Arm davon. Ich nahm mir das Tuch vom Kopf und hielt es in der Hand, bis es ihr auffiel und sie es mir wortlos abnahm.

Die Vereinssitzung im Reitstall, zu der Sophia mich mitnehmen wollte, hatte schon begonnen. Ich stand neben ihr an der Wand, während ein vielleicht sechzehnjähriges Mädchen mit in die Luft gerecktem Stift erzählte, wie der Karnevalsumzug durch den Ort sich dieses Jahr gestalten würde und welche Pferde dafür gebraucht wurden; sie hatte einen dieser langen geflochtenen Zöpfe im Nacken, die bei mir nie etwas werden wollten. Ich riss die Augen weit auf, weil ich so aufmerksam wie nur möglich aussehen wollte, und kaum hatte das Mädchen zu Ende gesprochen, reckte sie ihr Kinn in meine Richtung und äffte mich nach. »Also, die Pferdestaffel reitet voran«, sagte sie dann, »die Pferdestaffel und dann mit ein bisschen Abstand die Gardemädchen.«

Pikkas Eltern luden Sophia und mich jedes Jahr vor der Karnevalssitzung zum Essen in das Restaurant am Hügel ein. Sie feierten dort jede Lebensstation, Geburtstage, Taufen, Beerdigungen. Es gab Fleischsuppe und Schnitzel, die auf cremefarbenen Tellern serviert wurden; seit Jahrzehnten bedeckten gestärkte Tischdecken die hellholzigen Tische. Mein Vater hatte mir beigebracht, welche Signale man mit Besteck senden konnte, »falls du mal in feiner Gesellschaft bist«, und extra papierne Servietten in einem Halter aus Metall auf den Esstisch gestellt. »Wenn du's nicht weißt, immer von außen nach innen«, hatte er gesagt und auf eine Reihe imaginärer Fischgabeln und Dessertlöffel gezeigt. »Und dann, wenn du fertig bist mit Essen, legst du das Besteck parallel zueinander auf den Teller«, er hatte es mir vorgemacht und Messer und Gabel über einem letzten Blatt Eisbergsalat zusammengeschoben.

»Es gibt kein neues Besteck, wir sind hier kein Sterne-Restaurant«, sagte der Kellner zu mir, als er meinen leeren Teller aufnahm. Er legte mir das Besteck vor die Brust, und das

Dressing sickerte ins Tischtuch. Pikkas Eltern lächelten mich mit gesenkten Blicken an.

Wir traten in die Gemeindehalle, ich ging hinter den anderen her wie ein Kind, das sich an einen Rockzipfel klammert. Die Luft war schon verbraucht und geschwängert vom Geruch der kleinen Flaschen Pflaumenschnaps, die alle Viertelstunde in einer der vier Ecken des Raums kopfüber auf Tischplatten geschlagen wurden, gemäß der Zahl auf dem Flaschenboden. Die Ortsbewohner saßen auf langen Bänken, die zur Bühne ausgerichtet waren, alle in *Indianer*kostümen, Krankenschwesterkostümen, mit Perücken, die Afrohaar imitieren sollten, Männer in engen Kleidern, den Lippenstift in omahaftem Fuchsia weit über die Lippenränder gemalt. Man wolle keine Frauenquote, dann werde nicht mehr nach Fähigkeiten ausgewählt, darüber war sich der Tisch einig, und Frauen mit Pippi-Langstrumpf-Zöpfen sahen durch dicke Brillengläser in die Luft, als hätten sie gerade noch etwas sagen wollen, aber kämen jetzt nicht mehr darauf, was es war.

Auch zu den Gruppenstunden in der Kirche nahm Sophia mich mit, weil ihre Mutter gesagt hatte, Christen müssten jeden aufnehmen, der Geist Gottes spreche aus ihrer Willkommenskultur. Sophia und ihre Freundinnen trugen ihre *Adidas*-Basketballschuhe, ich die nachgemachten von *Victory*, und immer wenn ich beim *Tabu*-Spiel »Ding« sagte, weil mir kein Synonym einfiel, drückten sie auf das quietschende Luftkissen, obwohl »Ding« nicht auf der Karte der verbotenen Wörter stand. Sie sahen mir so lange hämisch dabei zu, wie ich nach anderen Ausdrücken suchte, bis ich sie darauf ansprach, bis ich sagte: »Ihr wollt mich ärgern«, und dann sagten sie: »Nein, das bildest du dir ein.«

»Sie sind nur neidisch«, sagte mein Vater. Ich war durch

den Regen nach Hause gelaufen, sehr langsam, damit er mich nicht fragte, wieso ich schon so früh wieder da war, den ganzen Weg über hatte ich auf meine Schuhspitzen gestarrt, auf das runde Plastik, das nicht das gleiche Muster hatte wie das der anderen.

Ich konnte es damals noch unmöglich wissen, aber nur wenige Jahre später, als all diese Mädchen und mich schon die Pubertät gepackt hatte, würde eins von ihnen den Freundeskreis wechseln. Sie würde ihren Lebensmittelpunkt von der Kirche und den samstäglich geschrubbten Einfahrten in die Straße mit den Ein-Euro-Läden und Teehäusern verlegen. Sie würde dort mit ein paar anderen vor dem McDonald's abhängen und ein weißes T-Shirt mit rotem Aufdruck tragen, der auch die weißen Papier-Dreiecke zierte, aus denen ihnen nachts um drei die von Rotkraut gefärbte Knoblauchsoße lief. *Döner Kebap* stand unter der Zeichnung eines fröhlichen Mannes neben seinem Fleischspieß. »Ich habe früher immer mit den Türken abgehangen«, würde sie über ihre Jugend erzählen. Was ihr fehlte, war die Erfahrung, zu versuchen sich mit zerkleinerten Aprikosenkernstücken die oberste Hautschicht vom Gesicht zu reiben. Was sie nicht erzählen würde, wäre die Geschichte von meinem zwölften Geburtstag, als ich auf einem der Schultische einen Kuchen auspackte, den meine Mutter für die Klasse gebacken und in Alufolie eingeschlagen hatte. »Was ist das, ein Dönerspieß?«, hatte sie damals aus dem hinteren Ende des Raums gerufen und gelacht, dieses Lachen, das ich seitdem immer wiedererkenne, vor dem ich bis heute zurückschrecke, wie wenn man aus Versehen mit der Fingerspitze eine heiße Herdplatte streift, ein siebter Sinn, der sich zu meinem sechsten Sinn für die Stille gesellte. Was für ein Glück ich hatte. Was für einen Neid dieses Mädchen verspürt haben musste.

»Das bildest du dir ein«, sagte Sophia. Es gäbe keine feindliche Gruppe, keine feindliche Umgebung. »Du nimmst die Dinge eben immer gleich persönlich«, sagte sie, und alle Anfeindungen glitten mir aus den Händen, glitten an der verspiegelten Scheibe herab und rutschten langsam zu Boden, wo sie kleben blieben wie ein Stück zerkautes Zellophan. Jede Anfeindung spielte sich zwischen den Zeilen ab und war immer schon wieder verschwunden, wenn ich sie ansprechen wollte. Sonntags knieten die Frauen auf den Bürgersteigen, mit Schweiß in den Brauen kratzten sie Unkraut aus den Rillen, sie hoben die Köpfe, wenn ich an ihnen vorbeiging, und sahen mich mit großen Augen an; sie umklammerten ihre Harken, und hinter mir dröhnte der Entwarnungston aus den breiten Mündern der Sirenen.

»Manche hier wollen wohl nicht selber denken«, sagte der Lehrer, nachdem er seinen Rundgang beendet und eine Weile mit verschränkten Armen vor der Klasse gestanden hatte, wartend, dass das Gemurmel aufhörte und die letzten Papiere in den Untertischkörben verschwunden waren. Er schaute dabei auf meinen Tisch, wo ich den Lektüreschlüssel gut sichtbar platziert hatte, aufgeschichtet auf Heften und Blöcken, als einen Hilferuf.

Das Gesicht von Buffy war in jeder Kameraeinstellung rund und weich. Meistens blickte sie nach oben, aber ohne den Kopf zu heben, so dass man das viele Weiß am unteren Rand ihrer Wasserlinie sah. Das Haar an den Seiten eingedreht. Die Lippen mit schimmerndem Gloss bestrichen. Ich lag unter den vielen Decken meines Bettes, den Fernseher hatte ich nach viel Überredung für diese eine Sendung in mein Zimmer schieben dürfen. Eine einzelne Kerze brannte, um die Hefter auf dem Schreibtisch und die auf den Boden geworfenen Kleidungsstücke mit den Schweißrändern am Rücken auszublenden. Ich hatte den Lektüreschlüssel in dem Regal über dem Schreibtisch verschwinden lassen; der Kopf des Hauptmanns steckte zwischen den vergilbten Wörterbüchern. »Zünde keine Kerzen an«, rief mein Vater aus dem Flur. Buffys Gesicht in Großaufnahme kurz vor dem Stich mit dem Holzpflock, ein unschuldiges, mit weißem Flaum bedecktes Gesicht.

Ich stand auf dem Podium, die Hände vor dem Körper verschränkt. Der Untergrund war weich unter meinen Schuhsohlen, eine besondere Art Holz, Bühnenholz, auf dem schon Generationen vor mir gestanden und ihre Zeugnisse entgegengenommen hatten. Die ausgeblichenen blauen Turnmatten waren an die Wand geschoben worden, an manchen fehlte der Gurt, um sie hinter sich herzuziehen, und man musste sie an den Seiten greifen, sie fassten sich rau an. Der Blick auf diese Turnmatten von der Bühne aus, gerahmt von alten roten Vorhängen; der Gedanke daran, wie oft ich eine dieser Matten ohne Gurt erwischt und dann dumm an den Ecken gezogen hatte, wie oft sie mir aus den Händen geglitten waren und der Sportlehrer mir schadenfroh dabei zugesehen hatte, obwohl ich von Anfang an keine Matte hatte haben wollen, auf keiner Bank sitzen, keine Volleybälle mit meinen Unterarmen durch die Luft schlagen, keine Aufschläge von der hintersten Linie hatte ausführen wollen, die immer ins Netz flogen und die Mannschaft zehn und fünfzehn Minuten warten ließen, fünf Aufschläge, sieben Aufschläge, die Jungs steckten die Fäuste in ihre silbrigen Trainingsshorts, die Mädchen trugen gelangweilt Perlmutt-Labello auf, bis irgendwann der Ball knapp hinterm Netz jemandem in die Hände fiel; bis ich einen Platz weiterrücken konnte und in der Feldmitte stehen in zu kurzem Hemd.

Ich sah die vielen Eltern und Großeltern in steifen Jacketts und Blusen auf den Stühlen sitzen, die wir tags zuvor in Reihen aufgestellt hatten. Zum Glück war es kühl, es hatte morgens geregnet und der Himmel war jetzt bedeckt, so dass niemand schwitzte und die Lasur keine Schlieren auf den Rücken hinterließ. Lange anderthalb Stunden sanken die Eltern und Großeltern in die Lehnen und überschlugen mal das eine, dann das andere Bein. Mit braunen Flecken im Stoff hätten sie später ihre Gläser halten müssen, eine Versammlung, die nach Eau de Cologne stank und aussah, als hätte sie sich in einen Misthaufen gelegt. Sekt oder Sekt-Orange.

Der Schulleiter hatte eine Ansprache gehalten, ein paar Mädchen der achten Klasse hatten Hip-Hop zu einem Song von Rihanna getanzt, und die Bläser der fünften und sechsten Klassen hatten ein Stück gespielt, immer leicht ab vom Takt, egal wie energisch die Musiklehrerin ihren Dirigierstab schwang. Sie verbeugte sich danach überschwänglich, als stünde sie in einem großen Konzertsaal. Vielleicht hatte sie Dirigentin werden wollen, wie es auch der eigentliche Wunsch des Sportlehrers gewesen war, Leichtathlet zu werden; er sprach immer davon, wie er in seiner Jugend Hindernisläufe in Bestzeit bestritten hatte. Stattdessen hielt er nun täglich mit abgewandtem Gesicht eine Pappbox durch den Türspalt der Mädchenumkleide, und wir legten unsere Portemonnaies und klobigen Handys hinein. Stattdessen stand er nun morgens um acht in sehr sauberen Turnschuhen am Rand der Halle, schaute keuchenden Schülern beim Zirkeltraining zu und gab nur manchen eine fragwürdige Hilfestellung, indem er sie leicht an der Hüfte berührte. Danach rauchte er eine Zigarette auf dem Schulhof – von den früheren Liegestützen war ihm ein breites Kreuz geblieben – und sah auf einen imaginären Horizont.

Wir hatten uns nach dem Alphabet in einer Reihe aufgestellt, manche winkten ihren Eltern auf den Stühlen. Herr Kaiser schritt die Reihe ab, einen Stapel dicker cremeweißer Umschläge und einen Strauß orange-gelber Rosen im Arm. Jedes Mal wenn er einen Umschlag und eine Rose überreicht hatte, drückte er demjenigen, der gerade vor ihm stand, die Hand. Als er bei mir angekommen war, tat er es gleich, er sah über seine getönten Brillengläser hinweg, sein rechtes Auge und ich tauschten einen Blick, automatisch sagte er »Herzlichen Glückwunsch«, während er mir die Hand hinstrecke. Offensichtlich hatte er schon wieder vergessen, was mein Zeugnis enthielt: »Wird in die höhere Klassenstufe nicht versetzt.« Und darunter: »Muss die Schulform verlassen.« »Zu nichts«, antwortete ich. Er nickte ruckartig mit dem Kopf und klappte den Mund auf. Wie ein peinlich berührter Fisch mit Schnappatmung kam er mir vor, dann besann er sich, schüttelte sich kurz und ging weiter. »Herzlichen Glückwunsch«, hörte ich ihn zur Schülerin neben mir sagen, das Papier in den schlaffen Händen haltend.

Die Reihen A bis D und O bis Z traten vor und formierten sich, wie wir es geprobt hatten; die Musiklehrerin drückte an der Bühnenanlage auf Play, und wir stimmten das Lied aus *Dirty Dancing* an: »'Cause I've had the time of my life, and I owe it all to you.«

Der viele Regen hatte die Bäume dick und grün werden lassen, die Zweige hingen bis auf den Boden, und das unbeständige Wetter wollte auch in den folgenden Tagen nicht abreißen. Es war vormittags heiß, nachmittags kühlten Gewitter die Luft ab. Auf den Flusswiesen wuchsen sattes Gras und Wildblumen, in jedem Vorgarten quoll Unkraut hervor, in jedem eingefassten Stück Erde, das die Bäume in der Straße umschloss, wucherte der Mohn, die Blütenblätter vom Niederschlag farblos.

Ich hätte über die Sommerferien einen Teenie-Film nach dem anderen schauen können, in denen jemand auf dem Bett lag und bedeutungsschwanger an die Decke sah. Ich hätte lange am Fluss spazieren und immer wieder dieselben Wege nehmen können, immer wieder die Treppe am Flutschutzwall hinauflaufen, auf Zweigen und Erde abrutschen, immer wieder nach Spuren suchen von etwas, das dem entspräche, was ich in den Filmen sah: eine Zeit der Selbstwerdung. Ich hätte mir die Haare lang wachsen lassen können. Ich hätte jemandes Freundin werden können. Ich hätte so tun können, als handelte es sich bloß um nicht enden wollende Sommerferien, die ich in den Brombeerhecken beim Fluss verbrächte, in einer selbstgebauten Hütte, die den Baumhäusern der Mädchen aus den Filmen ähnelte. Ich hätte nochmal meine alten Zeitschriften durchforsten können und ausprobieren, ob eine Gesichtsmaske aus Minze half, die Kräuter dafür hätte ich unter dem Küchenfenster meines Großvaters gepflückt. Ich hätte mir im Einkaufszentrum eine Tasche mit Nieten kaufen, mich von den Perlmutt-Mädchen im Eiscafé anstarren lassen und bemerken können, wie sie den Löffel mit Vanilleeis sehr langsam aus ihrem Mund zogen, die Augen unablässig auf mich in meinem alten Flanellhemd gerichtet, als wäre ich ein Unfall. Nichts daran wäre der charmanten Außenseiterrolle der Mädchen aus den Filmen gleichgekommen. Nichts daran wäre Sophia gleichgekommen, die mit mir auf der Bühne gestanden hatte und sich identifizierte mit dieser Rolle, die Füße auf dem weichen Teppich, an ein Kissen gelehnt auf der Fensterbank. Es waren ungefährliche Veränderungen. Es waren süße Verwirrungen auf weiten Feldern. Es war ein bauchfreies Top und eine sanfte Bräune, die sie tragen würde am Ende des Sommers, wenn sie mit ihren Eltern aus Fuerteventura zurückkam, keine Schneise im Lebenslauf.

Nachmittags wurde ich hinaufgespült aus einem schwarzen Schlaf, der mir schwer auf der Brust lag und mich zwei- oder dreimal zurück in seine Tiefen holte, auch wenn mein Vater an der Bettdecke zog und ich durch verklebte Augenlider seinen mahnenden Blick sehen konnte. Ich wollte erklären, aber ein Traum zog mich wieder nach unten, an den ich mich nicht mehr erinnern konnte, sobald ich abermals mit offenen Augen dalag und in das weiße Licht hinter den Gardinen starrte. Mit dem ersten Grollen ging ich nach draußen und wartete, auf der durchtränkten Erde der Flusswiese sitzend, dass es anfing, und der Regen schwemmte mir die rote Haarfarbe über die Wangen, die ich mir kurz nach der Zeugnisvergabe bei *Schlecker* gekauft hatte, um etwas zu markieren, das ich nicht fassen konnte. Der Fluss stieg über die Ufer und schwappte über die Wege. Ich lief querfeldein über das Gras, bis der Wind so stark wurde, dass die Stromleitungen schwer hin- und herschwangen vor grauem Himmel, ich hatte nicht wirklich Angst, ich dachte nur, dass es besser wäre umzukehren und nach Hause zu gehen. Irgendwo unter den tiefen Schichten Gleichgültigkeit sprach etwas den Satz »Du könntest getroffen werden«, aber er schaffte es nicht, sie aufzubrechen. Auf dem Rückweg, es war schon spät, knickte eine Böe einen der jungen Bäume am Straßenrand um, kurz bevor ich unter ihm hindurchgelaufen wäre.

Es war keine Langeweile, die mich nach draußen trieb, wie in den Filmen, sondern eine Schwere und eine beständige Übelkeit im Magen, die nur aufhörte, wenn mein Vater mich im Auto durch die Gegend fuhr. Ein Sprung in den

Windschutzscheibe befand sich genau gegenüber dem Beifahrersitz, an dem ich mich mit beiden Händen festhielt, als handelte es sich um eine Achterbahnfahrt, und die Ampeln und Verkehrsschilder zerbrachen zu Fragmenten.

Mein Vater versuchte mich zu trösten, indem er mit mir jeden Flohmarkt in der Gegend besuchte, er sagte nichts dabei, aber sah mich die ganze Zeit von der Seite an, wenn eine neue Welle Schwindel mich überrollte. Wenn es vorbei war, sagte er: »Komm, wir fahren noch zu dem am Baumarkt«, und wir fuhren die Landstraßen ins Gebirge hoch und wieder runter, zu jedem Parkplatz in der Region, auf dessen Parzellen die Leute ihre Verkaufstische aufbauten. In den Gängen zwischen den Tapeziertischen stapelten sich die gleichen Sachen wie in unserem Keller. Mein Vater strich mit der flachen Hand über die angebotenen Glasfiguren, und während ich mich schwerfällig von Tisch zu Tisch schleppte, schoss plötzlich eine Empfindung von Schmerz in mein Bewusstsein. Er wanderte von meinem Oberschenkel ein paar Zentimeter das Bein hinunter, bis ich erkannte, dass es Stiche sein mussten, ein Insekt, das irgendwie in meine Hose gekommen war. Ich kannte den Schmerz aus den Sommern im Schwimmbad, wenn sich eine Wespe in meine Armbeuge verirrt hatte; meine Mutter hatte mir dann eine aufgeschnittene Zwiebel auf die Stiche gedrückt. Ich lief zwischen den Tischen hindurch, an den gehäkelten Deckchen vorbei, die in Pappkartons am Boden lagen, biss die Zähne zusammen, versuchte normal zu gehen. Am Rande des Flohmarkts standen zwei hellblaue Dixieklos, und ich wartete in einer Reihe älterer Damen mit Kurzhaarschnitten, die ihre Taschen vor dem Bauch umklammerten. In der Kabine fiel mir endlich das tote Tier aus der Hose, zusammengekrümmt lag es am Boden. Ich schüttelte die Hose einmal, zweimal, bevor ich sie wieder anzog; dicke rote Beulen bildeten auf meinem Oberschenkel eine Straße, nur langsam verwandelte sich der Schmerz in ein taubes Kribbeln, und als ich mich wieder ins Auto setzte, verlagerte ich mein Gewicht auf die rechte Seite, damit die wunden Stellen den Sitz nicht berührten.

Während ich in der Toilettenkabine gestanden hatte, war mein Vater allein durch die Reihen der Händler gegangen. »Nur ein Euro«, sagte er und legte mir eine Kette aus gesplitterten Amethysten in die Hand. Wir fuhren weiter in die große Einkaufshalle. Abwechselnd schoben wir den Wagen durch die Gänge, mein Vater packte von allem das Doppelte ein, obwohl wir sowieso schon wöchentlich verdorbene Lebensmittel wegwerfen mussten. Minutenlang stand er vor den Kühlregalen und betrachtete die weiß ausgeleuchteten Milchprodukte, wir froren von der kalten Luft, die uns entgegenschlug. »Guck mal, wie witzig«, sagte er, eine Packung Schnittkäse in der Hand, und zeigte auf den oben auf der Folie klebenden Kühlschrankmagneten. »Ich bin so raffiniert« stand in roten Lettern vor grünen Küchenkräutern. Nur mühsam rang ich mir ein Lächeln ab, und mein Vater legte den Käse in den Wagen. In der Feinkostabteilung nahm er eine schlanke Glasflasche aus dem Regal: »Komm, den nehmen wir.« Ich drehte die Flasche im Licht, der Reiswein schimmerte rosa. »Bist du sicher«, sagte ich, »ich glaub, der ist viel zu süß.« »Für schön«, sagte er. »Ist auch im Angebot.«

Wirklich war es kaum Wein, sondern mehr Likör, so süß wie mir die rosa Flüssigkeit abends die Kehle hinunterrann. Mein Vater war längst zu Bett gegangen, ich hörte ihn nebenan schnarchen. Der letzte Tropfen verteilte sich auf meiner Mundschleimhaut; noch zwei Mal setzte ich das Glas an, weil ich vergessen hatte, dass es bereits leer war. Im Bad schwankten die Rillen zwischen den Fliesen, bevor ich mich vor der Toilettenschüssel niederließ, die Arme auf der Brille und die Stirn auf den Handrücken abstützte. Draußen wurde es langsam hell, und ich hörte, wie mein Vater das Wohnzimmer verließ, wie er in der Küche das Radio anstellte und später seine Jacke von der Garderobe nahm.

Ich saß am Fenster und starrte in die weiße Laterne, bis sie im ersten Licht der Dämmerung ausgeschaltet wurde. In der Straße wurde es langsam wieder ruhig, nachdem der Berufsverkehr abgeebbt war. Ich wachte im tiefen Mittag auf, und aus der Schwere des Schlafs heraus sah ich an mir herab, sah die Wespenstiche an meinem Bein, bevor mich der Schlaf wieder zurückzog. Die Flecken blieben bis zum Ende des Sommers, erst rot, dann blau, dann grün, dann gelb. Ich tat den ganzen Tag nichts, als Gerichtsshows zu gucken und die Zigaretten meines Vaters zu rauchen. Er kam nachmittags von der Arbeit, seinen Koffer in der Hand, und sah mir hilflos dabei zu. Er zuckte die Schultern. »Muss se selbst wissen«, sagte er, dabei hatte ich nie etwas selbst wissen müssen. Ich hatte genug Zeit, um auf Internetforen zu stoßen, in denen die Leute nur Obst aßen. Weil wir kaum je genug Obst hatten, aß ich nichts außer ungetoastetes Weißbrot. Ich wog 35 Kilo und bekam alle vier Wochen hohes Fieber.

Es war keine Identität, die sich herausbildete, sondern eher wurde sie mir entzogen, verschwand im Keller der Schule, zwischen den bis in die Sechziger zurückreichenden Akten, weil ich die Einzige aus meinem Jahrgang war, die nicht auf eine höhere Schule wechselte und deren Akte deshalb nirgendwo hingeschickt werden musste. Sie lag oben auf einem staubigen Schrank, nachts kalt beleuchtet von den Laternen des Schulhofs.

Während Pikka und Sophia ihre Kurse wählten und durch die Flure der Verbundschule gingen, saß ich vormittags im pinken Bademantel vor dem Fernseher. Ich richtete mein Leben nach dem Sendeplan aus, unterteilte meinen Tag in vor und nach RTL-*Punkt 12*, wusste, danach kommt *Richter Alexander Hold*, wusste, Freitag war ein besonders guter Tag, nicht nur vor der Tür, wo gegen elf die Straßenreinigung mit summenden Bürsten den Asphalt kehrte, sondern auch im Fernsehen, mit Doppelsendungen und Wochenendspecials. Es wurde langsam Herbst. Der Baum der Nachbarn war über die Grundstücksmauer hinausgewachsen und streckte seine Zweige vor das Wohnzimmerfenster. Die Zapfen standen im aufsteigenden Dampf des Taus, wenn morgens die Sonne schien, und später standen sie im Nebel, dann wurde es Winter, und es schneite, der klebrige Schnee wurde zu Eis, das Wetter schlug um in eine langanhaltende trockene Kälte, die das gefrorene Wasser dazu brachte, einen Aggregatzustand zu überspringen, das Eis wurde gasförmig, und alle waren froh, weil es bedeutete, dass die Rutschgefahr gebannt war. In all diesen Monaten fanden Pikka und Sophia sich in ihrer neuen Schule zurecht, trafen neben den alten Lehrern auch neue, die der andere schon kannte, Pikka blieb bei Latein, Französisch hatte er nie gelernt, weil sein Vater dagegen gewesen war, aus einem diffusen Franzosenhass heraus, der ihm von seinem kriegsdienstgeprägten Großvater mitgegeben worden war – »die Franzocken« nannte er sie verächtlich –, und so musste Pikka noch ein Jahr mit dem *Stowasser* herumbringen, bevor er das Fach abwählen konnte. Sophia belegte Sportkurse, in denen sie tanzen und kunstturnen konnte. »Endlich nur Mädchen«, sagte sie, trug blassrosa Stulpen in den Wintermonaten und einen dicken, mit Karos bedruckten Schal. Sie beschrieb mir Herrn Kaiser wie einen Fremden, als hätten wir nie dieselbe Schule besucht – wie er über die Flure hastete mit seiner Aktentasche unterm Arm. Vielleicht wurde er auch für sie zu jemand anderem, weil er sie nun siezte. »Willst du nicht an die Robert-Blum, willst du nicht an die Brentano, ach nein, das ist ja eine Hauptschule, und die Hauptschule hast du ja schon«, sie lachte, als ob das alles gar nicht echt wäre, als ob ich nicht zur Robert-Blum gehören könnte, zu der Realschule eine Bushaltestelle von unserem Gymnasium entfernt, von der wir immer nur abfällig gesprochen hatten, wie alle Klassen vor uns, mit einer Herablassung, die man nicht hinterfragte, sondern traditionell übernahm. Ich hatte nicht an »die Robert-Blum« gewollt und schon Übelkeit verspürt, wenn ich nur daran gedacht hatte, zurückzukehren in die Welt der Schule. Nochmals zum Sportunterricht gehen. Nochmals morgens um halb acht den gleichen Bus nehmen. Zu diesem Schritt war ich noch nicht bereit, erst anderthalb Jahre später würde ich mich dazu entschließen können, aber noch dachte ich, mein Weggang wäre nicht mehr weit, noch behauptete ich, ich würde den Realschulabschluss irgendwo machen, ja, aber dann würde ich weit weg eine Ausbildung beginnen; zum Busfahrer, zum Gärtner, zu irgendetwas, was meinen Fähigkeiten entsprach.

Eines Nachts, kurz vor dem Deutschtest, den ich an der Abendschule, bei der ich mich letztlich beworben hatte, ablegen musste, lief eine Dokumentation auf Kabel 1, in der ebendiese Schule eine Rolle spielte. Sie war der Ort, an dem die Protagonisten – drei junge Männer aus den Vororten – »ihr Leben wieder auf die Reihe bekommen wollten«. »Es gibt hier nicht nur glitzernde Hochhausfassaden«, sagte der Sprecher, während die Bürotürme der Innenstadt in gleißendem Tageslicht gezeigt wurden, »sondern auch tiefe Abgründe«, worauf die Kamera in die Stadt hineinzoomte, auf einen Bürgersteig, wo die drei inmitten einer Schülermenge vor der Schule standen und rauchten. Dankbar fing die Kamera Abziehbilder ein: die schnellen Züge, die sie von ihren Zigaretten nahmen, die Schuhspitzen auf den Gehwegen, schräg voneinander abgespreizt, natürlich die tiefsitzenden Hosen und später, in ihrer Siedlung, die überquellenden Mülltonnen, die Kinder, die zwischen den Häusern spielten und verstohlen ihre Gesichter um die Ecke streckten. Ich kannte diese Siedlungen nur von weitem, man sah sie vom Feld aus, wenn man Richtung Kläranlage ging. Die Häuser standen an der Autobahn, ragten weit über deren Schallschutzmauer hinaus, und die Fassaden waren schon dunkelgrau vom Feinstaub, trotzdem hängten manche ihre Wäsche zum Trocknen aus den schmalen Fensterluken. Die Doku zeigte die Männer in ihren Kinderzimmern, aus denen sie nicht herausgekommen waren, zeigte die Mütter, die Tee brachten und über das ganze Gesicht strahlten, als sie ihre Mikroständer und großen Kopfhörer herausholten, um sich beim Rappen filmen zu lassen. Man hörte die Fragen nicht, die ihnen gestellt wurden, nur ihre Antworten: »Ich war im Knast wegen Drogenbesitz«, sagte der eine, »Ich habe Sozialstunden bekommen, wegen Autoknacken«, der andere. Dass sie eigentlich Musik machen wollten, geriet in den Hintergrund. Seit eine von der Abendschule es mal zu den *No Angels* geschafft hatte, wollten alle mit der Musik nach draußen.

Ich dachte, der Deutschtest würde die vier Fälle abfragen, die Wortarten und Satzglieder, und ich hatte meine alten Hefte herausgekramt, obwohl ich mir sicher war, dass ich mir wieder nichts merken können und durchfallen würde. »Eine besondere Vorbereitung auf den Test ist nicht nötig«, hatte es in der Einladung geheißen, aber ich hatte angenommen, auf mich könne das nicht zutreffen. Ich betrachtete die Tintenschrift, manchmal durch Tränenflüssigkeit verwischt, was ich damals zum Zeichen meiner Überforderung stehen gelassen hatte, in der Hoffnung, jemand würde es verstehen, aber ich hatte nur einen Vermerk wegen nachlässiger Form dafür bekommen.

Vor der Abendschule sah es wirklich so aus, wie die Dokumentation es gezeigt hatte. Ausnahmslos alle standen auf dem Bürgersteig und rauchten, lehnten an den Eisenstangen, die den Gehweg säumten und die morgendlichen Schüler davon abhalten sollten, aus Versehen auf die Straße zu geraten, wenn sie sich im Übermut gegenseitig schubsten. Tagsüber war das Gebäude eine normale Mittelstufe, eigene Räumlichkeiten besaß die Abendschule nicht, man hatte dem Schulleiter ein kleines Büro in einem Abstellraum auf halber Treppe überlassen, aber der Unterricht fand in Klassenzimmern statt, in denen Scherenschnitte von Händen in den Fenstern hingen. Hier nahm ich zwischen den anderen Platz. Mir schräg gegenüber saß eine Frau um die dreißig, die sich kleidete wie in ihren Zwanzigern: weit ausgestellte glänzende Hosen, Plateauschuhe, die Haare in einem Topfschnitt, dessen Fransen ihr in die Stirn hingen, ein Piercing in Neongrün unter den Lippen. Sie saß breitbeinig da und betrachtete das Informationspapier, das die Lehrerin mit monotoner Stimme referierte. Es ging gerade um Anwesenheits- und Entschuldigungspflicht, als noch einmal die

Tür aufflog und eine junge Frau hereinkam. »Ich habe noch einen Parkplatz gesucht, ich bin zu spät, ich bin Cansu, bitte schreiben Sie es in Ihre Liste, ich bin jetzt da, Cansu Erkiner –«, sie holte kaum Luft dabei, und die Lehrerin verfolgte sie mit müdem Blick, als sie sich auf den freien Platz neben mich setzte und in ihrer Tasche herumkramte. »Ich habe einen Parkplatz gesucht«, sagte sie noch einmal und lächelte mich an.

Der Test bestand letztlich aus Lückentexten, mit deren Hilfe der Wortschatz überprüft wurde und ob man die Sprache überhaupt verstand. »Die Schwester meiner Mutter ist – ?«, und noch mehr solcher Fragen, ich blätterte verwirrt weiter, aber Grammatik kam nicht vor.

»Über Stundenausfälle können Sie sich im Foyer informieren« – der letzte Satz der Lehrerin, bevor die Stunde vorbei war, und schon stürmten diese Erwachsenen nach draußen wie Kinder, als hätte ihnen das Körpergedächtnis eingegeben, was zu tun war: den Rucksack über die Schulter werfen, sich gegen die schweren Glastüren des Eingangs lehnen und sich nicht nochmal umsehen. Ich blieb vor dem Schwarzen Brett stehen, der meiste Platz wurde von Angelegenheiten der Mittelstufe eingenommen, ein Vermerk zu *Jugend debattiert*, einer zur Chorprobe und zahlreiche Angaben zu Raumänderungen. Nur die untere rechte Ecke war der Abendschule vorbehalten, darüber hatte ein Kind mit Edding das Wort »Loser« auf die Scheibe geschrieben.

Nicht weit vom Gebäude der Abendschule entfernt befand sich das Kneipenviertel der Stadt, und irgendwo darin die Bar, in der meine Eltern sich kennengelernt hatten. Ich lief nach dem Test durch die Gassen, die nun still im Tageslicht lagen, alle Fensterläden geschlossen, die Reste der Nacht in den Ecken: verglommene Knicklichter, Zigarettenstummel, ausgespuckte Kaugummis; schwarzer Dreck, der sich vom Boden die Wände hochzog. Drei-, viermal bog ich ab, besah das historische Fachwerk, in dem sich jetzt ganz anderes abspielte als zur Zeit, zu der es gebaut worden war, dann trat ich wieder aus dem Viertel heraus. Eine Straßenbahn fuhr vorbei, und ich wartete an einer roten Fußgängerampel, während mehrere Leute die Straße überquerten.

Die Woche endete dort, wo sie begonnen hatte. Die erste Woche, in der ich mich dem Fernsehprogramm für Stunden entzogen und das Gefühl gehabt hatte, tagsüber etwas bewältigt zu haben, die erste Woche, in der sich der Freitag wie der Beginn des Wochenendes anfühlte, und zwar nicht wegen der verlängerten Folge *Brisant*, sondern wegen meiner Schritte in der Außenwelt. Pikka, Sophia und ich wollten das feiern, indem wir die Bahn ins Kneipenviertel nahmen. Nun war es voller Menschen, die an jeder Ecke im Kreis standen, manche mit blinkenden Lichtern auf dem Kopf, Junggesellenabschiede mit Bauchläden und Hasenkostümen, Mädchen, die in ihren kurzen Röcken froren und die Knie aneinanderschlugen. Wir betraten eine der Kneipen, nahmen auf leicht erhöhten Bänken am Fenster Platz und ließen unsere Füße in der Luft baumeln. Ich fühlte mich erstmals seit langem wieder berechtigt, entspannt auf einer Bank zu sitzen, den Schal anzulassen, weil es gemütlich war, ein Bier zu trinken und das Glas im Gespräch in der Hand zu drehen, zwischen Leuten, die ich kannte.

Pikka und Sophia redeten hin und her, wie wir uns früher morgens im Bus besprochen hatten, sie erklärten mir die Zusammenhänge und Rivalitäten der Stufe, in der wir uns hätten treffen sollen, aber schon allein das Gebäude der Verbundschule würde ich nie von innen sehen; sogar die Stadtteilbibliothek im Untergeschoss betrat ich aus Prinzip nicht. Sie setzten mir auseinander, wer was gesagt hatte, wer wie am nächsten Tag darauf Bezug genommen hatte, wer wen schnitt beim Fußball in der Sporthalle; erzählten von der Bäckerei unweit der Schule, wo alle sich in den Freistunden Kaffee und Donuts kauften, und manchmal schickte Sophia Pikka vor für ein Schokobrötchen, weil es ihr unangenehm war, dass der Verkäufer sie vielleicht wiedererkennen und über ihren Süßigkeitenkonsum urteilen könnte. Sophia erzählte, wie sie eines Morgens am Anfang des Schuljahres, es war noch fast Sommer und die Luft kühl und frisch und beinahe grün im Geruch, bemerkt hatte, dass vom früheren Tragen noch eine Strumpfhose in ihrer Jeans steckte. Hinter einer Litfaßsäule hatte sie versucht, sie aus dem Hosenbein zu ziehen, aber sie hatte sich verhakt, und ein Schüler der Mittelstufe hatte sie gesehen und ausgelacht. »Das alles vor acht Uhr!«, rief sie, und wir übertönten beinahe die Junggesellinnen an der Bar mit unserem Lachen. Ich staunte über diese abgeschlossene Welt der beiden, die gleichen Abläufe, die gleichen Wege, eine Welt, in der sich höchstens harmlose Abweichungen wie eine vergessene Strumpfhose ereigneten. Sophia hatte sich dann in der Schultoilette von ihr befreit und sie in ihren Rucksack gestopft, aber der Junge hatte bereits einer ihrer Erzfeindinnen davon erzählt, der dunkelhaarigen Carola, nicht zu verwechseln mit der blonden, mit der sie gut befreundet war, und die habe Anstalten gemacht es weiterzuerzählen, ohne zu merken, dass Sophia hinter ihr stand, verdeckt von der Tür ihres Spinds. Jeder bekam einen Spind zugewiesen an der Verbundschule, und die Gänge sahen ganz ähnlich aus wie in den amerikanischen High-School-Serien nachmittags auf Pro7. Sie habe dann die Tür ihres Spinds zugeschlagen und sich in der Umkleide der Sporthalle versteckt. »Und der Chemie-Lehrer mag mich auch nicht«, sagte sie abschließend und zog einen Schmollmund, in ihr Teenager-Problem versunken, das seine tröstende Kraft daraus zog, dass man sich voller Leidenschaft darin vertiefen konnte, ohne je wirklich zu Schaden zu kommen. Pikka legte den Arm um ihre Schulter. »Aber du bist ja nicht wie die«, sagte Sophia nach einer Weile, ich brauchte kurz, um zu verstehen, dass sie nun von meinen neuen Mitschülern sprach. »Wieso nicht, wo ist der Unterschied?«, sagte ich. Sophia schob das Kinn vor und deutete auf mich, die Handflächen nach oben, als wäre es offensichtlich. »Du bist ja nicht dumm!«, setzte sie nach. »Bin ich nicht?« Sophia schwieg. »Sind es die anderen?« –

Eine neue Gruppe Junggesellinnen betrat den Raum und erfüllte ihn mit lautem Geschrei, so dass wir die Stimmen heben mussten, um uns weiter zu unterhalten. Sie kamen abwechselnd zu unserer Bank und hielten uns Pflaumenschnaps hin, den wir ihnen abkaufen sollten. Aus Nettigkeit gab Pikka ihnen für eins der Fläschchen einen Euro und stellte es in die Mitte des Tischs. »Teilen wir uns, jeder einen Schluck«, er setzte sich den kleinen Deckel auf die Nasenspitze, Sophia lachte ihn an, und reihum tranken wir aus der winzigen Öffnung die scharfe Flüssigkeit.

Am Ende des Abends traten wir auf die dunkle Straße, die Menschentrauben waren verschwunden, man hörte noch hin und wieder gedämpftes Gegröle hinter den warm erleuchteten Fenstern. Um die letzte Bahn in den Ort zu erreichen, mussten wir uns beeilen. Ich sah bereits doppelt, was mir erst an der frischen Luft auffiel, im nassen Kopfsteinpflaster spiegelten sich die Girlanden der Kneipen. Als wir eine Querstraße passierten, blieb ich stehen und deutete in eine Richtung. »Da entlang«, sagte ich, »wenn man da um die Ecke geht, dann kommt man zu meiner Schule. Und hier – hier irgendwo«, ich drehte mich einmal im Kreis, sah die Fassaden der Fachwerkhäuser verschwimmen, »in einer dieser Kneipen, haben sich meine Eltern kennengelernt, aber ich weiß nicht mehr, welche es war; eine, in der es Musik gibt, eine mit Bühne muss es gewesen sein; ist es nicht verrückt – gerade hier –«, und ich drehte mich zu den anderen beiden um, aber sie waren schon weitergegangen, stolperten Arm in Arm über das Pflaster und hörten mich nicht.

Es war diese Tasche, durch die ich meine Zugehörigkeit demonstrieren wollte. Meine neue Schultasche, ein Werbegeschenk der *Zeit*, durch den Abschluss eines vergünstigten Schülerabonnements erworben. Mit ihr wollte ich einen Strich unter all die Witze ziehen, die ich bei jeder Gelegenheit riss. »Ich stehe ja am Rande der Gesellschaft«, sagte ich und lachte in die Runde, wenn wir um das Feuer in Pikkas Garten saßen. Er schob mit einem Schürhaken glühende Holzscheite in der Schale herum, und Sophia sah den aufsteigenden Funken zu. Ich wollte Pikka, Sophia und allen anderen damit zuvorkommen, jede Bemerkung, die mich hätte bloßstellen können, vorwegnehmen. Über mich selbst lachen, damit die anderen es nicht taten. Meine Tasche aber drückte die Hoffnung aus, dass ich dennoch etwas von ihrer Welt verstand, dass ich weiterhin in ihr lebte, nicht weitab an ihren Rändern, und eines Tages wieder an ihr teilhaben würde. Dass Sophia recht hatte mit ihrem »Du bist ja nicht wie die«.

Am späten Morgen wurde ich von meinem Radio geweckt, das ich seit kurzem auf den Kultursender eingestellt hatte. Das Programm, freitags nur gestört von den Kehrmaschinen, war ein Vorgeschmack auf das Leben, das ich mir wünschte. Ich versuchte mich zu entfernen von den Gewohnheiten meines Vaters, ich öffnete die Fenster, solange er nicht da war, und begann auszusortieren, aber ich musste es geschickt anstellen, immer etwas Unverfängliches finden, unter dem ich das Entsorgte verstecken konnte, denn sonst fischte er die Sachen wieder aus der Mülltonne und hielt sie mir vor die Nase, verhuschte Tränen in den Augen. Einmal entdeckte er eine Schüssel voller Kleinkram in meinem Zimmer, »das miste ich aus«, sagte ich, und mein Vater hockte sich davor wie ein kleiner Junge vor eine Modelleisenbahn, gierig wühlte er darin herum, in diesen alten Überraschungseifiguren und was es alles war, lauter marodes Plastik. »Bitte, nimm nichts wieder heraus«, sagte ich, und er erhob sich schwerfällig, sagte »Gut« und ging aus dem Zimmer, ohne sich noch einmal umzudrehen, wie aus Angst, sich sonst nicht zurückhalten zu können. Es war auch für mich schwer, dabeizubleiben. Mein Versuch konnte von vornherein nicht gelingen, ich war allein auf einer Insel, an die unablässig Zigarettenrauch, Unrat und stumme Trauer anbrandeten. »Da liest man aber wirklich eine ganze Woche dran, da liest du doch mehr als eine Woche dran!«, sagte mein Vater ehrfürchtig über die *Zeit*, und was er mir eigentlich damit sagen wollte, war, dass ich es unmöglich schaffen konnte, sie auszulesen, ehe die neue Ausgabe erschien. Periodisch färbten seine Zweifel wieder auf mich ab, und fünf Wochen lang las ich die Zeitung tatsächlich nicht, sondern legte sie auf einen Stapel, den ich nicht wegwerfen konnte. Der mahnend unter meinem Schreibtisch lagerte als Aufgabe, die unmöglich zu bewältigen war. Mit der größten Anstrengung hielt ich meine Traumbilder fest, während ich aus dem Schlaf nach oben flutete, malte mir den Geruch frischer Brötchen aus und eines teuren Parfums, das ich in einer Anzeige in der Zeitung gesehen hatte, schon im Morgenmantel würde ich danach duften, immer frisch, immer gekämmt, in meinen Räumen würde Klaviermusik vom Plattenspieler erklingen, die wegen der schlechten Lautsprecher meines Radioweckers jetzt nur in den Höhen in mein Zimmer drang. Erstmals schien mir doch etwas möglich. Erstmals nahm ich die neue Ausgabe der Zeitung doch wieder zur Hand, ließ die alten liegen, schob das schlechte Gewissen, dass ich nichts nachgeholt hatte, dass ich nicht erneut bei der griechischen Antike angefangen hatte, beiseite. Auf meinem Schreibtisch lagen die stummen Karten, die uns die Lehrerin mitgegeben hatte. Wir sollten Flüsse, Städte, Gebirge aus dem Gedächtnis einzeichnen. Als ob ich die Welt neu kennenlernte, blätterte ich durch den Atlas meiner Mittelstufenzeit, aber ich kannte die Landschaft schon, ich wusste, wo der Fluss lag, in welchen größeren er fließen, in welches Meer er münden würde.

Ich behandelte das bedruckte Recyclingpapier, das jeden Donnerstag in meinem Briefkasten steckte, wie etwas Heiliges. Alle zehn Minuten ging ich vormittags halb die Treppe hinunter, um über das Geländer gelehnt zum Briefkasten zu spähen. Sobald ich die Zeitung herausragen sah, hüpfte ich die Stufen hinunter. War die Ausgabe zu dick für den Briefkastenschlitz, musste der Postbote klingeln, und ich fuhr in meinem Schreibtischstuhl hoch, zögerte, zur Tür zu gehen, denn wir öffneten ja niemandem, der sich nicht vorher angekündigt hatte. »Passt nicht rein«, erklärte er entschuldigend, wenn er mir die Zeitung überreichte. Ich nickte nur und verschwand wieder, die Treppe auf Socken nach oben hastend.

Ich zwängte die *Zeit* in meine Tasche und trat auf die Straße, in einen nieseligen Februar. Gegen dreizehn Uhr stand ich auf dem nebelumfangenen Bahnsteig, zu dieser Zwischenzeit, wenn der Tag für die meisten Menschen schon halb vorbei war, in den Büros griffen die Leute zu ihren Salaten, manche machten vielleicht einen Spaziergang, um etwas frische Luft abzubekommen, es war nicht die Zeit für Anfänge;

nur ich war auf dem Weg zu meiner ersten Stunde. Die Züge fuhren noch sporadischer als sonst. Der Bahnsteig war leer bis auf mich und eine Frau mit zwei großen Taschen in jeder Hand, die weit hinten am anderen Ende stand. »Vorsicht Zugverkehr«, kam eine Stimme vom Band durch die Lautsprecher, ich sah die Lok eines Güterzuges nahen, ein Geräusch wie das Schließen einer automatischen Tür, dann das Rauschen der rostroten Container auf den Gleisen, bevor es in der Ferne wieder verebbte.

Ein Mann kam die Treppe hoch, in grauer Hose und grauer Jacke, die ihm beide um den Körper flatterten, er schien darunter ganz ausgemergelt zu sein. Ich stand da, ohne mich zu rühren oder den Mann anzublicken, wie es sich gehörte. So viel hatte ich gelernt in diesen ersten Wochen Alltag, diesen ersten Wochen Großstadt. Man vermied es, sich anzublicken, aber nicht wie im Ort, weniger angstvoll, sondern mehr aus höflichem Taktgefühl – wegen der Herausforderung, ständig zusammengepfercht mit Fremden in geselligen Zugabteilen und Restaurants sitzen zu müssen. Ich sah den Mann also nicht an, schon ganz in meiner Rolle, obwohl ich mich immer noch innerhalb der Grenzen des Orts befand. Er drückte auf den Knöpfen des Fahrkartenautomaten herum. »Entschuldigen Sie – sind Sie von hier?« Ich nickte. »Wissen Sie, wie das funktioniert?« Ich tat einen Schritt auf ihn zu. Ich wusste, wie der Automat funktionierte, und ich war *von hier*, das wurde mir in diesem Moment klar, obwohl es schon mein ganzes Leben zutraf; jetzt aber fühlte sich der Gedanke erstmals vertraut an, geradezu richtig, worüber ich erschrak. »Ja –«, sagte ich. Dann erkundigte ich mich nach seinem Ziel, um die Tarifzone herauszufinden. »Genau da steige ich auch aus.« »Ach!«, der Mann blickte mich mit freudiger Überraschung an und vertiefte sich dann wieder ins Streckennetz. Weiter hinten kletterte ein Junge über den Maschendrahtzaun der angrenzenden Kleingärten und huschte mit breiten Schritten über das Gleisbett; gekonnt schwang er sich auf den Bahnsteig hoch. Dann erschien schon der rote Kopf der S-Bahn am Horizont.

Wir nahmen schweigend auf einem Vierersitz Platz. Die Bahn summte elektrisch beim Anfahren. Ich nahm die Zeitung hervor und strich über die Druckerschwärze der Anzeigen für teure Uhren und Taschen, dunkle Flecken blieben auf meinen Fingerspitzen zurück. Ich störte meine Sitznachbarin beim Umblättern mit dem großen Format der Seiten, und für diesen kurzen Moment nahm ich einen Raum ein, der mir nicht gehörte. Zwischen den Absätzen blickte ich hinaus auf die Schornsteine des Industrieparks. »Majestätisch«, kommentierte der Mann von seinem Platz aus, machte eine Handbewegung zum Fenster und lächelte mich an. Ich musste überrascht ausgesehen haben angesichts dieses von ihm gewählten Ausdrucks, denn er lenkte erklärend ein: »Sie sehen das wohl nicht so, Sie kommen ja von hier. Für mich hat das aber was, so aus der Ferne betrachtet, schon etwas Erhabenes, obwohl man das eher zu Gebirgen und so was sagt, aber ich finde, es macht was her. Nur was dort produziert wird, das muss man ausblenden.« Er lachte. »Jetzt, wo Sie es so ausdrücken«, sagte ich, obwohl ich nichts Erhabenes erkennen konnte. »Na ja«, sagte der Mann, und wieder fuhren wir schweigend dahin, an den Graffiti vorbei, die kurz vor dem Hauptbahnhof immer dichter wurden. Drei comichafte Frauenfiguren waren an eine Brandmauer gesprüht, dann verschwanden wir im Tunnel. Schemenhaft erkannte man in der Schwärze die dicken Stromleitungen, die an den Wänden verliefen. Station nach Station ließen wir hinter uns. »Wollen Sie auch hierbleiben?«, fragte der Mann.

»Bleiben – nein«, sagte ich, nicht ohne zu bemerken, dass sich zum ersten Mal ein Zweifel in meine Stimme schlich. »Ich bin von hier«, hatte ich vor einer halben Stunde noch gesagt, und das Weggehen hatte zu dieser Aussage immer dazugehört, aber eben, am Bahnsteig, war dieser Gedanke plötzlich wie ausgelöscht. Jetzt erschien es mir wie das Hirngespinst, über das Pikka, Sophia und mein Vater immer den Kopf geschüttelt hatten. Gehen – wozu?, hörte ich Pikkas Vater mit belustigtem Unterton fragen. Für ihn und auch für Pikka war das Gehen etwas Närrisches. Wieso sollte irgendjemand das wollen. Wieso hatte ich es gewollt. »Das gibt es auch hier«, hatte mein Großvater immer gesagt und die Region um den Ort gemeint, die durch den Industriepark eine große Infrastruktur angezogen hatte. Immer wenn mir etwas gefehlt hatte, war es zumindest in Reichweite. Schwimmbäder, Museen, Filialen verschiedener Geschäfte, eine Bank, ein Arbeitsplatz, eine Wohnung. Das gab es auch hier. Nur ich war immer woanders hingerannt, um meine Besorgungen zu machen. Briefmarken kaufte ich nicht im Schreibwarenladen an der Bushaltestelle, sondern in der städtischen Postfiliale auf dem Weg zur Schule. Lebensmittel kaufte ich nicht im Supermarkt nebenan, sondern mindestens in der nächsten Gemeinde. Auch das hatte ich mir von meinem Vater abgeschaut, der allem in seiner Nähe ausgewichen war, die Leute im Ort als »komisch« bezeichnet hatte, obwohl er in Wirklichkeit nur Angst vor ihrer Zurückweisung gehabt hatte. »Der Edeka taugt nichts«, sagte er nach wie vor und fuhr für jede Kleinigkeit mit dem Auto ins große Einkaufszentrum. Aber anders als bei ihm steckte bei mir auch eine Sehnsucht nach Ferne dahinter. Eine Sehnsucht nach Großstädtischkeit, die ich, das wurde mir plötzlich bewusst, als der Mann mir diese Frage stellte, jetzt doch in nächster Nähe gefunden hatte. Hier gab es tatsächlich alles. Die Graffiti an den Wänden waren schön und vertraut. Die Bahnschienen und ihre Oberleitungen waren schön und vertraut. Selbst der Industriepark könnte erhaben wirken, wenn ich lernen würde, mit neuen Augen auf ihn zu blicken.

»Bleiben. Auf lange Sicht – nein«, sagte ich. Aber auf kurze Sicht. Auf kurze Sicht blieb mir nichts anderes übrig. Mindestens dreieinhalb Jahre sogar, wenn es stimmte, was die Lehrerin sagte, wenn es stimmte, dass ich Abitur machen könnte. Wenn ich vorerst bleiben musste, konnte ich nicht länger missgünstig sein.

Wir erreichten die Endstation. Vereinzelt stiegen hinter dem Mann und mir die letzten Fahrgäste aus dem Zug. Schritte auf den gelben Bodenfliesen, niemand sprach, jeder war allein unterwegs, blickte zu Boden, fischte ein paar Kopfhörer aus der Jackentasche, zog die Kapuze in die Stirn in Erwartung der frischen Temperaturen und des Nieselregens draußen. Die einzelnen Sitze aus Hartplastik, gelb wie der Boden, gelb wie die Wände, an manchen Stellen eine raue Vertiefung und anders gelbe Färbung von einer ausgedrückten Zigarette. Niemand saß darauf und wartete. Ich setzte einen Fuß auf die Kontaktschleife der Rolltreppe, die, wenn niemand in der Station unterwegs war, stillstand, um Energie zu sparen. Sie setzte sich in Bewegung, der Mann stand hinter mir, blickte freundlich zu mir auf, während wir langsam wieder vom Tageslicht erfasst wurden, kalter Wind uns um die Nase wehte und an den Rankpflanzen zerrte, die das Geländer neben der zweiten Rolltreppe bedeckten, Feinstaub auf jedem einzelnen Blatt. Oben trennten wir uns. »Ich muss in diese Richtung«, ich wies zur Eisenbahnbrücke, die sich ein paar Meter weiter über den Gehweg spannte, während der Mann in die entgegengesetzte Richtung deutete. »Kann ich mit der Karte auch wieder zurückfahren?« Er holte den kleinen blauen Zettel aus seiner Hosentasche. »Gilt die eine Stunde? Zwei Stunden?« »Nein, nur in eine Richtung und ohne Unterbrechung«, sagte ich. »Das ist ja unpraktisch.« Ich nickte, lächelte. »Na gut«, sagte er, »dann danke, auf Wiedersehen.« Er musterte mich noch einmal, sein Blick fiel auf meine Tasche, das Logo der Zeitung war mit weißem Garn auf schwarze Lastwagenplane gestickt. »Sie sind wohl Studentin?«, fragte er. »Ich bin Schülerin. Ich gehe noch zur Schule.« »Das sieht man nicht. Das sieht man wirklich nicht. Erwachsen sehen die Kinder heute aus«, er schüttelte ungläubig den Kopf, winkte ab, lächelte abermals, wie um mich zu ermutigen, dann drehte er sich um, und ich verschwand in der Dunkelheit unter der Brücke. In den Streben hatten Tauben ihre Nester gebaut, und der Boden war von getrockneten Pfützen aus Vogelkot übersät.

Vor der Schule wartete schon die Ansammlung Anfang Zwanzigjähriger, auch mir kamen sie unheimlich alt vor. Wie sie ihre Zigaretten rauchten auf dem Gehweg, dabei schon gezeichnet vom Leben, abgeklärt, einige auch resigniert, mit hängenden Schultern, die Daunenjacke über den Jogginganzug gezogen. Sie schauten nie auf, immer nur auf den Boden, auf ihre Hände mit den Zigaretten, auf die Tische, wenn sie im Klassenraum saßen. Desinteressiert wollten sie sich geben. Beinah wie schmollende Teenager sahen sie aus, nur mit einem erwachsen gewordenen, stummen Hass, aus dem, das wussten sie, nicht herauszukommen war; nicht hier zumindest. Wahrscheinlich hatten sie den Besuch der Schule als Auflage vom Arbeitsamt bekommen. Eine Sachbearbeiterin hatte sie so lange dazu genötigt, bis ihnen nichts anderes übrigblieb. Raus aus der Arbeitslosenstatistik, rein ins Bafög, das ihnen bei nächster Gelegenheit gestrichen wurde, weil der Vater ein paar Euro zu viel verdiente, dabei bestand schon kaum mehr Kontakt. Dann wurde geschrien: »Wie soll ich das bezahlen?« Dann kamen sie nicht mehr zur Schule. Es war ihnen sowieso peinlich, nie hatten sie Papier oder Stift dabei. Einem der Daunenjackenträger hatte ich beides geliehen, als er einmal neben mir saß, er hatte sich verschämt geräuspert und den Blick nicht gehoben. Peinlich, mit vierundzwanzig in der Schule zu sitzen. Peinlich dann auch, nicht mehr hinzugehen. Wortlos wurden er und die anderen nach ein paar Wochen von den Klassenlisten gestrichen.

Cansu löste sich von der Schülertraube, noch ein paar Meter trennten mich von ihr, als sie mich erkannte und mir zurief: »Die erste Stunde fällt aus!« Die meisten aus unserer Klasse hatten das zum Anlass genommen, wieder nach Hause zu fahren und auch für den nachfolgenden Unterricht nicht mehr aufzutauchen. Nach Beginn der Stunde blieb deshalb außer uns beiden nur die Raverin mit dem grünen Piercing übrig. »Gehen wir in mein Auto«, sagte Cansu. Die Raverin und ich folgten ihr auf die gegenüberliegende Straßenseite zu ihrem himmelblauen Twingo. Cansu klappte den Fahrersitz vor, sodass ich auf die Rückbank rutschen konnte, die Raverin nahm auf dem Beifahrersitz Platz. Nachdem sie die Türen zugeschlagen hatten, war es still. Mit verschmitztem Blick zog Cansu einen Joint aus ihrer schmalen Handtasche. Die Raverin klatschte in die Hände, »Hätte nicht besser kommen können«. Cansu zündete ihn an, tat den ersten Zug, und beim Ausatmen füllte sich das Auto mit nebligem Dunst.

Auch Cansu hatte den abgeklärten Blick, den ich schon bei anderen Schülern beobachtet hatte, aber gleichzeitig lag ein Lodern darin, das deutlicher hervortrat, nachdem sie noch zweimal gezogen und den Joint an die Raverin weitergegeben hatte. In gewisser Weise hatte sie sich damit abgefunden, wie ihr Leben bisher verlaufen war. Dass sie von den Lehrern in der Vergangenheit nicht ernst genommen wurde, dass ihre Hausaufgaben immer abschätzig betrachtet wurden, selbst wenn alles richtig war, dass sie es längst aufgegeben hatte, mit irgendjemandem ihre Gedanken zu teilen, denn wenn die Lehrer diese Gedanken noch nicht selbst gefasst hatten, war alles aus Cansus Mund immer als falsch abgestempelt worden. Sie hatte sich damit abgefunden, dass sie auf die Hauptschule geschickt wurde, obwohl sie überall Zweien gehabt hatte, es hätten Einsen werden können, wenn die Lehrerin ihr ernsthaft zugehört hätte, wenn sie nicht immer schon gewartet hätte auf die falschen Artikel, die Cansu manchmal benutzte. »Es heißt nicht *der* Licht«, hatte die Lehrerin sie mit Genugtuung angelächelt. Diese falschen Artikel waren ihr Beweis genug. »Du musst doch bestimmt sowieso viel zu Hause helfen«, hatte sie beschwichtigt, »da ist es doch gut, wenn du auf die Hauptschule gehst und nicht so lang Bus fahren musst.« Cansu hatte es die Sprache verschlagen, noch keine Zehn war sie gewesen und hatte verstanden, dass alles schon gelaufen war. Dieses Wissen hatte sie, das sah ich an ihrem Blick, aber zugleich hatte sie sich auf merkwürdige Art darüber hinweggesetzt. Sie hatte keine Angst. Die Sprache war ihr zurückgekommen mit durchschlagender Wucht, sie redete laut und deutlich, in Absolutismen, die sich niemand traute in Frage zu stellen. »Das ist doch egal«, war ihr häufigster Satz, und durch den Nachdruck ihrer Worte wurden die Dinge, auf die sie sich bezog, wirklich unbedeutend. Sie verloren ihre Ernsthaftigkeit, und man fragte sich, wieso man sich die ganze Zeit Sorgen gemacht hatte. Ob man ein paar Minuten zu spät war, ob man etwas Unfreundliches sagte, ob man alles perfekt erledigte. Cansu war es egal, ob sie verstanden wurde; wer es nicht tat, dem drehte sie den Rücken zu, nicht ohne zuvor leise zu prusten wie über ein Kind, das stolpert. Sie hatte gelernt, dass es verschwendete Zeit war zu versuchen, jemanden von sich zu überzeugen, der von vornherein nicht an sie glauben wollte.

Während Cansu all das erzählte, hatte die Raverin die ganze Zeit über verstehend genickt. Obwohl sie über dreißig war, hatte sie ein kindliches Gesicht, was einerseits an ihren runden Wangen, andererseits an ihrem Blick lag, der immer etwas Trauriges hatte. Es war eine Trauer wie die der anderen, nur dass sie nicht in Wut oder Gleichgültigkeit mündete. Sie trug immer zu große Pullover, deren Kapuze sie sich in die Stirn zog. Sie hatte mehrere Ausbildungen begonnen und wieder abgebrochen, angefangen mit sechzehn, als sie knapp vor dem Realschulabschluss von der Schule abgegangen und zugleich von ihren Eltern aus dem Haus geworfen worden war. Sie erzählte unbeeindruckt davon, so wie andere über ihre Kindheitshobbys sprachen, »als ich mittwochs immer zum Schwimmtraining gegangen bin«, »als meine Eltern mich mit sechzehn rausgeworfen haben«. Für sie war es ein Markstein in ihrem Lebenslauf, den sie nicht groß hinterfragte. Sie brachte Verständnis für ihre Eltern auf, die sich und ihr nicht anders zu helfen wussten. »Sie sind eigentlich ganz liebe Leute.« Von da an hatte sie mal auf dieser, mal auf jener Couch geschlafen, mal in WGs gewohnt, mal eine eigene Wohnung gehabt, dann wieder nicht, immer abhängig davon, in welchem Beschäftigungsverhältnis sie gerade stand, ob es ein Aushilfsjob oder das zweite Lehrjahr als Friseurin, Floristin oder Einzelhandelskauffrau war. »Habe ich alles irgendwann wieder abgebrochen. Bin nicht mehr hingegangen. Fand alles schlagartig vollkommen sinnlos«, sagte sie. »Mal sehen, wie lange es mich hier hält.«

Nachdem sie sich so ihre Lebensgeschichten erzählt hatten, war es wieder eine Weile still. Das Auto war mittlerweile komplett zugenebelt, und einzelne vorbeilaufende Schüler, die zur nächsten Stunde eintrudelten, schauten belustigt auf die milchig beschlagenen Scheiben; jemand klopfte mit der flachen Hand auf die Motorhaube und rief »Respekt«, worüber wir alle leicht zusammenzuckten. Cansu blickte mir durch den Rückspiegel in die Augen und fragte mich, wie ich hier gestrandet war, in dieser untersten Schublade, wie sie es ausdrückte und kratzend dabei lachte. Ich zuckte mit den Schultern. Im Nachhinein kam es auch mir wie ein Rätsel vor, angesichts der Tatsache, dass ich alles, was ich an dieser Schule lernen sollte, bereits zu wissen schien. Am schlichten Wissen oder zumindest der Fähigkeit, sich dieses Wissen anzueignen, konnte es also nicht gelegen haben. »Ich weiß es nicht«, sagte ich. Die Raverin drehte sich zu mir um und hielt mir mit fragendem Blick den Joint hin. Ich schüttelte den Kopf. »Du bist noch jung«, sagte Cansu, während sie ihn der Raverin aus der Hand nahm, »du kannst noch alles retten.«

Die verbleibenden drei Schulstunden verstrichen mühelos. Cansu fragte über mehrere Tischreihen hinweg jeden, ob er etwas Süßes dabeihabe. Selbst wenn sie flüsterte, drang ihre Stimme scharf durch die Luft; als die Lehrerin sie nach dem vierten Mal ermahnend anblickte, reagierte sie mit ihrem entwaffnenden Prusten. Die Raverin und sie blickten mich ab und zu verschwörerisch an, wenn die Lehrerin uns den Rücken zudrehte, um mit ausgestrecktem Arm etwas an die Tafel zu schreiben, als hätte die Stunde in Cansus Auto uns zu einer Art Breakfast Club gemacht.

Zum Ende des Unterrichts, als um mich herum die Stühle gerückt wurden und ich meine Tasche auf den Tisch stellte, um meine Hefte zu verstauen, blickte die Lehrerin auf das weiße Logo der Zeitung. »Schön«, sagte sie mit einem wissenden Blick, als wollte sie andeuten, dass sie und ich in Wirklichkeit gar nicht in diesen Klassenraum gehörten, sondern daheim waren in den Rubriken Feuilleton, Chancen und Wissen. Sie trat vor meinen Tisch, die Arme hinter dem Rücken verschränkt. »Ich habe das ernst gemeint, wissen Sie«, sagte sie. »Mit dem Abitur.« Ich hielt inne, den Block halb in der Tasche versenkt. »Sind Sie sicher?« Sie nickte. »Muss man dafür nicht ein bestimmter Typ sein?«, fragte ich. Die Lehrerin blickte mich verständnislos an und schüttelte leicht den Kopf. »Was für ein *Typ* soll das sein«, sagte sie, »was stellen Sie sich darunter vor? Wenn Sie damit jemanden meinen, der Zusammenhänge begreift, dann darf ich Ihnen sagen, Sie sind dieser Typ.« »Sind Sie wirklich sicher?«, fragte ich nochmals, und sie nickte mit der größten Bestimmtheit. Aus meinem Block lugte die Mathearbeit hervor, die sie uns gerade zurückgegeben hatte, sie schnippte leicht gegen das Stück Papier. »Schauen Sie sich die Beweise doch an«, sagte sie und lächelte.

Es war dunkel geworden, der Sprühregen stand um die Laternen wie Rauch. Ich ging allein zurück zum Bahnhof, unter der Eisenbahnbrücke hindurch, und in den Sekundenbruchteilen, in denen ich gewohnheitsmäßig einen Ausfallschritt über die Inseln aus Vogelkot machte, begann ich auf etwas zu hoffen. Am Rand der Station setze ich wieder den Fuß auf das nachgebende Metall, die Rolltreppe lief an, und sobald die Überdachung den Regen abhielt, zog ich die Arbeit hervor. Mir war kein einziger Fehler unterlaufen, nur rote Haken säumten den Rand – war das ein Beweis? In den Strichen der Bruchzahlen sah ich noch das Zittern meiner Hände. Niemand wartete am Bahngleis, nur das Summen der Neonröhren war zu hören, das Knacken des Plastiksitzes, auf dem ich mich niederließ, das vom Schweiß meiner Handflächen feucht gewordene Papier zwischen den Fingern.

So vergingen die Monate. Die Schlauheit, die mir die Lehrerin und meine Mitschüler attestierten, wurde nur hinter den Mauern der Abendschule anerkannt, außerhalb blieb nichts davon übrig, sooft ich auch die Hausaufgaben für Pikka erledigte, der Englisch nicht mochte und nicht konnte, der überhaupt nichts, was mit Sprache zusammenhing, verstand und dem ich alles dreimal erklären musste, bis er mir glaubte, weil er trotz allem eine höhere Meinung von seinen als von meinen Fähigkeiten hatte. Das warf ich ihm nicht vor, weil ich es nicht anders gewohnt war, es fiel mir nicht einmal auf. Ich tat ihm den Gefallen, weil ich mir etwas beweisen wollte. Er selbst las keine der Zeilen, die ich auf Papier brachte. »Es ist ganz einfach«, sagte ich, und Pikka nahm mir bloß die Zettel aus der Hand, »Danke«, etwas verständnislos über meinen Stolz, er hätte alles genommen, er habe bloß keine Lust auf die Aufgaben gehabt. Sein Lehrer hatte sie bei der Kontrolle mit dem Blick nur gestreift, ohne sich etwas dabei zu denken, dass die Schrift eine andere war als sonst. »Den interessiert das nicht«, sagte Pikka. »Da hätte auch Kauderwelsch stehen können.« Die Nachbarsjungen, die er an diesem Abend wieder eingeladen hatte, lachten über mich und meine Beflissenheit hinter vorgehaltener Hand. Ich war nur froh gewesen, dass mir das Englische nicht abhandengekommen war, nachdem ich in der Abendschule immer nur Hauptsätze formulieren sollte. Ich hatte einen Zusatzkurs »Business-English« gewählt, in der Hoffnung, ich würde etwas Neues lernen, aber alles, was von uns verlangt wurde, waren Rollenspiele, in denen ich vorgab, mit meinem Sitznachbarn zu telefonieren, abwechselnd sagten wir in den Hörer eines alten Schnurapparats: »The furniture is very modern.«

Auch das ging vorbei. Zum Schluss blieb noch das Zeugnis, das in einem Klassenraum verliehen wurde zwischen vierzehn und fünfzehn Uhr, einer toten Stunde, wie es sie in dieser Schule viele gab, und weil wir nur so wenige Absolventen waren und die Schulleitung der Mittelstufe uns wohl nicht traute, bekam die Lehrerin die Schlüssel zur Aula nicht. Nicht mal die Sporthalle kannten wir von innen. Es machte uns nichts, wir nahmen die Zeugnisse gern im Geheimen entgegen, fast inoffiziell, darin fühlten wir uns wohl, und wir waren uns sowieso nicht sicher, ob das Papier draußen etwas wert war, auch wenn es so schön dick war. »Draußen«, so sprachen wir, als befänden wir uns in einem Vorraum und hätten eine Schonfrist bekommen. Ein Foto wurde gemacht, wir standen vor einer halb aufgeklappten Tafel, Cansu neben mir, ihre falsche *Dolce & Gabbana*-Gürtelschnalle glänzte in einem Streifen Sonnenlicht, und sie legte mir einen Arm um die Schultern.

Ich sprach von einem »Wir«, das es in Wirklichkeit nicht gab, das sich, sobald wir uns am Abend trennen würden, in eine zufällige Begegnung auflösen würde. Wir waren nur durch dieses gemeinsame Schuljahr verbunden, dadurch, dass wir die Mode von 2007 mitmachten, *George Gina & Lucy*-Taschen, *Bench*-Fleecejacken, Hüfthosen, die gerade erst ihren Schlag verloren; wer kein Geld hatte, so wie wir, nähte sie selbst zu einem schmal zulaufenden Bein um. Wir verfolgten die Einlieferung von Britney Spears ins Krankenhaus, nachdem sie sich mit einem ihrer Söhne im Badezimmer verschanzt hatte, gefilmt von über ihrem Anwesen kreisenden Hubschraubern aus, und wir wussten, dass eine andere Zeit angebrochen war. Wir hatten keine gemeinsame Vergangenheit. Über uns wurde nicht als Stufe gesprochen, sondern als Semester, als befänden wir uns an der Universität. Wir teilten kein Geburtsjahr. Wir hatten die Erfahrung gemacht, dass der Jahrgang, zu dem wir gehörten, irgendwann neben uns verschwunden war, an unterschiedlichen Stationen waren wir stehen geblieben, während unsere gleichaltrigen Freunde weitergezogen waren, wir hatten sie davonmarschieren sehen, und erst aus der Entfernung war uns klargeworden, was wir verloren hatten: eine Gruppe, zu der wir uns zugehörig fühlten, einen Schutzraum, in dem wir uns verorten konnten. Diese Erfahrung teilten wir, aber konkret hatte sie jeder anders erlebt. Abgesehen davon, dass das Wort »Loser« auf dem Aushang uns alle meinte, hatten wir nichts gemeinsam, es würde keine »Gemeinschaft« aus uns werden, kein »Verband«, es würde nicht alle paar Jahre jemand den Versuch starten, ein Klassentreffen zu organisieren. Wir waren an dieser Schule, weil wir etwas von ihr brauchten – das Zeugnis.

Cansu hatte bereits einen Ausbildungsplatz zur Köchin bei einer großen Hotelkette bekommen und die Lehrerin in den letzten Stunden »Business-English« mit Fragen gelöchert. »Was heißt Schnittlauch? Was heißt Petersilie?«, hatte sie durch den Raum gerufen, statt sich mit Grußformeln in Geschäftsbriefen zu beschäftigen: »When do you use the term *sincerely*?« Ich konnte mir Cansu gut vorstellen in einer hektischen Küche, wie sie mit ihrer lauten Stimme nach den

Kräutern rief. Auch in den Pausen sprach sie über nichts anderes als über ihre neue Karriere, die bald beginnen würde. Das Kiffen hatte sie aufgegeben, und in den letzten Wochen war sie kein einziges Mal zu spät gekommen, statt der Lehrerin witzelnd »sie sucht noch einen Parkplatz« zuzurufen, wenn sie zu Unterrichtsbeginn noch nicht da war, fragten die anderen Cansu jetzt neckisch, ob sie etwa einen Privatparkplatz bekommen habe, weil sie immer schon so früh an ihrem Platz saß. Cansu lächelte verschmitzt darüber, ihre neue Rolle gefiel ihr.

Wir waren zehn, die den Abschluss gemacht hatten, zehn von anfangs über dreißig, mit denen ich am ersten Tag im Klassenraum gesessen hatte. Wir wanderten in den Flur, wo Sektflaschen und Plastikbecher auf Papiertischdecken bereitstanden, gossen uns ein und standen dann im Kreis, an den Bechern nippend, nur die Lehrerin nahm große Schlucke und fragte in die Runde, ob wir danach nicht noch irgendwo hingehen sollten. »Die Kneipen sind doch gleich um die Ecke.« Wir alle stimmten zu, denn der Sekt und der *Dr. Oetker*-Kuchen, den noch jemand ausgepackt hatte, konnten es nicht gewesen sein. Es war noch hell draußen. Wir verstauten unsere Zeugnisse in den Taschen und liefen in Zweierreihe die Straße hinunter wie eine Grundschulklasse auf Ausflug. Die Kneipen öffneten gerade erst, und in derjenigen, die wir uns aussuchten, waren wir die einzigen Gäste. Der Barkeeper beäugte uns argwöhnisch, seiner ruhigen Minuten beraubt, bevor die Meute an Betrunkenen auftauchen würde. Wir ließen uns in einer Ecke nieder, vor einem der tiefen Fenster, die auf die Straße zeigten. Ein Teppich lag auf dem Boden, und um einen niedrigen Tisch waren Sitzkissen verteilt. Ich saß mit dem Rücken zum Fenster und beobachtete den Barkeeper, der träge ein paar Gläser abtrocknete, um den Moment hinauszuzögern, in dem er zu uns herüberkommen und unsere Bestellungen aufnehmen musste. Angetrunken vom Sekt redeten alle durcheinander, durchsetzt von Gelächter und, nachdem unsere Getränke gekommen waren, dem Klirren anstoßender Gläser. »Auf die Zukunft!«, rief Cansu und lachte ihr krächzendes Lachen.

Meine Zukunft würde aus weiteren Schulstunden bestehen. Ich würde wieder morgens statt mittags das Haus verlassen, würde wieder zum Sportunterricht gehen, vor dem es mir jetzt schon graute, aber ich würde es in Kauf nehmen. Das war der Preis; das und die langen Bahnfahrten, weil die einzige Schule, die erwogen hatte, mich anzunehmen, noch weiter weg war als die Abendschule. *Weiter weg*, wenn der Ausgangspunkt der Ort war, was er auf absehbare Zeit bleiben würde. Das Draußen, von dem meine Mitschüler und ich während unserer Zeit zusammen gesprochen hatten, vor dem wir uns strategisch schützen mussten, wurde für mich wieder greifbar. Ich glaubte mich in die Welt, der Pikka und Sophia angehörten, zurückgekehrt; die Abendschule erschien mir schon jetzt wie ein kurioses Intermezzo. Vielleicht konnte ich Pikka und Sophia sogar noch überholen, wenn ich nach dem Abitur kein Lückenjahr einfügte wie die meisten. »Nach dem Abitur«, ich wiederholte die Formulierung ungläubig in Gedanken, das war eine Zeit, die verschluckt worden war, als ich von der Schule abging, und nun wiederauftauchte, in weiter Ferne zwar, aber schon ahnbar als Futur II: »Ich werde Abitur gemacht haben.« Auf seltsame Weise war mein Leben gleichzeitig verkürzt und verlängert worden.

Vor den Fenstern wurde es langsam dunkel, und es begann zu regnen, die zweite Runde wurde ausgeschenkt, das Stimmengewirr wurde lauter, das Lachen ausgelassener. Ich würde bleiben, ich dachte an den Mann zurück, der mich an der Bahnstation angesprochen hatte – ich würde bleiben, aber nicht hier. »So, und welche Bilanz zieht ihr nun?«, fragte die Lehrerin, ihre Augen waren klein und wässrig geworden, und die ganze Zeit über stand ihr ein schiefes Grinsen im Gesicht. »Es war nicht so schlimm«, sagte die Raverin, und die anderen lachten.

»Es war eine interessante Erfahrung«, sagte ich, plötzlich blasiert mit geschürzten Lippen, als könnte ich mich nun in die Beobachterrolle zwängen und als wäre von Anfang an klar gewesen, dass ich zurückkehren würde in das »Draußen«, wo Sophia und Pikka schon warteten und wo ich eigentlich hingehörte; nicht zu meinen Mitschülern, nicht in Cansus Auto, nicht in diese Zwischenzeit, in der ich die vergangenen Monate gelebt hatte. Auch nicht zu meinem Vater. Ich sagte es, als wären das Jahr und die drei Monate, die ich an der Schule verbracht hatte, nur ein Experiment gewesen, als hätte ich von vornherein nur aus Spaß in diesen Klassenräumen gesessen, aus Gründen des Erlebnisjournalismus, und könnte nun in die echte Welt, meine Welt, zurückkehren und dort darüber berichten. »Man trifft solche Leute sonst nirgendwo«, sagte ich. Cansu sah mich von der Seite an, ihr Glas in der Hand, eine Augenbraue nach oben gezogen.

Ich rannte den nassen Gehweg entlang, um nicht zu spät zu Pikkas Gartenfest zu kommen. Es war so warm, dass das Wasser schon wieder verdampfte, nur unter den Bäumen standen noch tiefe Pfützen. Ich bog in seine Straße ein, hielt inne, nichts war zu hören, bis ich hinter der Gartenhecke die Stimmen der beiden Pikkas erkannte. Ein unverständlicher Wortwechsel; dann Lachen. In der Luft der Geruch von Lindenblüten. Vom Sekt und den Getränken in der Bar lagen mir die Muskeln weich auf den Schultern, als ich durch das Tor trat. Das Essen war schon vorüber, der Grill war wieder zur Feuerschale umfunktioniert und in der Mitte des Gartens aufgestellt worden, Pikka, Sophia, ihre Eltern und ein paar Nachbarn saßen um sie herum. Ich nickte den Nachbarsjungen zu, die verhalten zurücklächelten, so als hätten sie gerade noch über mich geredet. Sie steckten die Köpfe zusammen, kaum hatte ich mich zwischen Sophia und ihrer Mutter auf einen freien Liegestuhl gesetzt. Ich war still. Ich brauchte keine Witze mehr über mich machen. Für die anderen war es ein normaler Apriltag, vielleicht ungewöhnlich warm, und der kurze Sturzregen hatte sie überrascht, sonst war alles beim Alten: Pikka und Sophia gingen zur Schule, die Eltern verrichteten ihre Arbeit. Das Grün des Rasens war nur im Radius des Feuerscheins zu erkennen, dahinter löste sich der Garten in eine schwarze Fläche auf. Eine Nachtkerze blühte in einem der Beete. Sophias Mutter legte sich eine Fleecedecke über die Knie und goss sich Weißwein nach. »Sophia sagte, du hättest heute dein Zeugnis bekommen?« »Ja.« »Darf ich mal sehen?« Ich zog den Hefter aus meiner Tasche und blätterte sorgsam das dicke Papier um. Sophias Mutter blickte darauf herum, die Finger vornehm um den Stiel des Glases gelegt. »Oh«, sagte sie. »Oh«, wie wenn ein Kind einem seine hässliche Zeichnung zeigt.

Beim ersten Mal betrat ich das Oberstufengymnasium durch den falschen Eingang, durch das hintere Tor des Schulhofs über das Basketballfeld, das in verblichenem Hellgrün in den Boden eingelassen war. Es waren noch Sommerferien, und das Gebäude lag geisterhaft verlassen, durch einen hohen Zaun vom nächsten Grundstück abgegrenzt. Das Vordach des Westflügels überschattete einen Teil des Schulhofs. Innen war das Treppenhaus mit dunkelbraunen Kacheln gefliest, Ornamente in Blau und Rot verzierten die Wände, ein stillgelegter Trinkbrunnen aus Marmor lag am Aufgang zur Aula. Ich stieg die Treppe ins Parterre hoch, wo das Rektorenzimmer lag und das Sekretariat, in dem ich mich anmelden sollte.

»Ich habe ein Bewerbungsgespräch beim Herrn Direktor«, sagte ich über den hohen Tresen der Sekretärin hinweg. Sie sah durch kleine Augen an mir vorbei. »Ja«, sagte sie, »warten Sie im Gang.«

Ich ging hin und her und zählte die Fliesen. Das Gebäude hielt die Hitze mit seinen dicken Mauern ab und speicherte die Kühle der Nacht bis in den Nachmittag, fröstelnd zog ich die Schultern hoch. Ein Mann mit weißem Bart trat aus einer der Türen. »Frau A–?«, sagte er, und ich nickte und ging ihm entgegen.

Ich schloss die Tür zu seinem Büro hinter mir, er saß schon an seinem Schreibtisch und bedeutete mir mit einer Hand, mich zu setzen. »So –«, begann er, »erst mal guten Tag, herzlich willkommen.« »Hallo«, sagte ich und schob den Stuhl ihm gegenüber etwas näher an den Tisch, bevor ich mich darauf niederließ. »Sie wollen also an unsere Schule kommen.« Ich nickte. »So –«, sagte er nochmals und ordnete die Papiere vor sich, unter denen ich meinen dünnen Lebenslauf erkannte und eine handschriftliche Notiz auf dem Empfehlungsschreiben meiner Lehrerin. »Sie sind ja nun etwas älter – wir haben eine Verpflichtung, das heißt, *ich* habe eine Verpflichtung, als Schulleiter persönlich für jeden zu bürgen, der über achtzehn Jahre alt ist und zu uns kommt. Das ist ein Risiko, denn Sie könnten einfach wieder gehen und dann einen Platz belegt haben, den eine jüngere und willigere Person hätte in Anspruch nehmen können. Deshalb nehmen wir ältere Schüler nur auf, wenn es noch Restplätze gibt und wenn wir uns vergewissert haben, dass sie es ernst meinen.« Der Rektor wartete kurz, aber ich sagte nichts, sondern nickte nur noch einmal. Er legte meinen Lebenslauf auf das Empfehlungsschreiben und überflog die Auflistung meiner Schulstationen, den Blick durch die Lesebrille auf seiner Nasenspitze gerichtet. Dann sah er mich über das Brillengestell hinweg an.

»Woran lag es?«, fragte er.

»Es?«

»Die Lücken hier beziehungsweise die Brüche.«

»Ich war – ich war früher nicht so gut.«

»Aber das kann ja nicht alles gewesen sein. Es muss ja schon einiges vorfallen, bis eine so sang- und klanglos verschwindet.«

»Ich weiß nicht genau, es hat eins zum anderen geführt.«

Der Rektor blickte mich weiter an, abwartend, ob ich etwas ergänzen würde. Es musste Gründe geben, die ich ihm ordentlich darzulegen hatte, Ursache und Wirkung mussten klar benannt werden. Nur schlechte Noten reichten nicht, obwohl sie letztlich das einzig Greifbare waren. Es hatte weiter zu reichen, es musste an mir liegen.

»Es muss doch einen ausschlaggebenden Moment gegeben haben«, sagte der Rektor.

Ich wühlte in meinem Gedächtnis nach diesem ausschlaggebenden Moment. Wo war der Anfang gewesen, ab wann war es bergab gegangen und wie oft hatte ich mir diese Frage schon gestellt; wie oft war sie mir gestellt worden mit ebendiesem Blick, diesem erwartungsvollen, prüfenden Blick, der bereits vorwegnahm, dass man mir nicht glauben würde. Das kann doch nicht sein, Sie müssen etwas übersehen haben, Sie müssen etwas entschieden falsch gemacht haben, es gibt doch eine Notenkonferenz, wie können zwanzig Lehrer gemeinsam entschieden haben, Sie einfach so von der Kante fallen zu lassen – das kann nicht sein, genau das hatte Pikka gesagt, hatte Sophia gesagt: Etwas musst du übersehen haben, etwas musst du falsch gemacht haben. Also ging ich in Gedanken zurück bis in die Grundschulzeit, denn irgendwo dort musste es angefangen haben. Ich musste mit dem Fuß falsch aufgekommen sein; dass ich bewusstlos auf dem Schulhof lag, musste meine Schuld sein; ich hatte im Sportunterricht nicht richtig Abrollen gelernt. Ich konnte hervorragend lesen für mein Alter, nur wusste das niemand, weil ich mich nie freiwillig meldete, ja, wenn ich angesprochen wurde, hielt ich mir sogar die Augen zu und wartete ab, bis jemand anders aufgerufen wurde. Anfangs konnte ich auch gut rechnen, aber das merkte bald keiner mehr, weil ich beim Vier-Ecken-Rechnen nie aus der ersten Ecke kam. »Sie hat Probleme mit dem Zahlenverständnis«, sagte die Lehrerin dann, und ich glaubte ihr, bekam Nachhilfeunterricht am Nachmittag bei einem Aushilfslehrer, der wenig Lust auf Rechnen hatte. »Ich möchte doch lieber Leseübungen machen«, sagte er; er hatte einen breiten osteuropäischen Akzent und eine durchdringende Stimme, mit der er mir befahl: »Schließ die Tür«, und ich schloss sie gehorsam. »Lies«, sagte er, und ich las. Eine Geschichte über Sophia, der Protagonistin in unserer Lesefibel, die mit ihren Eltern Abendbrot aß, Käse, Milch, Wurst. »Lies lauter«, sagte er, und ich las lauter, aber nach den ersten Silben flachte meine Stimme wieder ab. »Du kannst ja wirklich gut lesen«, sagte der Aushilfslehrer überrascht. Daran konnte es also nicht gelegen haben.

»In der Grundschule war ich noch gut«, war alles, was ich schließlich hervorbrachte.

»Aber woran lag es dann?«, fragte der Rektor. »Was ist danach passiert?«

Ob der Aushilfslehrer wohl jemandem davon erzählt hatte, fragte ich mich, ob man mir danach besser zugehört hatte, denn ich war ja aufs Gymnasium gekommen, etwas musste man also in mir gesehen haben. Ich dachte daran, wie meine Mutter das Wort Gymnasium ausgesprochen hatte, stolz, aber mit großer Anstrengung, stolz und das g wie ein englisches j, das y wie ein i; »*Jimnasium*«, hatte sie gesagt, »du gehst aufs *Jimnasium.*«

»Ich bin aufs Gymnasium gekommen –«, sagte ich.

Ich solle mein Licht nicht unter den Scheffel stellen, das hatte ich über mich aufgeschnappt damals. Natürlich war ich selbst es gewesen, die mein Licht unter den Scheffel stellte, das leuchtete mir sofort ein, denn Implikationen verstand ich schon früh. Diese Implikationen waren der eigentliche

Grund, aber wie sollte ich das dem Rektor verständlich machen, der dem höchstwahrscheinlich nie ausgesetzt war; diesem Bürsten der Sprache gegen den Strich.

Niemand hatte sich je die Zeit genommen, den Scheffel ausfindig zu machen, unter dem mein Licht stand; der Scheffel war der Satz selbst, der Scheffel waren die Wände, gegen die nachts die Aschenbecher flogen, der Scheffel war »Sei still« und »Sprich lauter«, zwei Forderungen, die ich gleichzeitig erfüllen sollte. Paradox oder nicht, schlussendlich war es meine eigene Schuld, dass ich ihnen nicht Folge leisten konnte. Ich hatte die Verantwortung für mein Licht zu tragen, ich war es gewesen, die es versteckt hatte unter einem der alten Lampenschirme meines Großvaters. Die Bedeutung dieses Sprichworts war mir gewaltsam entrissen worden. Ich konnte es nicht hören, ohne vor Wut die Fingernägel in meine Handflächen zu bohren. Halb erstickt war dieses Licht jetzt, aber nicht totzukriegen.

»Ich war sehr schüchtern, ich habe mein Licht unter den Scheffel gestellt«, sagte ich. Der Rektor wiegte den Kopf; das verstand er.

»Das soll keine Rechtfertigung sein«, sagte ich. »Aber jetzt – ich habe jetzt –«, sagte ich undeutlich und zeigte auf die weiteren Unterlagen, die dem Rektor vorlagen.

Er betrachtete das Realschulzeugnis. Eine Doppelseite, der sperrige Titel »Abendhaupt- und Abendrealschule« vor dem Stadtwappen, nach einer Persönlichkeit war die Schule nicht benannt. In einem kleinen Kästchen am Fuß der letzten Seite stand mein Notenschnitt. Der Rektor schmunzelte. »Ja, da können Sie stolz sein«, sagte er. »Aber hören Sie, hier ist es anders als an der Abendschule. Ich kenne die Geschichten von da. Sie wissen es wohl nicht, aber meine Frau ist die

Rektorin der Mittelschule, die tagsüber die Räume besetzt. Wenn sich die Schüler da die Klinke in die Hand geben, meine Frau sieht, was für Gestalten da kommen. Gewalt gibt es, Drogen, soziale Verwahrlosung. Sie wirken nicht wie eine typische Schülerin dieser Schule, da gebe ich Ihnen recht. Deshalb habe ich Sie ja eingeladen, um mich zu vergewissern. Sie wirken wirklich vernünftig, um nicht zu sagen intelligent. Deshalb ist Ihr Notendurchschnitt an dieser Schule ja schon beinahe folgerichtig. Wenn Sie nur so gesittet dort gesessen haben, wie Sie es gerade hier tun, wird man Ihnen schon eine Eins gegeben haben. Aber hier ist es anders, hier zählt auch die mündliche Note mehr als die schriftliche, sechzig Prozent nämlich.«

»Das ist mir klar«, sagte ich und verstummte gleich wieder, aus Angst, das fragile Wohlwollen des Rektors mit einer falschen Bewegung zu zerstören.

»Warum wollen Sie Abitur machen?«

Auch dafür musste es also einen Grund geben. Ich schwieg. Sagte dann: »Ich will studieren«, wie eine Frage, das letzte Wort mit zischendem Frikativ, als hätte ich es noch nie vorher ausgesprochen. Der Rektor sah mich prüfend an, und ich hoffte, dass meine Antwort überzeugend gewirkt hatte; als hätte ich schon jetzt ein konkretes Ziel vor Augen – ein rechtschaffenes akademisches Leben. Ich musste zwei Gründe zur Hand haben, einen für mein Scheitern und einen für mein Wollen. Mein Ziel musste ein anderes sein als *mal sehen*, ein anderes als *ich gehe erst mal ein Jahr nach Australien.* Mein Grund ein anderer als *höhere Bildung steht mir zu.* »Ich will studieren«, ich sagte es wie ein Kind, das vor einem großen, in vielen Farben blinkenden Riesenrad steht und mit in den Nacken gelegtem Kopf zu ihm hinaufsieht.

Der Schulleiter verkniff sich ein Lächeln.

»Sie sprechen ja wirklich sehr leise, Sie sprechen ja wirklich sehr bedacht –«, sagte er, wie ein letztes Gegenargument.

»Ja«, sagte ich, mit dieser dünnen, bittstellenden Stimme, diesen im Schoß zusammengekrampften Händen: »Sie sehen, ich werde niemanden stören.«

»Sie müssen mir versprechen, dass Sie nicht abbrechen werden.«

Abermals nickte ich.

»Sagen Sie – was wären die Leistungskurse, die Sie am liebsten hätten?«, fragte er und zog ein Notizbuch aus seiner Schreibtischablage.

Wir verabschiedeten uns im Gang. Als ich wieder den Weg in Richtung Schulhof einschlug, rief er mir nach: »Sie können auch hier hinaus –«, er zeigte zum Foyer und bedeutete mir, dort nach links zu gehen. Ich bedankte mich und winkte.

Der Vordereingang war unscheinbar für ein so schönes Gebäude, eine schmale verglaste Tür mit weißen Streben, nur die linke Seite ließ sich öffnen und auch das nur schwer. Mit meinem ganzen Körpergewicht zog ich an der Klinke und trat hinaus in den warmen August.

Mein Vater stand nachmittags meinem im Sessel sitzenden Großvater gegenüber, wenn er von der Arbeit kam und schon wankte, weil er auf dem Heimweg einen Zwischenstopp eingelegt hatte in der Kneipe. Mein Großvater sah es nicht. Gegenseitig schoben sie sich Sätze über das letzte Bundesligaspiel zu.

»Hast gehört, die Eintracht?«

»Ja, hab ich gehört.«

Er sah nicht die fleckige Hose und den alten, verwaschenen Pullover, der im Nacken mit einer speckigen Schicht überzogen war und mit Hautschuppen verklebt.

Ich konnte nachts durch die Wände hören, wie mein Vater umfiel und sich unter Stöhnen herumwälzte, sich aufzuraffen versuchte und wieder zu Boden sackte. Die Wohnzimmertür blieb geschlossen. Zu Anfang, als seine letzte Dusche noch vorhielt und er sich noch die Zähne putzte, besetzte er mittags mit Kollegen die Küche, sie tranken Glas um Glas von dem Rakı, den meine Mutter im obersten Fach des Hochschranks gelagert und von dem sie sich manchmal ein Glas eingeschenkt hatte, als stille Belohnung am Küchentisch, freitagabends, wenn alles erledigt war. Die durchsichtige Flüssigkeit färbte sich weiß, sobald mein Vater Wasser hinzukippte, und er lachte mit gebleckten Zähnen: »Gift, pures Gift!« Alle hatten Schwielen an den Händen, trotz der Schutzhandschuhe, Hornhaut vom Tauchen der Bleche in Lauge. Die Männer taten es meinem Vater gleich, sie setzten die Gläser an die Lippen und sahen ihn doch ab und zu verunsichert von der Seite an, ob der schnellen Züge, die er imstande war zu trinken, und seiner immer lauter werdenden Stimme. Als ich hereinkam und sagte, dass ich Hunger hatte, lachten sie. Ich holte eine Packung Reis aus dem Hochschrank, Rauch hing über dem Tisch und trocknete mir die Kehle aus. »Kann ich den hier machen?«, fragte ich, und mein Vater und seine Freunde lachten abermals, als wäre es ein Kinderwitz.

Abends, als alle gegangen waren, kippte er eine Flasche Rotwein in einen Topf. »Ich mache mir Glühwein«, sagte er.

Es gab keinen rotbraunen Stein mehr, keine eiserne »1976«, seit das Grab seiner Mutter eingeebnet worden war. Es gab endlich keine Christrosen mehr, die jeden Winter zwischen dem Immergrün zu blühen anfingen. Wie nebenbei schuf mein Vater sich selbst ein Andenken. Er steckte ein Bild seiner Mutter in den Rahmen eines Landschaftsdrucks im Flur, zwischen Glas und Rückwand, auch weil er wusste, dass mein Großvater es nicht würde sehen können und ihm nicht mit finsterer Miene zu verstehen geben würde, dass das Bild wieder zu verschwinden hätte, denn über sie musste ja geschwiegen werden, über ihren Tod musste geschwiegen werden. Er wählte ihren Namen als Passwort für seinen Computer, die Buchstaben verborgen hinter tiefschwarzen Punkten in schmalen Feldern. »Das weiß ja keiner –«, sagte er. Ich fragte mich, auf wen sich dieses »keiner« beziehen sollte, denn außer mit mir und meinem Großvater sprach er mit niemandem. Wieder schwang diese Angst vor der Bedrohung mit, die mein Vater mit der Außenwelt verband, »keiner« waren dubiose Gestalten, die über den Hinterhof einbrechen würden, um den Computer zu stehlen – als wimmle es nur so von ihnen vor den Mauern des Hauses. Er hatte begonnen, das Radio laufen zu lassen, wenn er die Wohnung verließ, um die Illusion zu wecken, es sei jemand anwesend. Wenn ich die Tür aufschloss, plärrte der Regionalsender aus den Lautsprechern der Mikrowelle. Der Name seiner Mutter, den niemand mehr ausgesprochen hatte seit dreißig Jahren, war zu einem sicheren Passwort geworden. Dass man den Namen nicht sagte, war Teil meines Zeichensystems geworden, die Stille um ihn wie dickes Styropor. Die gleiche Stille umgab den Namen meiner Mutter von dem Moment an, als sie gegangen war. In stummem Trott lebten mein Vater und mein Großvater zusammen und taten nichts außer warten. Sie kam dreimal die Woche, um dem Großvater das gekochte Hühnchenfleisch zu schneiden und die Flaschen meines Vaters zusammenzuräumen, ohne ihn dabei anzusehen; sie tat es mit resoluten Handgriffen, wie etwas, das eben erledigt werden musste. »Bitte«, sagte mein Vater, und ich wusste nicht, worum er bat. Sie klaubte benutzte Taschentücher vom Boden auf und stellte frische Milchkartons in den Kühlschrank. Er nahm es entgegen wie eine Selbstverständlichkeit, saß auf dem Sofa, in sich zusammengefallen und um Jahre gealtert, die Augen kaum ganz offen, um sich ein saurer Geruch. Ihre neue Wohnung, die sie ein paar Straßen weiter bezogen hatte, nahm er nicht ernst. Sie lag im Dachgeschoss und hatte Wasserflecken an den Wänden, weil die Schindeln den Regen nicht richtig abhielten, Türen mit einem Kern aus Pappe, die kaum Gewicht hatten, Klinken aus rotem Plastik, wie die Fenstergriffe und Knäufe der Küchenzeile. Schmutziger Teppich, auf dem nur eine Matratze lag und ein Karton, in dem meine Mutter ihre Dokumente und ein paar Fotos verwahrte. Abends brannte ein Teelicht darauf.

Mein Vater glaubte, er hätte nun Ruhe. Er dachte, er würde morgens zur Arbeit laufen, noch im Dunkeln, sich an manchen Tagen schon davor einen Schnaps eingießen, als wäre es Mundspülung, er würde durch die Tore des Industrieparks treten und seiner Pflicht nachgehen, ohne darüber nachzudenken. Er dachte, er würde meinem Großvater jeden Nachmittag einen Besuch abstatten, ihm mit Ja und Nein antworten und sich dann zurückziehen in seine Fallgrube; an meiner Tür vorbeigehen, darauf vertrauen, dass ich am Schreibtisch saß und ordentlich meine Aufgaben löste. Er dachte, so würde es ewig weitergehen, ich würde ewig zur Schule gehen. Ruhe vor Grabsteinen und Jahreszahlen, kein Beet, das geharkt werden musste, bevor wieder eins der mahnenden neonfarbigen Schilder auf dem Granit klebte.

Mein Großvater lag im Bett, als mein Vater nachmittags wie gewohnt in seine Wohnung kam. Es war einer der Tage, an denen meine Mutter nicht aufräumte im Haus, und so war es nicht sie gewesen, die ihn fand. Seit dem Vorabend musste er dort gelegen haben, ordentlich eingeschlagen in seine nach Schweiß riechende Decke, und mein Vater ging rückwärts aus dem Zimmer. Er hatte zuvor nie einen Leichnam gesehen, auch den seiner Mutter nicht. Er rief zuerst meine Mutter an, nicht einen Arzt; es kam für ihn überhaupt nicht in Frage, sich um etwas zu kümmern, er lief zu ihr wie ein hilfesuchender Junge, und meine Mutter nickte, nahm das Telefon und leitete alles in die Wege. Als sie die Erdgeschosswohnung betrat und sich ans Bett des Großvaters stellte, erschrak mein Vater, und für eine Sekunde verzerrte sich sein Gesicht, als sie dem Toten die Stirn küsste.

Sie kam zurück, als würde sie zurück an ihren Platz schmelzen. Wie ein Rinnsal, das bergab floss, nicht aus freien Stücken, nicht aus eigener Kraft. Ihre Sachen fanden wieder Benutzung, sie tauschte die Klingen des Rasierers am Wannenrand, hängte die Jacke beim Hereinkommen an einen der Bügel im Flur, die dumpf aneinanderstießen; eingeübte Bewegungen. Die einzelnen Mittage, an denen sie zum Aufräumen kam, wurden zu Abenden und dann zu Nächten. Eine Kuhle im Kopfkissen, ein zweites Kissen nah herangerückt.

Meine Mutter hatte in dem Bewusstsein gelebt, dass niemand *etwas gegen sie* hatte, und dabei ausgeblendet, was diese Äußerung im Kern enthielt, nämlich dass es *etwas* an ihr gab, das jemand potenziell ablehnen könnte. Mein Großvater hatte es nur nicht ausagiert. Meinem Vater gefiel dieses *etwas* wegen ihrer dunklen Haare und dem olivfarbenen Teint. »Sieh dir diese Claudia Fischer an, die hat in echt gar keine Wimpern!«, sagte er. Meine Mutter lächelte, über den Rest dachte sie nicht nach. Über die Straße im nächsten Ort, in der sich die Teehäuser und Gemüsehändler angesiedelt hatten und von der Pikkas Vater sagte, dass sie *verkomme*. Über die immer wieder eingespielten Fernsehaufnahmen von älteren Frauen mit gemusterten Kopftüchern und schweren Aldi-Tüten, die immer nur von hinten gefilmt wurden. Über die Art, wie die Kameras über die Gesichter der Männer glitten, zwischen den Augen Halt machten und scharf stellten, als könne man dort eine Fremdheit sehen; darüber, dass sie den Nachbarn kurz nach ihrem Einzug ein paar Kekse vorbeigebracht hatte, und die Nachbarn hatten nur bitter gelächelt, ihr den Teller aus der Hand genommen und die Tür wieder geschlossen. Über die Meldungen, die zu der Zeit in den Nachrichten liefen. Dass in Mühlheim ein Geschäft von einer Nagelbombe in Stücke gerissen wurde, dass die Menschen auf die Straße gingen mit Bannern und gesenkten Köpfen, und wieder wurde auf die gemusterten Tücher gezoomt, Männer in maßgeschneiderten Anzügen sprachen in Mikrofone, die anderen in Megafone: »Wo bin ich hier zu Hause.« Die Nachrichtensprecherin mischte die Blätter in ihren Händen. Es waren nur kurze Bewegungen im Bewusstsein meiner Mutter, kurze Schreckmomente, die schnell vorübergingen, sobald sie sich daran erinnerte, dass niemand etwas gegen sie hatte und erst recht nicht gegen mich. »Es ist nichts«, sagte sie zu mir, bevor sie den Fernseher ausschaltete.

In einem Umschlag unter dem Sofa im Wohnzimmer, wo meine Eltern ihre Fotoalben und meine Mutter den Karton mit Bildern aus ihrem früheren Leben verwahrten, lagen nun auch die Aufnahmen ihrer einzigen eigenen Wohnung. Sie hatte sie angefertigt, damit sie bei der Kautionsrückzahlung etwas in der Hand hätte, und obwohl sie die Kaution längst zurückbekommen hatte, konnte sie die Bilder von den braunen Wasserflecken an den Wänden und den Wachsspuren auf dem grauen Teppich nicht wegwerfen. Der Ausweis war zurück in eine Schublade des Nachttischs gewandert, die Tür blieb wieder spaltbreit geöffnet. Wenn es schneite, ging meine Mutter in aller Früh vors Haus, einen dicken Schal um den Kopf gewickelt, und schob den Schnee mit einer Schaufel beiseite. »Meine Ohren gehen auf«, sagte sie, als ihre Sachen wieder an den gewohnten Plätzen standen; als ich die Schränke im Badezimmer öffnete und ihre altbekannte Deo-Marke an derselben Stelle wie vor zehn Jahren schon stehen sah, als die Handtücher wieder auf ihre Art gefaltet wurden und der Geruch von schmierigem Weichspüler aus ihnen verschwand, weil sie die Wäsche meinem Vater aus der Hand nahm. Sie hörte ein Knacken in ihrem Innenohr, das sie mit dem Wäschekorb auf der Hüfte innehalten ließ, aber es war nichts, nur falscher Alarm, nur ein Druckausgleich der Nebenhöhlen.

In meinem ersten Jahr am Oberstufengymnasium wurde uns eine offene Aufgabe gestellt. Meine neue Klassenlehrerin, eine Frau mit lieben Augen, verteilte Blätter, auf denen in dickem Filzstift das Wort *identity* stand. Wir sollten darunter auflisten, was uns dazu einfiel, *Identität* war Teil des Lehrplans der elften Klasse. Das Blatt war schon oft kopiert worden, graue und schwarze Punkte waren über das Papier verstreut. Ich wusste, dass es sich um eine didaktische Maßnahme handelte; dass ich darüber nachdenken sollte, was zu meiner Identität gehörte und was nicht, dass ich aufschreiben sollte: Frau, deutsch, mein Geburtsdatum, dann vielleicht meinen Namen, und mir hätte auffallen sollen, dass mein Name, so unter das Wort *identity* geschrieben, leer war wie eine Hülse; ob es mein geheimer oder mein öffentlicher war, er wäre austauschbar gegen jeden anderen Namen. Dass ich vielleicht nach Adjektiven suchen sollte, wie es meine Sitznachbarin tat, die »helpful« aufschrieb, und mich fragen, ob eine Identität aus Eigenschaften bestehen könne.

Noch während der ersten Woche hatte mein Name am Monitor im Foyer gestanden, dort, wo auch die ausfallenden Stunden verzeichnet waren, in lila Schrift auf schwarzem Grund, wie Teletext. Ich hatte mich im Sekretariat melden sollen. »Wir haben keine Akte von Ihnen, auf welcher Schule waren Sie vorher?«, sagte die Sekretärin, als ich zu ihr kam, und blätterte in ihren Unterlagen.

Ich berichtigte die Lehrer nicht, wenn sie bei den Vorstellungsrunden *Rabenschule* statt Abendschule verstanden, faltete die Hände auf dem Tisch und sah auf meine Fingerspitzen in der Hoffnung, sie würden mir mein Alter nicht ansehen. Hob den Kopf zur Tafel, als die ersten Notenspiegel aufgezeichnet wurden, diese gefürchteten Gitter, wo mein Platz früher immer in den hintersten Reihen gewesen war. Wenn nur eine Sechs dastand, hatte ich damals wissen können, dass es meine sein würde, und die anderen hatten sich nach mir umgedreht. Ich gewöhnte mich nicht daran, nach vorne gerutscht zu sein, neben die Zahlen, die »gut« bedeuteten und »sehr gut«, und wenn jetzt vierzehn Punkte als bestes Ergebnis notiert wurden, dann drehten die anderen sich wieder zu mir um, aber sie hatten andere Gesichter. Ich sah auf meine Fingerspitzen und sagte kein Wort, um mich nicht zu verraten.

Fünfzehn Minuten später saß ich noch immer vor dem leeren Blatt. Die Lehrerin kam zu meinem Tisch und stützte sich auf; ob ich ein Problem hätte, fragte sie, mit ihren großen runden Augen, und ich sagte, dass mir nichts einfalle, was nicht stimmte. »Schreib einfach auf, was dir zuerst in den Sinn kommt«, sagte sie.

Meine Akte hatte hinter dem Milchglasfenster im Keller gelegen, und die Schatten der Kinder waren auf ihr herumgelaufen, wenn sie in der Pause auf dem Hof Fußball gespielt hatten. Nachts hatte sie Ruhe gehabt unter verwaschenem Licht, Staub war auf ihr gewachsen, und unter ihr, in den Schränken, hatten die dreißig und vierzig Jahre alten Akten ausgeharrt, die wegen der Aufbewahrungsfrist gelagert werden mussten. Die Hälfte von ihnen hätte schon durch den Papierwolf gedreht werden können, aber niemand hielt es für notwendig, niemand hatte auch Zeit dafür. Als die Akten meiner Abschlussklasse weitergeschickt wurden, ans Verbundgymnasium, an die Berufsschulen, war meine übrig geblieben. Jemand hatte sie in den Händen gehalten und war drei- und viermal eine Liste durchgegangen, ohne meinen Namen zu finden. Jemand war die Treppe in den Keller hinuntergestiegen, um sie hier abzulegen. Ein Kind musste während der Pause mit einem Ball das Fenster getroffen haben, oder ein Kind musste mit dem Fuß ausgeholt haben, zu nah an den Oberlichtern des Kellers, die den Schulhof am Boden säumten, und mit der Ferse in die Scheibe getreten sein. Weil im Raum dahinter bloß die alten Akten lagerten, hatte man lediglich eine Spanplatte vor die kaputte Scheibe gelehnt. Nur noch einzelne Scherben steckten in den Fugen, als Sophia, Pikka und ich aus Neugier hinter die Platte schauten. Wir lachten erstickt, als wir in das finstere Loch hinunterstiegen, ungläubig, dass ausgerechnet an einem Abend, an dem wir nichts zu tun hatten und uns die Zeit vertrieben auf unserem ehemaligen Schulhof, im Dunkeln auf der Mauer saßen, als wäre es die große Pause und Sophia und ich noch zusammen in einer Klasse – dass gerade an einem solchen Abend, an dem wir Sehnsucht hatten nach alten Abenteuern, sich diese offene Einladung darbot. Eine der Scherben brach aus der Fassung, als Pikka uns hinterhergeklettert kam, und fiel klirrend zu Boden. Einen Moment standen wir wie erstarrt und warteten, ob uns jemand gehört hatte, aber nichts rührte sich. Wir zogen einzelne Ordner aus den Schubladen (*Gymnasium für Mädchen* stand auf den ältesten Bänden), und drehten am Knauf der Tür zum Treppenhaus. Sie war abgeschlossen.

Mein Blick war erst auf die einzelne Akte auf einem der Schränke gefallen, als wir uns schon daranmachten, wieder aus dem Fenster zu steigen. Ich zog sie am überstehenden Ende herunter, das Licht der Laternen fiel durch die Fensteröffnung auf die Buchstaben des Deckblatts, und es war mein Name, der dort stand.

»Jetzt ist es, als wärst du nie da gewesen«, sagte Sophia, als wir zurück zur Bushaltestelle liefen; ich hielt die Akte unter meiner Jacke an die Brust gepresst.

»Woher stammt deine Familie, zum Beispiel?«, fragte die Lehrerin. »Du bist deutsch, oder?«, sie fragte es in sich vergewisserndem Tonfall, *du kommst mir normal vor.* Noch immer sah sie mich mit runden Augen an; sie wollte mir helfen. »Meine Mutter kommt aus der Türkei«, sagte ich. »Ach so, na guck mal, siehst du! Da hast du doch was! – Du fühlst dich aber gut integriert, oder?«

Ich musste die fehlenden Zeugnisse bringen, jedes einzelne, auch jedes, auf dem stand: »Wird bei gleichbleibenden Leistungen die Klassenstufe wiederholen; muss bei gleichbleibenden Leistungen die Schulform verlassen.« Dasjenige, auf dem Herr Kaiser in der neunten Klasse handschriftlich, am Tag der Zeugnisvergabe, noch zwei Fehlstunden vermerkt hatte, weil er mir nicht geglaubt hatte, dass sie entschuldigt waren. Die Mahnungen, die an meine Eltern geschickt und als Kopie der Akte beigelegt worden waren, hatte ich im hintersten Fach meines Kleiderschranks versteckt, aber die Sätze der Zeugnisse wurden nun reproduziert, eins nach dem anderen hatte ich aushändigen müssen, ordentlich eingeschlagen in Klarsichtfolie, die von der Sekretärin sorgfältig entfernt wurde, um es auf der Glasplatte des Kopierers zu platzieren. »Wir legen eine neue Akte an«, sagte sie, glücklich über die gefundene Lösung.

Ich antwortete der Lehrerin mit ja, weil ich nicht wusste, was ich sonst sagen sollte. Im Laufe des ersten Schuljahres fragte sie mich immer wieder, warum ich so gut Englisch sprach. »Wie kann es sein?«, fragte sie, erst im Türrahmen, während ich mir den Rucksack über die Schulter warf, in diesen lockeren Momenten nach dem Pausensignal, in denen die unsichtbare Wand zwischen den Stuhlreihen der Schüler und dem Lehrerpult verschwunden war. »Wie kann es sein?«, fragte sie später nochmal, als sie mir eine der Klassenarbeiten zurückgab, an deren Ende sie mit lila Tinte (rote benutzte sie nicht) vierzehn Punkte notiert hatte. »Ich muss dich nochmal fragen: Woher kommt das?«, fragte sie erneut, als sie in einem stillen Moment, während die anderen mit Aufgaben beschäftigt waren, zu meinem Tisch kam und vor mir in die Hocke ging. Es musste eine Begründung geben, die außer mir lag. »Ich habe in meiner Jugend viel MTV geguckt«, antwortete ich schließlich, die Hände zwischen die Oberschenkel geschoben, weil ich nicht wusste, was ich sonst sagen sollte.

In jeder Sekunde hatte ich das Gefühl, etwas verteidigen zu müssen, etwas unter Beweis stellen zu müssen, das weiter reichte als nur in den Notenspiegel hinein, um nicht wieder vom Boden der Bildung zu rutschen. Ich führte ein Buch, in dem ich akribisch alle Aufgaben auflistete und einem eigenen System folgend abhakte, kontrollierte mehrmals täglich den Kalender auf anstehende Tests, Lernzeiten und Ferien hin. Noch in den letzten Ausläufern des Sommers, als das Schuljahr gerade begonnen hatte, versuchte ich um neun Uhr abends ins Bett zu gehen, damit ich um fünf Uhr dreißig ausgeschlafen war, aber es war noch hell um diese Uhrzeit, und ich lag wach unter meinem Fenster, vor dem die Vögel den Abendgesang anstimmten, und schwitzte in mein

Laken. Morgens nahm ich nicht den Bus, sondern lief den Kilometer zur Bahnstation, weil ich dachte, ich würde so meiner Anstrengung Ausdruck verleihen, zum Beweis, dass ich es ernst meinte.

Als es Winter wurde, trug ich schweres Parfum aus Drogerieproben, das mir aus meinem Schal in die Nase stieg, wenn ich mich bewegte. Über Nacht gab es manchmal Glatteis, und ich sah, wie die Leute über die Gehsteige schlitterten; einen Mann in zu kurzen Anzughosen, der über den Platz in der Ortsmitte eilte, als wäre ihm das Eis egal, und sich alle paar Schritte mit den Händen abfing, kurz bevor sein Kopf auf den Asphalt knallte. Eine Frau mit schwarzer Schirmmütze, die immer zur gleichen Zeit an der Bushaltestelle stand und sich auch von der Glätte nicht beirren ließ. Die weißen Haare hatte sie im Nacken zu einem kurzen Pferdeschwanz gebunden, sie drückte ihre Zigaretten in einem portablen Aschenbecher aus, den sie aus ihrer Jackentasche zog und dienstags, wenn die Straßenreinigung die Haltestelle kehrte, den Arbeitern zeigte, um zu beweisen, dass sie keine Kippen auf den Boden warf. Die Straßenfeger schauten kurz in ihre hohle Hand, in der sie das schwarze Kästchen hielt, und nickten.

Ich ging schnellen Schrittes, mit angewinkelten Armen, und biss die Zähne zusammen. Ich nahm eine Bahn früher als nötig. Stand an der Station, stocksteif und weit hinter der Sicherheitslinie, unter der Uhr, deren Sekundenzeiger, wenn er eine volle Minute erreicht hatte, einen kurzen Moment stockte. Eine der Glasscheiben des verschachtelten Wartehäuschens war immer zertrümmert. In der Wiese hinter dem Bahnsteig liefen Hasen, manchmal war ein weißer dabei. Eichhörnchen nagten an in die Büsche geworfenen Pausenbroten. Einmal sprach mich ein junger Mann an, er komme gerade von der Nachtschicht in der Fabrik und es sei die einzige Zeit, in der er mit Leuten reden könne. Er dachte, dass ich älter wäre. Ein Güterzug passierte den Bahnhof, er hatte sich durch Lichtsignale angekündigt, von Gelb auf Weiß auf Grün, dann war er da, die Luft, die er vor sich herschob, barst und traf alle Wartenden am Kopf, die Haare flogen, und das vorbeischnellende Eisen der Räder wurde einen Ton höher, bevor er in der Ferne verschwand, dumpf, als wäre nichts gewesen. Schon wenn die Bahn nur eine Minute Verspätung hatte, wurde ich nervös.

Durch die Zugscheiben sah ich über die Mauer hinweg auf den Industriepark, auf das große Gebäude mit den türkis angestrichenen Stahlstreben und den weißen Lampen, die an jedem Balken hingen, dahinter die verschlungenen Röhren und das verwaschene Schild der Firma im Giebel; oben der Schornstein, aus dem langsam Wasser verdampfte, dahinter der zunehmende Mond in seinem Hof. Ich sah das Gütergleis, das von orangen Laternen gesäumt war, die rhythmisch blinkten, als handelte es sich um eine Landebahn, aber kein Zug fuhr ein. Ich hielt mich an den Griffen der Bahn fest, immer mit beiden Händen, immer an der rechten Seite gleich neben der Tür, und ich war diejenige, die den Türöffner bediente, all die anderen Pendler im Rücken, die mir mit schnellen Schritten folgten. Die Schächte der U-Bahn waren gelb getäfelt; an der Station, an der ich aussteigen musste, waren große Fotografien der Studentenbewegung von 1968 ausgestellt, ich lief an ihnen vorbei, die Hände in den Taschen meines gestreiften Mantels, der mir etwas zu kurz war, das Gewicht des Rucksacks im Rücken, in dem ich meine Thermoskanne und mein Mittagessen mit mir trug, neben den Heftern und Büchern, die ich in durchsichtige Folie eingeschlagen hatte.

Mein Gelingen war abhängig von minimalsten Abweichungen, von einmaligen Ereignissen, davon, wie ich meine Stifte hielt und ob ich meine Augen weit genug aufmachte, davon, ob ich die richtige Haltung hatte, schon bevor ich das Schulgelände überhaupt betrat; ob ich meine Schultern zurücknahm und mit erhobenem Kopf ging.

Am späten Nachmittag, als es schon dunkel war, saß ich am Fenster, der Industrieschnee legte sich in dicken Flocken auf die unter seinem Gewicht nachgebenden Äste, und man hörte, wie die Eingangstüren der Häuser geöffnet und Schippen über die Wege geschoben wurden, ein kratzendes Geräusch auf den Bürgersteigen, das von der Schneedecke verschluckt wurde. Wenn ich mich vorbeugte, sah ich die Leute mit Schals vor dem Mund auf und ab schreiten, immer genau bis zu ihren Grundstücksgrenzen.

Mein Vater war am Nachmittag nach Hause gekommen, hatte seine Ledertasche neben die Tür gestellt und sich die Augen gerieben, er hatte einen Kaffee aufgesetzt, dann zwei Stunden in den Fernsehzeitungen geblättert und geraucht, bevor er nach drüben ins Wohnzimmer gewechselt war. Er massierte sich die Schultern, die verspannt waren von den immer gleichen Bewegungen.

Die Wandlampe brannte im Flur, der Schirm gelb angelaufen vom Nikotin, und die Verkabelung hing lose in der Luft; ein Projekt, das mein Vater begonnen und nicht zu Ende geführt hatte. Wie die Kommode, die damals schon seit ein paar Jahren im Schuppen stand und darauf wartete, abgeschliffen zu werden, oder die Fotos, die er angefangen hatte nach Erlebnissen geordnet in Alben zu heften und später in Kisten verstaut hatte, als Zwischenlösung, sie stapelten sich auf dem Sofa, und erst schob er sie noch beiseite, je nachdem, an welchem Ende des Sofas er sitzen wollte, bald aber hatten sie ihren Platz auf dem rechten Sitzkissen, und mein Vater nahm das andere.

»Kommst heut noch wieder?«, fragte er, als ich mich von ihm verabschiedete.

»Jaja, es ist morgen ja nochmal Schule, aber erst zur dritten Stunde.«

Ich schob den dichten klebrigen Schnee mit den Spitzen meiner Stiefel vor mir weg. In dem Gestöber kam ich nur langsam voran, und wenn ich abbog, musste ich mich an den Straßenschildern festhalten, um nicht abzurutschen. Ich sah schon das bläuliche Licht hinter dem Kellerfenster und klopfte an die Scheibe, um nicht klingeln zu müssen und Pikkas Eltern zu stören. Das Fenster öffnete sich, und Pikkas Gesicht erschien, strahlend. »Ich mach dir auf.« Langsam ging ich durchs Gartentor zur Eingangstür, zog meine schneebedeckten Stiefel aus und stellte sie auf das im Flur platzierte Zeitungspapier.

Pikka hatte die Black-Sabbath-CD schon eingelegt, und als ich den Keller betrat, rief Ozzy Osbournes verzerrte Stimme auf halber Lautstärke »I am Iron Man« durch den Raum. Ich umarmte Sophia, die auf dem Sofa saß, Pikka setzte sich neben sie. »Nur als Witz, auf die alten Zeiten, weißte«, sagte er, nickte in Richtung des CD-Players und grinste. Nach der ersten Runde Gin Tonic aber begann das Album wieder von vorn, als hätte sich in den letzten Jahren rein gar nichts geändert. Das Tonic-Wasser leuchtete im Schwarzlicht, Rammstein sahen von dem gerahmten Poster aus auf das Sofa und den Sessel, in dem ich saß und von dessen Armlehnen sich langsam das Kunstleder löste; meine Hände waren bedeckt mit lauter kleinen schwarzen Partikeln.

Pikka hatte tatsächlich die Dachgeschosswohnung bezogen, aber getrunken wurde noch immer im Keller, weil es sonst nur Flecken auf dem Teppich gab, wie er sagte. Er hatte sich für das duale Studium entschieden, alle sechs Wochen unterbrach er die Vorlesungen und arbeitete in einem der Chemiekonzerne des Industrieparks. Am Morgen noch war ich über den Campus der Universität gelaufen, an der Pikka und Sophia seit einem Jahr studierten, da ich mit meiner Klasse zum *Tag der offenen Tür* gefahren war. Hinter dem Eingangstor erstreckte sich ein großes steinernes Gebäude, es verlief leicht konkav und erzeugte so den Eindruck, dass es von einem wegrückte, je näher man ihm kam. Auch schien es dabei leicht nach links zu rutschen, denn der Weg machte eine unmerkliche Kurve, und ich hatte schnell zu Boden gesehen, weil mir davon schwindelig geworden war.

Der Neubau wurde erst sichtbar, als wir das Steingebäude hinter uns gelassen hatten und durch eine Parkanlage mit Weiher und alten Weiden gegangen waren. Wir traten durch die Glastüren in ein Foyer mit lilafarbenem Linoleum, wo sich Studierende mit Pappbechern voll Kaffee zwischen den Schülergruppen einen Weg zu bahnen versuchten.

Ich starrte in die Glaskästen mit Werbung für Sprachkurse und Auslandsaufenthalte, dazwischen hingen Flyer für Bildungskredite, beobachtete, wie die Studierenden zur akademischen Viertelstunde aus den Räumen und in die Mensa strömten, sie legten ihre Karten auf viereckige Lesegeräte aus Plastik, und ein Piepton bestätigte die Abbuchung des Geldes. Manche hatten Spinde in einem der verwinkelten Gänge, aber es war mir nicht ersichtlich, wie man an einen Schlüssel kam. In der Eingangshalle gab es eine Ecke, in der die Obdachlosen sich ausruhten, sie wussten, dass sie hier nicht gestört würden, solang sie leise waren. Mit Plastiktüten voll Flaschen und Lumpen neben sich hatten sie geschlafen, eingenickt über den aufgeschlagenen Studentenzeitungen, die hier kostenlos verteilt wurden und die sie sich auf den Schoß gelegt hatten, um sich halbwegs beschäftigt zu geben und zu tarnen. Zwei hatten sich aus der Gruppe gelöst, ein großer schlaksiger Mann mit kleinen Augen, die aussahen, als wären sie durch einen Schlag tief in seinen Schädel gerückt, und ein Gedrungener, der neben ihm herlief wie ein eifriger Assistent. Gemeinsam traten sie an einen der Hörsäle heran, schauten auf den Bildschirm, der über die stattfindenden Veranstaltungen informierte, und öffneten dann probehalber die Tür. Eine Jura-Vorlesung war gerade im Gange, ich konnte nur die Fetzen einer Mikrofonstimme hören, eine Projektion mit Paragraphenzeichen sehen, dann zog der Größere die Tür wieder zu und sagte zu seinem Freund: »Frag ich mich, wieso man dafür Abitur braucht, wenn man am Ende nur dasitzen und zuhören muss.«

Durch eine offene Holzflügeltür wurden wir in den größten der Hörsäle geführt und verteilten uns auf die Sitze. Eine Frau betrat den Raum und legte einen Zettel auf den Projektor vor sich, eine Übersicht erschien an der Wand hinter ihr, kurz sah man auch die vergrößerten Umrisse ihrer Hand. Sie erläuterte den zeitlichen Ablauf eines Studiums, erklärte, was Credit-Points waren, zeigte den Lageplan der verschiedenen Fakultäten und Bibliotheken und schloss mit Bildern von Studentenwohnheimen. Die Zimmer sahen aus wie die Einzelschlafräume auf Klassenfahrt, die den Lehrern vorbehalten waren. »Gibt es noch Fragen?« Jemand hob den Arm: »Ist die mündliche Mitarbeit nicht auch relevant?« »Nein, besonders sprechen müssen Sie bei uns nicht mehr«, sagte die Frau, und die Schüler in den Reihen lachten. Sobald das Lachen verhallt war, klickte sie eine Folie weiter und zeigte mit einem Laserpointer auf eine Tabelle: »Drei Module pro Semester sind angedacht.« »Drei Module«, flüsterte ich, während ich alles mitschrieb, und das Wort klemmte zwischen meinen Kiefern wie eine Maulsperre.

Das Eis in meinem Glas knisterte, als ich das Tonic-Wasser darübergoss. Sophia sagte, ich solle mir gut überlegen, ob die Uni wirklich das Richtige für mich sei. Es sei doch eine ganz andere Arbeitsweise als am Gymnasium und außerdem habe es nicht viel zu bedeuten, ob ich an meiner Schule gute Noten hätte oder nicht, »es ist ja mehr eine Oberstufe für Realschüler. Ich will dir jetzt nicht den Erfolg schlechtreden, aber das muss man bedenken. Das Niveau ist niedriger, damit auch andere es schaffen können. Es sind ja viele dort, deren Muttersprache nicht Deutsch ist, weißt du, was ich mein? Ich sag's nur so als Vorwarnung. Später wird das nochmal anders.« Zum dritten Mal begann das Black-Sabbath-Album von vorn, und Sophia legte ihren Kopf auf Pikkas Schulter.

Pikka schob die Gläser auf einem Tablett zusammen und steckte sich die letzten Salzstangen in den Mund. Die leeren Flaschen, die nicht mehr aufs Tablett passten, trugen Sophia und ich die Treppe hoch in seine Wohnung. Sie bestand aus einem offenen Raum mit Dachschrägen und zwei tragenden Balken, die weiß lackiert worden waren, darin ein altmodisches dunkles Samtsofa, das er von seinen Eltern bekommen haben musste. Der Fernseher so ausgerichtet, dass man ihn nur um wenige Grad drehen musste, wenn man entweder auf dem Sofa saß oder im Bett lag, das unter der hintersten Schräge an die Wand geschoben war. Eine kleine Küchenzeile neben einem der Fenster, wo Pikka mit selbstverständlichen Bewegungen die Gläser abwusch. Er stand auf hellem PVC-Boden, der nur in diesem Küchenabschnitt verlegt war, den Rest des Bodens bedeckte ein beiger Teppich, rau und kurzflorig. Keine Bücher, außer seine Lehrbücher, die auf dem schmalen Schreibtisch gleich neben der Eingangstür lagen. An der Wand zum Bad hatte er Bilder aufgehängt, ordentlich in Kunststoffrahmen sah ich unsere jüngeren Ichs an den Feldern vorübergehen und übermütig die Arme in die Luft werfen. Wir lehnten uns an das Geländer der Werksbrücke, mit Blitz fotografiert, sodass unsere Gesichter sich fast weiß abhoben vor dem schwarzen Hintergrund des Wassers.

Sophia ließ sich aufs Bett fallen, und ich verabschiedete mich.

Ich schloss das niedrige Gartentor leise hinter mir, wozu wir früher zig Mal von Pikkas Mutter ermahnt worden waren, denn wenn es mit Schwung ins Schloss fiel, schreckte sie aus dem Schlaf.

Erst nahm meine Mutter nur an Gewicht ab. Wir dachten, es läge an den in Wasser aufgelösten Vitamintabletten, dass sie manche Mahlzeiten damit ersetzen würde. Sophias Mutter gratulierte ihr: »Hast abgenommen, oder?«, und schaute, eine Hand auf ihrer Schulter, an ihr auf und ab. Meine Mutter lächelte, noch traten ihr nicht die Wangenknochen hervor. »Neue Diät«, sagte sie und deutete auf eine alte Fernsehzeitung mit dem Titelthema *Die Kiwi-Diät*, Heike Makatsch lächelte ihnen vom Cover entgegen. Sie saßen am Küchentisch, meine Mutter hatte Kaffee gekocht, der aus den flachen Tassen dampfte. Sie hatte extra die guten aus Porzellan aus dem Buffet geholt. Sophias Mutter atmete sehr laut durch die Nase, wie es ihre Gewohnheit war. Sie blickte sich in der Küche um, ihr Blick glitt über die Arbeitsplatten, auf denen sich schmutziges Geschirr stapelte, weil die Spülmaschine nicht ausgeräumt war, und über den Topf, in dem noch die vom Mittagessen übrig gebliebenen Salzkartoffeln lagen. »Bin immer so müde in letzter Zeit«, sagte meine Mutter entschuldigend. Seit ein paar Wochen legte sie sich mittags hin, ins kühle Schlafzimmer, dessen weiße Vorhänge sie zuzog, die kaum Tageslicht abhielten, sondern den Raum nur fahler erscheinen ließen, als er war. Die Schalen an den Wänden waren voll vom Plunder meines Vaters. Seit mein Großvater gestorben war, kam sie nicht mehr hinterher, denn mein Vater brachte immer mehr aus der unteren Wohnung nach oben. Er hatte sie auflösen wollen, aber nicht geduldet, dass meine Mutter eine Firma engagierte. »Das kann man doch selbst machen«, hatte er gesagt und fortan jeden Nachmittag unten verbracht, einen Schuber nach dem anderen aus den Schrankwänden gezogen und darin alle Lohnzettel meines Großvaters seit 1945 gefunden. »Das bewahren wir besser noch auf«, sagte er. »Das hat auch historischen Wert.« Er hatte zwei Bereiche auf dem Teppich freigehalten, einen für *behalten* und einen für *wegwerfen*, aber schlussendlich kam beinahe alles auf einen dritten Stapel daneben: *erst darüber nachdenken*. Er ordnete jedes Blatt, jeden Gegenstand von rechts nach links, obwohl er sie gar nicht erst hätte anfassen müssen. Meine Mutter kam ihm nur manchmal zu Hilfe und wischte die Schränke aus, aber immer wieder musste sie von der Leiter steigen und sich auf dem Sofa ausruhen, weil ihr die Kräfte schwanden. »Wohl niedriger Blutzucker«, sagte sie.

Sophias Mutter lächelte freundlich, aber behielt die Hände nah bei sich, um nicht zufällig etwas zu berühren. Meine Mutter schlang die Finger um ihre Kaffeetasse. Durch die Kupferrohre des Warmwasserboilers hörte man meinen Vater unten die Schränke öffnen und die Ordner von den Ablageflächen ziehen. Oben, wo die alte Frau wohnte, fiel etwas zu Boden mit einem dumpfen Schlag, und meine Mutter zuckte zusammen. »Was ist?«, fragte Sophias Mutter. »Die Frau – weißt du, die wird nicht jünger. Manchmal fällt sie hin. Ich glaube, sie hat auch niemanden mehr, zumindest kommt sie nie einer besuchen.« Kaum noch war das Rascheln ihrer Haut auf dem Geländer zu hören, manchmal sah man sie tagelang nicht, und meine Mutter wurde misstrauisch, klingelte an der Wohnungstür, und von drinnen rief sie: »Komme gleich! Komme gleich!«, ohne je zu öffnen. Wenn meine Mutter dann widerwillig den Schlüssel vom Hausverwalter holte, um nach ihr zu sehen, fand sie die Nachbarin auf dem Boden liegend, in einer Lache aus Exkrementen. Voll Unverständnis blickte sie meiner Mutter entgegen. »Vielleicht müsst ihr euch mal bei einer Stelle melden? Beim Sozialamt vielleicht?«, sagte Sophias Mutter. »Ja, wahrscheinlich, das wäre wohl gut«, sagte meine Mutter und gähnte.

Sophias Mutter nahm ihren Seidenschal aus der Handtasche, die sie auf den Stuhl neben sich auf einen Stapel alter Ortszeitungen gestellt hatte, und legte ihn um, mit geübten Bewegungen band sie einen lockeren Knoten, zog den Reißverschluss ihrer Tasche zu und sagte: »Ich muss dann auch mal.« Meine Mutter nickte, lächelte matt. An der Tür umarmten sie sich kurz und umständlich, gedankenlos und aus einem entfernten Reflex heraus hatte meine Mutter versucht ihr zwei Küsse auf die Wangen zu geben, und vergessen, dass Sophias Mutter das irritierte. Sie schloss die Tür hinter ihr und ging zurück in die Küche, trat an das Schneidebrett rechts neben der Spüle, und die Augen fielen ihr beinahe zu, während sie die letzten Kartoffelschalen vom Mittagessen in den Mülleimer kehrte.

Männer in weißen T-Shirts kamen ins Haus, um die alte Frau abzuholen. Sie war kaum mehr Haut und Knochen, und die Adern zeichneten sich dick und blau auf ihren Handrücken ab. Als die Männer sie auf eine Trage legten und den Gurt über der Brust festschnallten, um sie die Treppe hinabzutransportieren, blickte sie die beiden verständnislos an. Sie richtete sich auf, und ihre dicken Brillengläser rutschten ihr auf die Nasenspitze. »Sind Sie sicher? Sind Sie sicher?«, fragte sie immer wieder. »Ja, ganz sicher, wir sind ganz sicher, alles ist gut«, sagte einer der beiden, obwohl niemand etwas gesagt hatte, auf das ihre Frage Bezug genommen hätte. Er leichtert lehnte sie sich zurück, und ihre Brille rutschte wieder auf die Nasenwurzel.

Während die Frau mit den Füßen voran aus der Wohnungstür getragen wurde, kam gerade der Nachbar mit seinen zwei Hunden unterm Arm die Treppe herunter. Er blieb auf der vorletzten Stufe stehen, mit stockendem Atem. Die Männer in Weiß nickten ihm zu. »Danke, sind gleich aus dem Weg«, sagte einer, und der Mann nickte zurück. Einer der Hunde begann sich in seinem Arm zu winden, weil es nicht voranging. Beide waren sichtlich alt geworden, weißes Fell war ihnen um die Augen gewachsen, und besonders der eine, der mich vor Jahren gebissen hatte, war nicht mehr gut zu Fuß. Die Treppe kamen beide nicht mehr selbstständig runter. Wenn der Nachbar sie dreimal täglich vor dem Haus auf den Bürgersteig setzte, erleichterten sie sich schon während der ersten Schritte und hinterließen eine Tropfspur hinter sich. Jetzt setzte er den zappelnden Hund auf halber Treppe ab, kaum dass die Pfleger mit der Frau um die Ecke verschwunden waren, und blieb neben mir und meiner Mutter stehen. Der Hund sah zu ihm hoch, ging einen Schritt vor und einen zurück. Dann hörten wir, wie draußen die Tür des Krankentransporters zugeschlagen und der Motor angelassen wurde.

»Ich esse und esse«, sagte meine Mutter ein paar Wochen später. »Nachts schwitze ich. Ich träume von den staubigen Straßen, aber etwas an ihnen ist anders. Etwas stimmt nicht. Das Licht ist nicht gleißend und hellgelb, so, wie es in meiner Kindheit immer war, sondern grau oder fast grün, und keine Wolke ist am Himmel, also liegt es nicht an einem aufziehenden Unwetter. Ich versuche mich zu erinnern, warum ich auf der Straße bin, wohin ich auf dem Weg bin, aber es fällt mir nicht ein. Ich sehe mich um, aber keiner ist da, der es mir sagen könnte. Der Ort liegt stumm zu meinen Füßen, kein Wind rührt sich, niemand ist auf der Straße, niemand ist am Strand, kein Fenster steht offen. Wohin hatte ich gehen wollen? Und dann wache ich auf. Ich drehe mich um, und mein Nachthemd quietscht auf den durchnässten Laken. Draußen stehen die Wolken rot am Himmel, die Zweige des Baums zeichnen sich dunkel gegen sie ab. Wieso muss es hier immer so hell sein. Wieso müssen die ganzen Lichter der Stadt und des Parks und des Flughafens die ganze Nacht leuchten. Habe ich Durst? Habe ich Hunger? Ich esse und esse.«

Nie hatte sie eine der Mahlzeiten ersetzt, sondern die Vitamine zusätzlich genommen, weil sie glaubte, ihr Unwohlsein hinge mit einem Mangel zusammen. Sie bekam Fieber, der Schweiß stand ihr auch tags auf der Stirn. Ihre Augen blickten glasig zu Boden, während sie fegte, mit langsamen Bewegungen; es schien, als wären sie heller geworden. »Wohl ein Infekt, du musst dich hinlegen«, sagte mein Vater. Er rieb ihr die Brust mit seinem Tigerbalsam ein. »Ich habe beim Einkaufen doch extra nichts angefasst«, sagte meine Mutter, »und trotzdem bin ich krank geworden.« Sie schloss die Augen für drei, vier Fieberträume.

Der Mann mit den Hunden grüßte nur noch, wenn ich zuerst »Hallo« sagte, sonst schaute er an mir vorbei. Zwei Wochen nachdem wir die Frau bei ihrem Abtransport beobachtet hatten, reichte er seine Kündigung ein. »Die Hunde«, sagte er, »und auch ich.« Die Hunde kratzten nun nicht mehr an den Türen, aber manchmal glaubte ich sie trotzdem noch zu hören, als ob mein Gehirn die gewohnte Geräuschkulisse ergänzte. Auch sonst wurde es still im Haus.

Mit bedachten Schritten ging mein Vater über den Teppich der Erdgeschosswohnung, während meine Mutter oben in ihrem weißen Bettzeug das Zimmer mit ihrem Schlafatem füllte. Immer langsamer nahm er die Ordner und Kisten aus den Schränken, beinahe so, als handelte es sich um sakrale Gegenstände, die es auf einem Altar anzuordnen galt. Fruchtfliegen schwirrten um einen alten Blumenstrauß auf dem Wohnzimmertisch. Alles Geschirr stand auf der Küchenanrichte, die vielen verschiedenen Frühstücksteller und Holzbrettchen und dazwischen die Namenstassen aller Familienmitglieder, selbst der schon lang verstorbenen Großtanten und -onkel; nur ich und meine Mutter fehlten.

»Jetzt reicht es«, sagte mein Vater, »ich fahre dich zum Arzt.« Nie hatte er mit solcher Entschiedenheit gesprochen, meine Mutter sah ihn beeindruckt an, zumindest so viel, wie ihr Gesicht noch zu Gefühlsäußerungen fähig war, denn auch dafür fehlte ihr langsam die Kraft. »Ich muss nur ein bisschen Brühe trinken, noch ein, zwei Tage, dann bin ich wieder auf den Beinen«, sagte sie, ihre Stimme klang heiser. »Man muss sich auch nichts einbilden.« »Nix«, sagte mein Vater und zog sie vorsichtig am Arm nach oben. Wir nahmen das Auto, obwohl die Praxis des Hausarztes nur zwei Straßen weiter lag. Meiner Mutter brach wieder der Schweiß aus. Sie hatte sich einen dicken Schal um den Hals gewickelt, unter dem nur ihre Augen und ein Stück des Nasenrückens hervorschauten. Unter einer Welle von Übelkeit krümmte sie sich nach vorn.

»Sie haben rapide abgenommen ohne Grund? Sie haben Nachtschweiß?«, fragte der Arzt; beides bejahte meine Mutter. »Blut abnehmen … Blut abnehmen«, murmelte er vor sich hin und verließ kurz den Behandlungsraum. Als er wieder hereinkam, sagte er: »Nein, ich glaube, wenn ich es mir recht überlege, überweise ich Sie doch besser gleich ins Krankenhaus, Sie fahren am besten sofort hin, ich rufe dort an und sage Bescheid.«

Meine Mutter saß auf der Behandlungsliege, die Hände immer noch zwischen den Knien, weil sie so fror. Der Vater stand in der Ecke. Beide sahen sich an, nachdem der Arzt wieder das Zimmer verlassen hatte, die Augen meiner Mutter traten dunkel umschattet aus den Höhlen hervor.

Herzlichen Glückwunsch, wie alt sind Sie geworden?« Der Referendar schlenderte zu meinem Tisch, die Hände hinter dem Rücken verschränkt wie ein älterer Herr beim Spaziergang. Schon vom Pult aus hatte er mir freudig zugenickt, nachdem jemand durch den Klassenraum gerufen hatte, dass heute mein Geburtstag sei.

»Zweiundzwanzig.« Die Zahl kam stumpf aus meinem Mund.

»Oh«, sagte der Referendar. Er war vielleicht fünf Jahre älter als ich. Noch bevor er bei mir angekommen war, drehte er sich erschrocken wieder um und begann die Stunde.

Von da an sah er mich an, als hätte ich mich eingeschlichen und wollte ihn für dumm verkaufen, und bei der Notenvergabe wollte er mich einzeln sprechen, obwohl er alle anderen vor der Klasse verlas.

»Sie sind schon älter, deswegen gebe ich Ihnen eine schlechtere Note, als Sie eigentlich verdient hätten«, sagte er. Ich stand vorn an seinem Pult und brachte nur »Was« heraus – zu mehr Widerspruch war ich nicht imstande. »Sie müssten einfach schon mehr können, Sie sind in einem Alter, in dem Sie weiter sind und dadurch einen Vorteil gegenüber den anderen haben, deshalb muss ich Ihnen weniger Punkte geben.«

»Was –« Nicht: Sie geben mir die gleichen Aufgaben, die gleichen Texte, Sie zeigen mir dieselben Lehrfilme, die Lücken in meinen Arbeitsblättern sind gleich groß wie bei allen anderen. Woher soll mein Können also kommen, wohin soll ich mein Können schreiben.

»Was –« Nicht: Woher soll mein Vorteil kommen. Von Glück kann ich sagen, dass ich von Natur aus klein und zierlich bin und noch so rund im Gesicht, dass ich unter den Siebzehnjährigen nicht auffalle, wenn ich mir die Fingernägel in bunten Farben bemale und verschiedene Schnürsenkel trage; Camouflage, meinem Umfeld angepasst wie ein Oktopus am Meeresgrund. Wie hätte ich älter werden sollen, während ich die immer gleichen Erfahrungen machte, eingeklemmt zwischen Tischkante und Stuhllehne: Pausengeläut, Hausaufgaben, Fragen, auf die man den Finger zu heben hatte. Manche Mädchen trugen jetzt *Longchamp*-Taschen statt Rucksäcke, aber erwachsener waren sie in den Augen des Referendars deshalb auch nicht.

»Was –« Nicht: Woher soll mein Vorteil also kommen. Aus dem Sitzenbleiben? Aus dem Schulabbruch? Er sah mich an, als hätte ich in Wirklichkeit einen gut bezahlten Job irgendwo in den Bürotürmen der Stadt und die Schule wäre bloß ein krankes Hobby, um mein Selbstbewusstsein aufzubessern, weil ich mehr wusste als meine Mitschüler.

»Sie sind alt genug«, sagte er nach meinem Geburtstag bei den verschiedensten Gelegenheiten zu mir, aber nie, wenn jemand zuhörte.

Wofür war ich alt genug. Wann war ich alt genug geworden. Wo war der Übergang gewesen zwischen *noch etwas schwächlich, zu leise, nicht richtig, manche hier wollen wohl nicht selber denken* und *alt genug*. Wie war ich hinübergewechselt, ohne eine Veränderung an mir zu bemerken, und stand noch immer vor einem Pult mit Papieren in den schwitzigen Händen.

Was dachte er, wie es dazu kam, dass jemand nur fünf Jahre jünger war als er und von ihm unterrichtet wurde. Er fragte nicht. Fast schien es mir, als hätte er Angst vor mir. Ich hätte krank sein können – und wahrscheinlich war ich es auch gewesen –, aber mit ärztlichem Befund und Schläuchen im Körper und Haarausfall und dicken schwarzen Ringen um die Augen. Ich hätte Jahre in Krankenhäusern verbracht haben können. Ich hätte familiäre Probleme haben können – und so war es wahrscheinlich auch gewesen –, aber mein Vater hatte gesagt: »Rede nicht darüber. Das ist kein Grund.«

»Soll ich dir eine Entschuldigung schreiben?«, hatte mich einmal ein besorgter Arzt zwischen Tür und Angel gefragt, als mein Vater schon vorausgegangen war, weil er den Geruch nach Desinfektionsmittel nicht ertragen konnte, und ich hatte stumm den Kopf geschüttelt, weil ich überzeugt war, dass es sich nicht gehörte.

Es gab nichts mehr für mich zu tun, das wusste ich jetzt, ich konnte nur abwarten und aushalten, nicken, wenn es von mir verlangt wurde.

Ich wünschte, ich hätte etwas gehabt, das ich dem Referendar hätte zeigen können. Das ich aus der Manteltasche hätte holen können, ein schwarzes schleimiges Ding in einem Einmachglas – »Sehen Sie, das steckte in meinem Hals« –, und er hätte gesagt: »Verstehe ...«

Der Referendar blickte mich mit seinen riesigen blauen Augen an, die den anderen Mädchen in der Klasse den Verstand raubten, »Herr Schiller, Herr Schiller«, sangen sie auf den Gängen, wenn sie unter sich waren, und sie konnten nicht verstehen, warum ich ihn nicht mochte. Ich sah nur die Raster in seinen Augen, durch die ich gefallen war und immer noch fiel. Ich sah, dass er darin zu Hause war. Ich sah ihn an einem Abendbrottisch mit seinen Eltern sitzen, als zehnjähriger Junge, es gab Schinken. Ich sah ihn sich fürs Lehramtsstudium entscheiden aus dem Bedürfnis heraus, etwas beizutragen. An wie vielen Lagerfeuern hatte er gesessen und seine Ideale breitgetreten. »Ich werde das Schulsystem von innen heraus ändern«, diesen Satz hatte er mit Sicherheit gesagt und keine Lücke in seinem Denken entdeckt, weil es engmaschig war, weil es in sich schlüssig war, aber nicht außer sich, wo ich stand. Wir waren dieselbe Generation, an irgendeinem Punkt in der Vergangenheit hatten wir zur gleichen Zeit vor dem Fernseher gesessen und eine Folge *Schloss Einstein* gesehen; aber nur er hatte sich mit dem Titelsong identifizieren können.

In seinem Verständnis musste ich seitdem etwas grundfalsch gemacht haben, denn anders war es nicht möglich, dass ich jetzt vor ihm stand und dreizehn Punkte verdiente. Ich werde Gerechtigkeit üben, den anderen gegenüber, dachte er sich und sagte: »Ich gebe Ihnen zehn.«

»Gut, zehn«, sagte ich und dankte ihm noch, ich dankte ihm, als ich als Letzte den Klassenraum verließ und in das Geschnatter meiner Mitschüler auf dem Gang eintauchte.

Die Stuhlreihen der Aula waren voll besetzt, auch oben auf der Empore standen Leute. Väter in Hemden, Mütter in Blusen und schicken Sandalen, die Haare um den Kopf gebauscht wie Zuckerwatte, manche mit schlichtem Silberschmuck um den Hals. Ich sah, wenn ich mich umdrehte, meinen Vater am Geländer stehen, in seinem einzigen neueren Hemd und mit einem ungläubigen Blick auf mich herunter; ein ungläubiges Lächeln, ein ungläubiges Heben der Hand, das ich erwiderte. Eine Welle von zitrischem Parfum und Stimmengewirr ging durch den Raum. Die innerliche Aufforderung an mich selbst, ein Gefühl zustande zu bringen, irgendeines wenigstens. Ich nahm alles nur aus dem Augenwinkel wahr. Hier hatte ich vor wenigen Wochen noch hektisch Seite um Seite gefüllt, in Jogginghosen, weil ich dachte, jeder würde seine Abiturprüfungen in Jogginghosen schreiben, so wie Pikka und Sophia es vor ein paar Jahren getan hatten. Unschärfe bildete sich um mein Sichtfeld, meine Finger schliefen ein, und wenn einer meiner Mitschüler etwas zu mir sagte, konnte ich nur langsam die Mundwinkel heben. Die Flügeltüren wurden geschlossen, nachdem die letzte Person ihren Platz gefunden hatte. Verschiedene Ansprachen wurden auf der Bühne gehalten, vom Schulleiter, vom Vertrauenslehrer, von den Schulsprechern. Höhenlastige Gitarrenriffs kamen aus den kleinen Verstärkern der Schulband, der Bassist prüfte ständig sein schwarzes Schweißband am Handgelenk.

»Zunächst werden wir jetzt die Schülerinnen und Schüler mit den besten Abschlussnoten aufrufen, alle mit einem höheren Notendurchschnitt als 2,0 –«, sagte der Schulleiter ins Mikrophon, bürokratisch und trocken, und ich sah nur das Weiß seines Hemdes unter dem Grau seines Jacketts, bevor er fortfuhr und zuallererst meinen Namen sagte, der durch den Raum klang wie ein schlechter Witz. Eine kurze Stille danach und meine Mitschüler, die mir die Hände auf die Schulter legten, zum Zeichen, dass ich aufstehen sollte. Die Bühne, auf die ich mich erst nicht hinauftraute – ich blieb auf den Stufen stehen, bis jemand von der Seite scheuchende Handbewegungen machte – und auf der ich dann allein stand, das weiche Holz unter den Füßen. Hinter mir schwarze Stoffbahnen, um die Kabel der Lichtanlagen zu verdecken. Der Rahmen der Vorhänge, der die Zuschauer auf den Stühlen einfasste; weißes Licht, das durch die großen Fenster kam. Ein ablaufgetreuer Applaus, der zu mir drang wie durch Wasser. Die Hände vor dem Körper ineinander verschränkt.

Meine Mutter ist nicht gestorben, sondern sie ist gegangen. Dass die Gegenstände in meinem Zimmer seltsam anfingen, sich auf mich auszurichten, weiß ich noch. Dass ich in der Mitte des Raums stand, und das Fenster schien plötzlich weit weg, aber plötzlich ist das falsche Wort, denn es schien zwar mit einem Mal weit weg, aber gleichzeitig, als ob es immer so gewesen oder zumindest sehr langsam zurückgewichen wäre, ohne dass ich hingesehen hätte. So wie man sagt, dass Glas in Wirklichkeit eine Flüssigkeit sei, deren Viskosität so groß ist, dass sie nur ganz langsam fließt, so langsam, dass sie fest aussieht. Ich sah durch das geschlossene Fenster, durch die welligen Scheiben, und obwohl im Zimmer Licht brannte, spiegelte ich mich nicht, oder ich sah durch die Spiegelung hindurch, und weit hinten, hinter den braunen Fassaden und Dächern, sah ich die Lichter, die roten und weißen Punkte, die Stahlkonstruktion des Strommasts, den orangen Widerschein des Himmels, der tief hing an diesem Abend und dicklich war wie die Watte, die einem beim Zahnarzt in den Mund gesteckt wird, wenn es blutet.

Im Flur klingelte das Telefon. Wir benutzten es fast nie, und wenn es läutete, bedeutete es meistens, dass jemand dran war, der Türkisch sprach und selbst dann weiterredete, wenn ich sagte »Ich verstehe Sie nicht«. Ich ging schon nicht mehr ran, weil es immer nur diese Stimmen waren, die ich nicht kannte und die immer nachdrücklicher wurden mit ihren fremden Worten, von denen ich nicht mal sagen konnte, ob es dieselben waren wie zu Anfang. Wenn ich die Anrufe trotzdem beantwortete, weil es unablässig klingelte (ein flimmernd hohes Piepen, das ich nicht ignorieren konnte), und eine dieser Stimmen dran war, sagte ich irgendwann nichts mehr, sondern legte sofort wieder auf. Es klingelte also im Flur, und ich hörte, wie mein Vater den schweren Hörer aufhob; es war noch eins der ersten schnurlosen Telefone mit einer klobigen Antenne, und der Akku war so groß, dass ich meine Hand kaum um die Grifffläche schließen konnte. Mein Vater sagte »Hallo«, obwohl er sich sonst immer mit seinem Nachnamen meldete, *wie es sich gehörte.*

Was ich gerade hatte machen wollen, wusste ich nicht, wieso ich meine Jacke in der Zimmermitte ausgezogen hatte und nicht wie sonst an der Garderobe, wieso ich so befangen dort stand, wie in der Ruhe vor einem Sturm erstarrt. Wir waren wiedergekommen von einer Fahrt. Ich wusste, dass mein Vater schon auf dem Weg gewesen war, den Fernseher anzustellen. Ich wusste, dass eine der Ecklampen im Wohnzimmer brannte, weil er sie angelassen hatte, bevor wir losgefahren waren. Dass die Pflanzen ihre Blätter ausstreckten im Halbdunkel. Dass die Klospülung noch nachplätscherte.

Jemand hatte einen künstlichen Fluss verbaut in diesem Foyer, in dem wir gewesen waren, einen Wasserfall, der von einer senkrecht stehenden Glasscheibe in ein längliches Becken floss, das mit schwarzen Steinplatten ausgelegt war wie der restliche Boden, auf einer Schräge rann es weiter bis zum Abfluss, von wo es unterirdisch zurück zur Glasscheibe geleitet wurde. Darüber baumelten Leuchtstoffröhren an Drähten. Ein Mann mit einem Verband um den Kopf saß auf einem der Ledersessel, Menschen in weißen Kitteln liefen vorbei; Menschen in Rollstühlen, Menschen auf Krücken; im Aufzug einer mit einem Tropf an einem rollbaren Gestell.

Dieser Ruck, als der Aufzug hielt, der kurz den Magen nach oben trieb, alle Organe einmal anhob und wieder fallen ließ, und dann dauerte es einen kurzen Augenblick, bis sich die dicken Türen öffneten und wir durch ein paar Gänge liefen, an den in der Wand verschraubten Handläufen entlang. »Es ist nichts Schlimmes, sie ist bald wieder da«, sagte mein Vater. »Es ist nur wieder ein Hörsturz. Ein Hörsturz –«, er sagte es so knapp vor sich hin, mit in den Hosentaschen vergrabenen Händen, als wollte er jeden Moment einen Schritt zurückweichen.

Ans Krankenzimmer selbst ist die Erinnerung wie ein kurzes Blinzeln, sie hat nichts von dieser Dehnung der Zeit, die ich auf dem Weg ins Krankenhaus und zurück empfunden habe, sondern ähnelt einem mit Blitz geschossenen Foto in einem dunklen Raum. Es zeigt meine Mutter matt im Bett, das Rückenteil aufgestellt, das baumelnde Dreieck aus Plastik über ihrem Kopf, dessen Zweck ich nicht verstand, die Decke bis zur Brust gezogen; der Körper darunter ganz flach, als habe jemand die Luft aus ihm gelassen. Sie wendet mir das Gesicht zu. Ihre Zähne wirken schrecklich groß, als sie mich müde anlächelt, sie ist im Begriff, die mit weißen Pflastern beklebte Hand zu heben – aber da wurde schon abgeblendet, wurden die Augen geschlossen.

Sie ist gegangen; ich sehe sie die Treppenstufen hinuntergehen und einen grauen Schleier hinter sich herziehen; sie ließ das Licht brennen, obwohl sie wusste, dass es von allein nicht ausging. Es war die logische Konsequenz, eine letzte Reaktion auf die Zugkraft, die sie immer wieder zurückkehren ließ, damit sie Milchkartons brachte, die Pfandflaschen einsammelte, Vitamintabletten auflöste für sich und meinen

Vater, damit sie an seinem Lager saß, auf der Kante des braunen Sofas, und ihm die Stirn wischte wie eine Kriegskrankenschwester. Ihm in Sandalen das Kind abholte vom Schulhof, in dessen Mitte es bewusstlos lag; danach ließ sie die Wandsprüche vor den Schloten unübersetzt; danach nahm sie das Kind aus dem Sprachunterricht im Keller der Schule. Ihre Verteidigungslinie, die langsam bröckelte. Irgendwo habe ich mal den furchtbaren Spruch gelesen, eine Krankheit käme in den Körper durch ein Loch in der Seele, zu Ende gedacht trifft er als Schuldzuweisung immer den Kranken, aber meine Mutter ist nicht gestorben, sondern sie ist gegangen, und wenn der Grund dafür an einem Loch in ihrer Seele lag, dann hat sie es nicht selbst ausgehoben.

Mein Blick von der Zimmermitte zum Fenster hinaus, ein Blick, so wie ich mir früher das Erwachsensein vorstellte: dass man irgendwo hinsieht und etwas weiß von der Welt, dass man weiß, »so etwas gibt es«. Als ich an jenem Abend aus dem Fenster sah, wusste ich, was sich in meinem Rücken abspielte, im Flur, wo mein Vater telefonierte, wo er nach seinem ungewöhnlichen »Hallo« lange nichts sagte, sondern nur zuhörte, und dann seine Stimme senkte, ich keine Worte mehr verstand, nur noch den Tonfall, der dünn klang und fragend. Mein Blick auf die Lichtpunkte im Stahl für die Flugzeuge; eine Tatsächlichkeit, die sich in mir breitmachte und mich ausfüllte. »Meine Mutter ist gegangen«, dachte ich. »So etwas gibt es.«

Mein Vater schloss die Wohnzimmertür nicht nur für ein paar Tage wie sonst, sondern für Wochen und Monate, an seinem Hinterkopf wuchs eine kahle Stelle, sein Bart wurde länger und verdeckte den Hals, die Haare lockten sich dunkel von Schweiß und Fett; es platzten ihm Adern auf den Wangen, es faulten ihm Zähne weg, aber man sah es nicht wegen des langen Barts und weil er den Mund nur noch öffnete, wenn er aß; Leberkäse mit gestampften Kartoffeln, sonntags vorgekocht.

Es musste ein ganz bestimmter Kartoffelstampfer sein, mit dem er das Essen zubereitete. Es musste ein bestimmter Topf sein, und die anderen Töpfe waren trotzdem nötig. Sie mussten in den Schränken stehen wie zweite Wände. »Mit dem habe ich früher immer Eier gekocht«, sagte er, wenn ich einen der Töpfe hochhielt (am Boden angeschwärzt, die Wände eingedellt) und fragte, ob man ihn nicht wegtun könne. *Habe ich immer* war die Wendung, mit der er an den Dingen festhielt, *Wollte ich noch* eine zweite, er benutzte sie für Plastiktüten und leere Fotoalben, und in beiden war dieser Moment des Zögerns enthalten, das sich zäh über allem aufspannte, alles an Ort und Stelle hielt. Dem *Wollte ich noch* folgte das *Muss erst* – das Geschirr weggeräumt, die Tischdecke gewechselt, die Blumen gegossen, der Hof gefegt, das Treppenhaus geputzt, die Kaffeekanne mal gründlich gereinigt; es mussten erst die Fotos sortiert werden, und zwar sorgfältig, nach einem ausgeklügelten System, bevor überhaupt mit etwas angefangen werden konnte; er sah sich einem riesigen Berg an Ungeordnetem gegenüber, das *richtig* bestellt werden musste, gleich beim ersten Anlauf, aber einen ersten Anlauf konnte es nicht geben, einfach anfangen konnte man nicht, erst musste ein Plan erstellt werden, und weil ihm alles als eine übergroße Aufgabe erschien, blieb er einfach sitzen.

Ich stand vor der Wohnzimmertür mit einem Eimer voll lauwarmem Seifenwasser in der Hand, und mein Vater lehnte in seiner schlabbrigen Jogginghose im Türrahmen, bekam kleine wässrige Augen und sagte: »Jetzt nicht.«

Es war mein Versuch, ihm zu helfen, und es war der gleiche, den meine Mutter unternommen hatte: ihn zu befreien von Dingen, an denen nur noch schmerzhafte Erinnerungen hingen. Die Sachen meiner Mutter in den Badezimmerschränken dienten nicht mehr ihrem Zweck, niemand entfernte sich die Haare mit ihrem Rasierer, niemand cremte sich die Schienbeine ein mit der Körperlotion, aber mein Vater konnte sie nicht wegwerfen, er drehte die Flasche in der Hand und stellte sie zurück, ein Beleg dafür, dass es meine Mutter gegeben hatte. Abschied nehmen konnte er nicht, auch wenn er anwesend war bei der Zeremonie; er schaute wie jemand, dem gleich ein Pflaster vom Arm gezogen wird. Drehte sich in der Kirchenbank nur periodisch zu mir, mit einem erschrockenen Gesichtsausdruck. Ich wusste nicht, wie ich zurückblicken sollte. Am größten wurde seine Bestürzung, als die Urnenträger aus einer Tür hinter der Kanzel traten, Männer, die aussahen wie aus einem Film, die schwarze Uniform etwas zu groß, eine Schirmmütze unbeholfen auf dem Kopf, die Gesichter eingefallen, kantig, als könnte man das Totenreich, in das sie täglich hinüberwechselten, darin ablesen. Mein Vater sah mich an, die Augen weit aufgerissen, und ich zuckte mit den Schultern. Was hatte er sich vorgestellt? Ich deutete mit dem Kopf leicht in Richtung der Männer, er solle hinsehen, aber er verstand nicht. Ich wollte hinsehen. Ich wollte zuhören, wenn der Pfarrer den 23. Psalm zitierte, obwohl meine Mutter keinerlei Bezug zum Glauben gehabt hatte. Ich wollte die bei einer Vorbesprechung aus meinem Vater herausgequetschte Nacherzählung ihres Lebens hören. Ich wollte die Glocke hören, die auf dem Weg zur Grabstelle geläutet wurde, den Matsch unter den Füßen spüren und den Regen. Mein Vater hatte sich für Rosenblätter statt für Erde entschieden, um sie als letzten Gruß auf die Urne zu streuen, und für ein Gesteck aus Frühlingsblumen. »Nicht dieses immergrüne Zeug, nicht diese Tannenzweige«, hatte er abfällig gesagt und mit der Hand die Vorschläge der Floristin weggewischt, als sie ihm die Symbolik der Pflanzen zu erklären versuchte – »das Ewige Leben, wissen Sie«. Er schüttelte den Kopf. »Machen Sie etwas Frühlingshaftes!« Erde zu Erde, Staub zu Staub, das wollte er nicht akzeptieren.

Mein Vorschlag, ein paar Töpfe wegzuwerfen, war eigentlich der Versuch, meinem Vater das Loslassen näherzubringen, zumindest die Möglichkeit anzudeuten, und ihm etwas Erleichterung zu verschaffen. Ich verstand jetzt, warum auch meine Mutter es immer wieder versucht hatte. Seine kleinen Augen, mit denen er alles um sich herum anblickte, waren unerträglich, aber er verstand es nicht, er hatte nicht die Mittel, um Abschied zu nehmen.

In betrunkenem Zustand traute sich mein Vater zu manchen der Veranstaltungen, die im Gemeindehaus abgehalten wurden. In letzter Reihe stand er dann, die Hände in den Hosentaschen, und schaute zu, wie vorn der Geschichtsverein seine neue Chronik vorstellte. Ein Mann mit schmutziger Hornbrille blätterte das Buch vor den versammelten Ortsbewohnern auf, die erste Reihe, bestehend aus den Frauen der Vorstandsmitglieder, beugte sich vor und beäugte interessiert die Seiten. Mein Vater schaute mit großen Augen zu, um besonders aufmerksam zu wirken, so wie ich früher neben Sophia bei den Versammlungen des Reitvereins gestanden und die Augen aufgerissen hatte, und sein Gesicht wurde zu dem eines Kindes. Er kaufte gleich zwei Ausgaben. »Eine fass ich nicht an, die stell ich schön ins Regal, und dann ist die eines Tages mal was wert.«

»Ich habe deinen Vater bei der Versammlung gesehen«, vielsagend blickte mich Pikka von der Seite an, als wollte er sich halb darüber lustig machen, halb sein Erstaunen ausdrücken, und ich antwortete ihm nichts darauf. Wir liefen schweigsam den Fluss entlang, blieben auf den Wegen und setzten die Füße nicht auf die Wiese, bis wir weiter draußen waren. »Dein Vater war ja bei der Versammlung«, wiederholte Pikka. »Und?« »Nichts.« Wir kamen an die Uferstelle, wo der Obdachlose tagsüber seine Sachen zurückließ, ein paar ergraute T-Shirts in den Zweigen, die übers Wasser hingen. Das Ufer war hier sandig wie am Meer, nur der angeschwemmte Plastikmüll und die Aussicht auf die Kohleberge passten nicht dazu. »Er hat sie wohl im Fluss gewaschen«, ich deutete auf die T-Shirts. »Früher hat man nicht mal den kleinen Zeh da reinhalten können, ohne Ausschlag oder irgendwelche chemischen Verbrennungen zu bekommen«, sagte Pikka. »Die haben einfach alles in den Fluss gekippt.« Er nickte in Richtung des Industrieparks. »Wird dein Vater jetzt öfter kommen?« »Wahrscheinlich nicht. Er hat sich vor allem für die Chronik interessiert.« »Meine Eltern haben dafür auch ein paar Fotos beigesteuert. Den Handschlag zwischen meinem Großvater und irgendwelchen Funktionären. Er war doch Vorstandsvorsitzender eines Unternehmens im Park. Ein richtig schön historisches Foto.« Ich wendete mich von der Uferstelle ab, plötzlich peinlich berührt, als hätte ich heimlich in jemandes Schlafzimmer geschaut. Pikka folgte mir in den Feldweg hinein, die Kläranlage wusch brummend das Wasser sauber. Vor der Silberfarm blieben wir stehen. Etwas schief knarrte das Tor mittlerweile in den Angeln, eine blaue Wassertonne voll Unrat lag umgekippt hinter den Holzpfählen des Zauns, er hatte Grünspan angesetzt. Ein roter Aufkleber auf dem Briefkasten informierte über den Besuch einer Aufsichtsbehörde. Ich fragte mich, ob sich die Zeitungshaufen noch in dem kleinen Raum stapelten. Ob der saure Geruch noch in den Räumen hing. Ob die Zigarettenstummel noch in der Kammer lagen. »Hast du damals wirklich einen Geist gesehen?« Ich nickte in Richtung des Schilds. »Das war eher nur eine Maus. Aber damals hab ich's geglaubt.«

Es war eine Vorzeit, die mein Vater sich mit der Chronik des Geschichtsvereins zurückwünschte, mit stärkehaltigem Essen und seltenen Sonntagsbraten, eine Zeit ohne Autos und mit Frauen in Schürzen, die ihre Augenbrauen zusammenzogen vor lauter Arbeitsfleiß; eine Zeit, in der er noch nicht geboren war und die man sich zurechtbiegen konnte in eine Ordnung, in der scheinbar alles seinen Platz hatte. »Wir sind einfache Leut'«, sagte er. Eine Zeit, in der noch alles klar war: die Rollen, die Hierarchien, die Bräuche. Eine Zeit, in der meine Mutter noch nicht gestorben war, weil sie noch nicht geboren war.

»Das Haus verliert nichts«, sagte er, schob die Gummibänder von Frühlingszwiebelbünden in den Schubladen herum, suchte einen ganz bestimmten Kartoffelstampfer unter den vielen Kartoffelstampfern und beugte sich tief in die Schränke hinein.

Das Besondere an diesem Ort fiel mir nicht auf, solange ich noch dort lebte. Die Röhren und Schläuche und Stromkabel, das braungrüne Wasser, der Kanuverein, dessen Mitgliederzahl sich nur ändert, wenn jemand seinen Sohn oder seine Tochter mitbringt. In der aktuellen Ortszeitung vor mir auf dem Tisch steht ein langer Bericht darüber, dass zwölf von ihnen den Fluss durchschwommen haben bis zum anderen Ufer, eine alte Tradition, die wieder aufgegriffen werden soll. Sie stammt aus einer Zeit, als der Fluss noch keine Schneise für die Schiffe hatte, noch nicht begradigt und so seicht war, dass man ihn durchwaten konnte. Jetzt musste ein Boot der Freiwilligen Feuerwehr nebenherfahren. Die Schwimmer hatten Poolnudeln dabei und aufblasbare Gummitiere, die sie für das Foto in der Zeitung in die Höhe recken, das nasse Haar in der Stirn, und hinter ihnen die leere Brücke, die Kohleberge, die Schleuse für die Lastschiffe, die auch sie nicht mehr wahrnehmen, ein gewohnter Teil ihrer Landschaft, wie eine Buchsbaumhecke im Freibad.

Ich kenne das Gesicht meines Vaters, ganz zu Anfang, wenn er es noch geheim halten will. Ich kenne seine hochgezogenen Brauen, die nicht Ausdruck einer Gefühlsregung sind, sondern in jedem Augenblick angespannt, als müsse er sich auf alles, was er betrachtet, genau konzentrieren. Diesen Blick setzt er auf, wenn der Rausch noch neu ist, sich anfühlt wie das erste Bier vor einer Party in der Jugend, wenn die Farben schöner werden und die Ecken der Gegenstände weicher; wenn er noch trinkt, um in der Welt zu sein, nicht außen vor, und glaubt, niemand um ihn herum bemerke es. Bevor er aufgibt und sich hinter der geschlossenen Wohnzimmertür versteckt, nichts mehr weicher wird, sondern nur immer härter, und die Säure ihm in die Speiseröhre aufsteigt, bevor er ohne Scham gegen Wände läuft, gegen die Flaschen am Boden, bevor er aufhört sich zu waschen und nicht Kartoffeln, sondern Rotwein in die Kochtöpfe kippt. Es beginnt mit diesem Blick. Ich habe ihn früh deuten gelernt, ihn aufgenommen in mein Zeichensystem, mich an ihm ausgerichtet, meinen Schritt geändert, mich öfter entschuldigt, mich leiser bewegt, bis man mich nicht mehr hören konnte. »Du tauchst immer so aus dem Nichts auf«, hat Sophia oft zu mir gesagt, und ich habe gelächelt, als wäre meine Lautlosigkeit eine charmante Eigenschaft und nicht Ausdruck einer erlernten Überlebensstrategie.

»Weißt du, ich hätte es gleich wissen müssen. Schon beim ersten Elternsprechtag hätte ich es wissen müssen.« Mein Vater blickt von der Tischdecke auf, mit diesen hochgezogenen Augenbrauen, diesen glatten Wangen, diesem schiefgelegten Kopf, aber die Hände sind kleine Fäuste, er sieht älter aus, mit dunklen Schatten um die Augen, gespickt von weißen Punkten, wie man sie von starken Rauchern kennt. Er trägt dieselbe Kleidung wie früher, aber sie ist dünner geworden, blasser, ein Loch hat sich am rechten Ellbogen des Pullovers gebildet, über das er ständig mit dem Daumen fährt. Sein Rücken ist rund und schon kaum mehr fähig, sich aufzurichten. »Ich bin da reingekommen in den Klassenraum, und natürlich mussten alle mit dem Klassenlehrer sprechen, das wollte keiner versäumen von diesen Mustereltern, diesen gut situierten in ihren rosa Kragenhemden –

die Liste an der Tür war voll, und jeder hatte nur fünfzehn Minuten Zeit, und ich komme also in den Raum, habe mich erst mal gewundert, wie es da aussieht, die kaputten Vorhänge, die abgegriffenen Atlanten im Regal, die niemals aktuell sein konnten, eher noch aus dem Kalten Krieg, die vollgemalten Tische, der Müll in den Untertischkörben, dafür, dass immer die Rede von einer Elite war, die ihr sein solltet –. Und dann saß da dieser Mann in seinem speckigen Sakko hinter dem Schreibtisch, vertieft in ein Notizheft. Ich klopfte an die offene Tür, er hob ruckartig den Kopf und schob seine Brille zurecht, diese merkwürdige, braun getönte Brille, obwohl es in dem Raum so düster war, und wies großspurig auf den freien Stuhl vor ihm, als wären wir im Autohaus und er wollte mir gleich den teuersten Wagen verkaufen. So, wer sind Sie noch gleich?, fragte er. Ich wollte gerade antworten, da hatte er schon im Notizbuch meinen Namen gefunden und fiel mir damit ins Wort, redete weiter, als wäre mein Name bloß eine Formalität, als wäre es eigentlich egal, wer da vor ihm saß. Er fing mit irgendwelchen Crêpe-Rezepten an, die ihr angeblich im Französischunterricht erarbeitet habt, um am Tag der offenen Tür selbst welche zu backen, das würde den Spracherwerb *stofflicher* gestalten, der Ausbildung von *Fähigkeiten und Fertigkeiten* dienen – das betonte er besonders deutlich und schaute mir dabei mit seinem guten Auge ins Gesicht, als wollte er überprüfen, ob ich auch wüsste, was sie bedeuteten: Es ist mir ein Anliegen, die Fähigkeiten – und – Fertigkeiten Ihrer Kinder zu formen. Ihrer Kinder, sagte er, als wäre ich Repräsentant aller Eltern. Aber dann, während er weiterredete, wurde mir langsam klar, dass er sich wahrscheinlich einfach nicht sicher war, welches Kind in der Klasse meines war, denn er begann umzuschwenken auf den allgemeinen Klassenzusammenhalt, welche Grüppchen sich gebildet hatten, wer sich wie eingebracht hatte bei der Themenfindung für die Projektwoche, und dabei kam er auf Sophia zu sprechen, die restlichen zehn Minuten, die ich noch vor seinem Pult saß, sprach er über nichts anderes mehr. Die Sophia ist ein ganz engagiertes Mädchen, ein *ganz* engagiertes Mädchen, sie hat die Idee mit den Crêpe-Rezepten angeregt und sich freiwillig zur Klassensprecherin gemeldet, obwohl es in den fünften und sechsten Klassen noch gar keine gibt, aber die anderen Kinder haben mitgemacht und sie einstimmig gewählt, und sofort hat Sophia dieses Amt ausgefüllt und neue Softbälle für die Pausen geordert. Sophia ist für ihn ein außergewöhnliches Beispiel für einen kleinen Menschen, der das Kindsein mühelos mit Verantwortung verbindet, denn sie wächst nie über ihren Standpunkt als Kind hinaus, sondern setzt vielmehr neue Maßstäbe – oder so ähnlich. Dieses Kind wird es zu etwas bringen, sagte Herr Kaiser, Sie müssten mal ihr Gesicht sehen, wenn sie über den Vokabeltests brütet, diese kleine angespannte Stirn und die ordentlichen Buchstaben, und wenn sie keine Fehler macht, dann reckt sie vor Freude die Hände in die Luft wie eine Sportlerin, die gewonnen hat, das ist die Einstellung, die man als Lehrer sucht. Die ausländischen Kinder, auf der anderen Seite, haben viele Probleme, das muss man ganz deutlich sagen, und dann fiel sein Blick auf die Uhr, die über der Tür hinter mir hing und die er während seiner ganzen Ansprache alle paar Minuten anvisiert hatte. Jetzt ist unsere Zeit ja schon um!, rief er, als wäre er überrascht.

Ich bin aus dem Raum gegangen und wusste gar nicht, was das jetzt eigentlich war. Ich habe dann immer wieder und zuletzt erst vor ein paar Wochen gedacht: Warum hast du nichts gesagt? Wieso hast du dagesessen und dir das alles angehört? Wieso bin ich nicht aufgestanden und habe diesen Herrn Kaiser gefragt: Wissen Sie überhaupt, wer meine Tochter *ist*?

Niemand dort hat dich gesehen. Das habe ich schon bei diesem ersten Elternsprechtag bemerkt. Ich hätte wissen müssen, worauf das hinauslaufen wird, ich hätte es wissen müssen.« Er blickt mich eine Sekunde entschuldigend an, dann hält er es nicht mehr aus, blickt zurück auf die Tischdecke und zieht wieder die Augenbrauen hoch. Er öffnet einen Fensterflügel, um den Zigarettenrauch abziehen zu lassen, und kalte Winterluft strömt in die Küche.

In den Monteurwohnungen im Hinterhaus kehrt wieder Leben ein, die Handwerker haben den halben Tag noch arbeiten müssen, irgendwo ein paar Kilometer entfernt, am Flughafen wahrscheinlich, denn alle anderen Baustellen stehen während der Wintermonate still. Es schneit immer noch, und wenn man in den weißen Himmel sieht, wirkt es wie ein Film in Endlosschleife. Einer der Monteure tritt auf den Balkon, im Arm eine Frau, die größer ist als er. Beide tragen Unterhemden, obwohl es kalt ist, und scheinen schon sichtlich betrunken zu sein. Leise Musik weht aus der offenen Balkontür herüber, die Frau klammert sich an die Schultern des Mannes, umarmt ihn schwankend, sodass es aussieht, als tanzten sie langsam, und sagt immer wieder: »Wir müssen hier weg«, seinen Namen, den ich nicht richtig verstehe, und »wir müssen hier weg«.

Sie lässt offen, aus welchem Grund sie wegmüssen, ob es die Wohnung ist, ob es der Zeitpunkt ist; aber ich bin sicher, dass sie den Ort meint. Den Hinterhof, den Balkon, von dem ein paar lose Kabel hängen, den Schnee auf den Straßen. Der Mann sagt nichts, wendet nur immer den Kopf etwas ab, als ob ein kalter Luftzug ihn treffe. Er sieht die Umgebung nicht oder will sie nicht sehen – was sie bedeutet, wie sie einen beeinflusst. Das ständige Pendeln zwischen Industriepark und Kaufhalle, die Oberstromleitungen und S-Bahn-Tunnel, und am Wochenende die Flohmärkte, auf denen einem die Armut begegnet als Frau mit schrundigen Fersen in zu kleinen Schuhen; wie sie mit ihrem Handwagen an einem Nuss-Stand steht, der direkt importierte Sonnenblumenkerne im Kilo verkauft, wie sie sich rüberbeugt zu der Verkäuferin und etwas sagt, was sie wahrscheinlich jede Woche sagt. Sie begegnet einem als Vater und Sohn, die gemeinsam unter Planen sitzen und mit einem Stromaggregat die mit Plastikkristallen verzierten Zimmerlampen betreiben, die sie verkaufen wollen. Ein Mann sitzt mit halb geschlossenen Augen und schiefem Lächeln zwischen gebrauchten Schuhen und ruft »Ja, der Schwarzverkäufer ist wieder da« und lächelt noch etwas schiefer, glücklich über seinen Witz, die Leute um ihn schmunzeln, und er fügt hinzu »Adidas, Versace, alles dabei«. Hier bin ich aufgewachsen, und es ist mir nie aufgefallen. Hier hat mein Vater mir eine Kette aus Amethysten in die Hand gedrückt. Im Hintergrund die Straße mit der Bushaltestelle, die Überführung über die Bahnschienen, von der aus man den Industriepark überblicken kann, und dann das Fitnessstudio neben der Güterkarosserie, wenn man weiter in den nächsten Ort fährt; wenn man den Asphaltabrieb aushält und die Abgase der Busse und gemieteten Luxusschlitten, die manche sich hier am Wochenende leisten, poliertes Orange und Rot und Blau zwischen dem Schmutz, der sich an den Fassaden der Einkaufsstraße hochzieht, dann blickt man in die kaputten Rinnsteine vor den Gemüseläden, die Leute stehen Schlange, knicken bei unbedachtem Schritt um auf dem losen

Schotter zwischen dem feingetrampelten Sandboden und dem Kantstein.

Nachdem sein Wegdrehen nichts genutzt hat und die Frau sich noch immer an seine Schultern klammert und »Wir müssen hier weg« lallt, löst sich der Bauarbeiter fast mit Gewalt von ihr: »Es geht eben nicht«, sagt er. »Es geht eben noch nicht.«

»Und was ist mit Mama«, sage ich. »Wie?«, sagt mein Vater, mit einem Gesichtsausdruck, als hätte ich gerade etwas Verdorbenes aus der hintersten Ecke des Kühlschranks gezogen. Geradeheraus nach meiner Mutter zu fragen war noch nie möglich gewesen; so hatte mein Großvater es vorgegeben durch sein Schweigen über die Großmutter, so hat mein Vater es übernommen, so habe ich ihre Zeichen gelesen und alles explizite Sprechen verbannt, sobald ich über die Türschwelle trat. »Wie, was soll sein – ?«

»Das hat doch eine Rolle gespielt«, sage ich. Die hochgezogenen Brauen meines Vaters schieben sich zusammen, es steigen ihm Tränen in die Augen, dann zieht er den Mund spitz zusammen und schüttelt heftig den Kopf, schluckt laut, zieht die Schultern hoch, bis sein Anfall (so würde er es nennen) vorbei ist und er alles zurück in seinen Magen gedrückt hat. Er atmet aus, als hätte er lang die Luft angehalten, geht zum Fenster, um es zu schließen, und die Musik aus der Monteurwohnung verstummt. »Soll Ostwind geben«, sagt er.

»Ich muss mich anziehen«, sage ich und verlasse die Küche.

An den Geruch gewöhnt man sich, man findet sich ab. Auch damit, dass andauernd Flugzeuglärm über den Ort zieht; einmal blitzt der Bauch einer Maschine in der Sonne auf, als ich von meinem alten Kinderzimmer aus in den Himmel sehe. Hier bin ich aufgewachsen. Wo sind die Stromleitungen andernorts? Im Erdboden, ungesehen, und wuchern von unten in die Häuser.

Du kannst doch auch hierbleiben«, sagte Pikka. »Du kannst doch auch an unserer Uni studieren, du musst ja nicht gleich weggehen, du kannst doch erst mal zu Hause wohnen bleiben«, mit jedem Wort wurde seine Stimme heller, während ich die Schritte zwischen den Fahrbahnstreifen zählte, er lächelte mir aufmunternd zu, die Hände in den Jackentaschen. »Gehen wir noch eine Runde?«, fragte ich. Wir bogen ab in Richtung Brunnen. Kein Wasser war im Becken, und auch als Pikka probehalber den geschwungenen Hebel der Pumpe betätigte, kam nichts aus dem Hahn. »Ich glaube wirklich, dass du auch hier glücklich wärst. Du siehst das alles immer so schwarz«, sagte er.

Die Glasbauten der Stadt, der Weg von der U-Bahn zum Campus, der, wenn man die Wege des Orts gewohnt war, unendlich lang erschien, weil alle Häuser dreimal so breit waren, die Autos auf der vierspurigen Straße, die schwarz gefärbten Rinnsteine – Pikka lief ungerührt an allem vorbei, weil er wusste, dass er abends zurückkehren würde in den Ort, dessen saure Luft ihm vertraut war. Ich hingegen fühlte mich durch alles seltsam berührt. Alles ging mich an, reichte so weit zu mir herüber, dass es mich verdrängte – die vielbefahrenen Straßen, die alten Parkanlagen der Universität –, die Dinge schoben mich an den Rand. Wenn ich die Hände ausstreckte, würde ich nicht Stein und Gras fühlen, sondern eine glatte Fläche, in die einzutreten mir nicht möglich war. Ich konnte mir nur Gucklöcher freilegen, wie ich es an Regentagen im Bus getan hatte.

Ich stellte mir vor, an Pikkas und Sophias Uni einen blechernen Spind zu haben, in den ich einen kleinen Spiegel und ein Foto hängte, das zu dieser Zeit schon nicht mehr eine Sängerin, sondern eine Philosophin zeigte. Bücher, die darin lagerten, damit ich sie nicht jeden Tag nach Hause tragen musste, Nussmischungen mit der Aufschrift »Studentenfutter«, das ich darin ebenso vorrätig hatte wie einen Lippenpflegestift mit Wassermelonengeschmack und vielleicht auch diese Knick-Taschenwärmer, falls mir kalt wurde in den langen Fluren, ich nahm sie abends mit nach Hause und kochte sie gewissenhaft wieder auf.

Ich hatte am *Tag der offenen Tür* diese Gruppen junger Leute auf dem Campus gesehen, sie sahen aus, als hätte man sie aus einer Broschüre ausgeschnitten und an die Tische der Mensa geklebt. Leere *BackWerk*-Becher und zerknüllte Papiertüten stapelten sich um ihre Schreibblöcke, sie zeigten mit ihren tintenfleckigen Fingern auf ihre Bücher, hoben dabei immer wieder den Kopf, drehten die Handflächen nach oben und sagten etwas, das ich nicht hören konnte. Ich stellte mir vor, genau so einen Pferdeschwanz zu tragen wie eins der Mädchen an den Tischen, ihr Hinterkopf war mir besonders aufgefallen, so schlau und selbstbewusst, wie er aussah. Ich machte mit anderen Witze über eine Professorin, wir hatten einen Spitznamen für sie oder ließen die Anrede weg und nannten sie nur »die« und ihren Nachnamen; ich gehörte dazu, das drückte dieses »die« aus, ich wusste, wovon ich redete, und machte damit Eindruck auf eine Schülerin, die vielleicht einen Tisch weiter saß und meinen Hinterkopf betrachtete. In meiner Phantasie verbanden sich die Bilder mit mir, schienen nicht mehr unwirklich oder unerreichbar, sondern ich und der Spind, ich und die Kaffeebecher, ich und die Bibliotheksbücher fielen in eins, waren etwas, das sich nicht mehr widersprach. Ich fuhr weiter mit der Bahn am Güterbahnhof vorbei, ich stieg nur eine Station eher aus. Ich legte meine Kurse so, dass ich immer noch früh aufstehen musste und erst am späten Nachmittag nach Hause kam, die Freistunden verbrachte ich in einer der Bibliotheken, weil es sich nicht lohnte, zurück in den Ort zu fahren, ich bestritt weiter mein Leben aus dem Schulrucksack, kaufte vielleicht eine größere Thermoskanne, ein kleineres Mäppchen, eine andere Marke Desinfektionstücher und schloss einen Telefonvertrag für Studenten ab; aber der Rucksack war derselbe, die Bahnstrecke und die Luft am frühen Morgen waren dieselben.

Wir traten aus dem Lichtkegel der letzten Straßenlaterne auf den Feldweg. Es wurde immer dunkler, je weiter wir uns von den Häusern entfernten, und in der Ferne hörte man das Rauschen der Autobahn, wo zu dieser Uhrzeit nur noch Kolonnen von LKWs fuhren.

In meiner Vorstellung trug ich aus Silber geklöppelte Ringe, wie man sie auf Weihnachtsmärkten kaufen konnte, und weiche Oberteile in Navy. Ich wurde Sophias Mutter ähnlich und nistete mich ein in einem Lebenslauf, machte morgens Frühstück in der Küche im Erdgeschoss, achtete auf Proteine und Kohlehydrate (Eier, Vollkorntoast) und fuhr an einem festen Tag in der Woche einkaufen, vorne zum Aldi unter den Platanen, auf einem Fahrrad mit fellbezogenem Sattel, eine Liste in der Tasche, auf der die Produkte in der Reihenfolge ihrer Anordnung im Laden aufgeführt waren, in Übereinstimmung mit dem Essensplan für die nächsten zwei Wochen. Ich wurde darin eine Frau, die sich für die Schulen in der Umgebung interessierte, für die Sauberkeit der

Gehwege, die in die Kirche ging und mit ihren Freundinnen im Chor sang, die sich engagierte bei der Tombola zum Sommerfest und bei der Bürgerinitiative gegen eine weitere Müllverbrennungsanlage, die zum Friseur in der Bahnstraße ging und sich alle paar Monate einen Longbob schneiden ließ, die ihre Lippenstifte gewissenhaft aufbrauchte, ihre Nagellacke in Sommer- und Winterfarben sortierte, sich jeden zweiten Winter neue Stiefel kaufte und einen Ordner voller Rezepte im Regal stehen hatte, gegliedert nach Fleischsorten. Schaumgeboren aus der Sprinkleranlage stand ich auf einem Zierstein statt einer Muschel, der den Weg zum Haus vom Rollrasen abgrenzte, eine Markise im Rücken, eine Thujahecke an meiner Seite, roter Rindenmulch polsterte meine Wege, und ich bedeckte meine Blöße mit langem blondem Haar.

Ich stellte mir vor, die Grenzen des Orts als meine eigenen abzustecken; meine Welt endete am Saum des dunklen Feldes. Ich spürte keinen Druck mehr, ich war zufrieden, ich war glücklich, ich war eine Frau, die Hortensien in ihrem Vorgarten zog und gemeinsam mit ihrem Ehemann in dessen Elternhaus wohnte, ganz ähnlich dem, an dem Pikka und ich nun vorbeigingen, ich stieg darin jeden Morgen die Treppe hinunter und hatte die Gesundheit meines Mannes im Sinn, wenn ich die Eier ins heiße Wasser legte und die Brotscheiben in den Toaster steckte.

Pikka und ich spiegelten uns kurz in der Terrassentür. Ich sah seine Gestalt, die mir so vertraut war, das Federnde in seinen Schritten, die angewinkelten Arme, aber die Person daneben erkannte ich nicht. War ich immer so klein gewesen. Hatte ich schon immer solche Furchen unter den Augen wie eine alte Frau. Sollten meine Augen hundert Jahre auf den Schornsteinen ruhen –

Wir gingen zurück zur Hauptstraße. Den Aldi hatten wir hinter uns gelassen und kamen nun in das Wohngebiet, wo Pikkas Haus lag, immer schmaler wurde die Straße, und Pikka sprach derweil weiter, sprach davon, wie gut es ihm gefalle an seiner Universität, wie gut das Angebot der Mensa sei, dass auch die Bibliothek vor kurzem einen Preis gewonnen habe. »Ich bin froh, dass ich nicht umgezogen bin, diese Weite würde mir fehlen. Diese Felder, die Luft. Und man ist mit der Bahn genauso schnell in der Stadt wie jemand, der sich mit dem Auto durch den Berufsverkehr quälen muss.«

Pikka glaubte daran, und so, wie er sprach, schien es auch für mich nur eine Frage des Glaubens zu sein. »Du bist bloß zu pessimistisch. Du steigerst dich viel zu sehr rein«, sagte er.

Die Glocken des Kirchturms schlugen hell zur vollen Stunde. Das Gesicht der Frau, die sich damals, vor vierzehn Jahren, in die Luft gesprengt hatte, erschien wie ein Schlaglicht vor meinen Augen, ich blickte hoch zum Ziffernblatt des Turms, sah wieder zu Boden, Pikkas Jacke raschelte neben mir bei jedem seiner Schritte. Wir kamen vor seinem Gartentor zum Stehen. »Denk nochmal darüber nach«, sagte er. »Ja, vielleicht, mache ich«, sagte ich. Wir umarmten uns, Pikka verschwand hinter dem Tor, und ich trat den Weg zurück an, über mir der Große Wagen.

Ich war nicht schaumgeboren, sondern staubgeboren; rußgeboren, geboren aus dem Kochsalz in der Luft, das sich auf die Autodächer legte. Geboren aus dem sauren Gestank der Müllverbrennungsanlage, aus den Flusswiesen und den Bäumen zwischen den Strommasten, aus dem dunklen Wasser, das an die Wackersteine schlug, einem Film aus Stickstoff und Nitrat, nicht Gischt.

Man darf auf Friedhöfen nicht Fahrrad fahren und nicht rennen, das ist eine Ermahnung aus Kindertagen, die mir jedes Mal einfällt, wenn ich durch das Tor hinter die moosbewachsenen Mauern trete. »Wollen wir die Mutter besuchen?«, hatte mein Vater pflichtbewusst gefragt und ungläubig die Augen geweitet, als ich sagte, dass ich schon da gewesen sei (eine Lüge, weil ich allein gehen wollte). Aus eigener Kraft den Weg dorthin einzuschlagen kam für ihn nicht in Frage, schon alles, was hinter der Eiche an der Bushaltestelle lag, war zu meiden, obwohl es von dort noch fünfhundert Meter zum Friedhofstor waren, das sich hinter den neuen Reihenhäusern an der Hauptstraße verbarg. Die Mutter besuchen, als wäre sie in Wirklichkeit noch am Leben und sei nur in Quarantäne, als lebe sie nun in einem Park unter ein paar Birken. Der Grusel, der mich umfängt, wenn er so spricht; die Vorstellung, wie sie bei lebendigem Leib in einem Erdloch liegt und die Nächte durchharren muss. Er hält an dieser Formulierung fest, als wäre der Tod ein verzweifeltes Kinderspiel.

Mein Vater hat an keinen Gott geglaubt und auch nicht meine Mutter, deshalb war es unwichtig, ob sie in einer Urne bestattet wurde und in christlich geweihter Erde. »Ich bin nur in die Moschee gegangen, weil es dort schön kühl war und weil die Leute sonst nachgefragt hätten«, sagte sie immer zu mir. »Dabei habe ich schon früh gemerkt, dass nichts dahintersteckt – wieso soll ich kein Schweinefleisch essen, habe ich mich gefragt, die halbe Welt isst Schwein, und dann habe ich es einmal probiert, mit zehn oder elf Jahren, und nichts ist passiert! Der Satan ist nicht über mich hergefallen, und Gott ist es doch egal, ob ich das jetzt mache oder nicht.« Aber etwas davon hat sich doch in ihr Verhalten gedrängt, etwas von dieser Bigotterie, die nicht gebunden ist an ein Land oder eine Kultur, sie hat sie hier genauso vorgefunden, nachdem sie als junge Frau davor weggelaufen war, und sie hat sich ihr angepasst, auch wenn sie das, würde ich es ihr heute vorhalten, nicht so sähe. »Er ist wenigstens nicht wie die«, sagte sie, wenn wir im Ort an einem der Säufer von der Bushaltestelle vorbeiliefen. »Er hat auch gute Seiten.« *Wenigstens*, sagte sie, vor den Glasscherben stehend. Wenigstens ging er nur auf die Möbel los. Sie schätzte sich glücklich. Man konnte nicht davon ausgehen, dass es in der Welt etwas Besseres gab, man konnte es nicht einfach so einfordern. Das habe ich von ihr gelernt. Sie schaute zuletzt abgeklärt auf ihr Leben mit meinem Vater, aus Selbstschutz, wie sie auch aus Selbstschutz die Türen für ihn offen stehen ließ. Sie tat, als läge in ihrem Umgang mit ihm eine Stärke, die sie den anderen Frauen voraushatte, den Weinenden, den Fluchenden. Einmal rief Sophias Mutter an – »Soll ich kommen?«, sagte sie in den Hörer, und ich stand verwirrt im Türrahmen und sah ihr dabei zu, wie sie in ihre Schuhe stieg, denn noch nie hatte Sophias Mutter darum gebeten, dass meine Mutter käme, schon immer war sie sogar mir gegenüber widerspenstig gewesen, hatte sich aber arrangiert, weil ihre Tochter sich nun einmal mich ausgesucht hatte. »Komm mit, du kannst ja Sophia ein bisschen beruhigen«, sagte sie. Wir liefen den kurzen Weg an der Apotheke vorbei und bogen in die Straße ein, wo die Magnolien in den Vorgärten blühten und Sophias Haus dalag, als wäre nichts geschehen. Von Verwüstung keine Spur, auch drinnen nicht.

Sophias Mutter saß auf der Couch, das Leder quietschte unter ihrem Rock, als sie sich vorbeugte, um mit zittriger Hand Tee auszuschenken. »Er hat ein Glas zerschlagen«, sagte sie, die Wangen vor Schreck eingefallen. »Na und? Dann hat er eben ein Glas zerhaun«, meine Mutter straffte die Schultern. »Na und!«, wiederholte sie. »Das ist doch nichts, das ist doch nicht weiter schlimm!« Meine Mutter wusste, wie mit diesen Dingen umzugehen war; sie wusste es besser. Sophia zog mich am Ärmel die Treppe hoch, wo wir auf den teppichbezogenen Stufen saßen wie Kinder, obwohl wir damals schon sechzehn oder siebzehn gewesen sein müssen. Von hier aus hörten wir weiter zu, wie sich das Gespräch im Kreis drehte. »Ein Glas, ein gutes Glas«, sagte Sophias Mutter, und meine: »Ein Glas – ja! Na und?« Sophia sagte nichts. Ihr zum Zopf gebundenes Haar gab ihren nach vorn gekrümmten Nacken frei, wie ich ihn noch nie vorher bei ihr gesehen hatte und nie danach, eine Traurigkeit ging von ihrem Haaransatz aus, dort, wo die Halsmuskeln eine Kuhle bildeten. Sophia hatte so etwas noch nie erlebt. Nur halb so oft wie sonst schlossen sich ihre Augen zum Blinzeln. Eine Weile lauschten wir auf die Stimmen unserer Mütter, die sich murmelnd berieten, wie nun zu verfahren war. »Komm«, sagte Sophia dann. »Wir gehen in mein Zimmer.«

Sich Verhaltensregeln zu beugen, die in heiligen Büchern standen, war nichts für meine Mutter, sie wusste selbst zu denken, das war ihr immer wichtig zu betonen, ob es um Schweinefleisch ging oder um Größeres, aber mein Vater und alle Männer waren eine Naturgewalt, der man sich fraglos zu unterwerfen hatte. *Unterwerfen*, ich kann hören, wie sie das Wort empört von sich gewiesen hätte: »Ich unterwerfe mich doch nicht!«, und niemand hätte je von ihr behauptet, sie sei eine unterwürfige Frau. Es war allen eingeschrieben, dass die eigene Macht, das eigene Denken bei den Handlungen und Entscheidungen der Männer aufhörten, niemand fragte, warum das so war, niemandem fiel es überhaupt auf. Die Unterwerfung meiner Mutter vollzog sich in Gesten, die vordergründig ihre Härte demonstrierten, ihr Ungerührtsein; sie zeigte sich in dem »Na und«, das sie Sophias Mutter immer wieder entgegnete – eine um sie errichtete Schutzmauer –, in den ruckartigen Bewegungen, mit denen sie die Wohnung aufräumte. Es ärgerte sie mehr, wenn es bei Aldi nicht das richtige Fleisch gab, als dass ihr Mann auf die Möbel eindrosch. Das war die Stärke der Frauen. Die Wahrnehmung abzulenken auf das, was gerade zu tun war, in den Schränken, auf den Herdplatten. Sie kehrte die Flusen im Badezimmer hinter die Tür. Ich hatte sie beschützen wollen die ganze Zeit, ich hatte mich immer gefragt, ob ich etwas hätte tun können. Hätte ich gegen ihn angehen sollen; aber ich war nur ein Kind, es hätte umgekehrt sein müssen. Wenn ich auch nur einmal zu schnell über den Flur ging, zu Zeiten, in denen die Wohnzimmertür verschlossen blieb, trat er schon an mich heran, die flache Hand angespannt, nah vor meinem Gesicht. »Ich schlage dich nicht, ich bin nicht so jemand«, sagte er. »Wenigstens das«, sagte meine Mutter.

Sehr leise trat sie abends zu mir ins Zimmer, um ihn nicht wieder aufzuwecken, wenn er endlich eingeschlafen war im blauen Licht. Ich sah noch die weißen Schatten der Autoscheinwerfer an meiner Decke, bevor ich schnell die Augen schloss und mich schlafend stellte. Ihre tränennassen Wangen drückten sich auf mein Gesicht. »Bald wird es besser, bald wird es besser«, flüsterte sie (wollte sie mich oder sich selbst trösten). Erst als sie aus dem Zimmer gegangen war, wischte ich mir das Salz von der Stirn.

Nur für sich hatte sie die Koffer gepackt, nicht für mich.

Um meines Vaters willen, um ihn bei sich zu halten. Nie war es ihr darum gegangen, mich zu beschützen. Nie war es ihr darum gegangen, mir diese Unabhängigkeit vorzuleben, die sie erfasst hatte, als sie mit zehn oder elf Jahren heimlich Schweinefleisch aß. »Es war damals nicht die Zeit«, antwortete sie, als ich sie ein einziges Mal danach fragte: »Warum habt ihr euch denn nicht getrennt?« *Ihr euch*, sagte ich, nicht *du dich,* aus Scheu. »Er hatte es auch schwer im Leben. Man muss Verständnis haben«, sagte sie.

»Einmal der Ort, immer der Ort!«, steht auf einem Plakat, das im Schaukasten am Eingang des Friedhofs hängt. Es ist schon verblichen von der Mittagssonne, und eine Ecke hat sich gelöst. Die Schrift ist unterlegt mit einem Bild der Ortsmitte, aufgenommen irgendwann in den Achtzigern oder Neunzigern, ich erkenne den Zigarettenautomaten wieder, der damals noch neben der Apotheke hing, ein brauner Blechkasten ohne Vorrichtung zum Einführen des Personalausweises. Der Spruch soll Trost spenden, den Leuten versichern, dass sie an keinen unbekannten dunklen Ort kommen, sondern, sofern sie nicht ans Himmelreich glauben, zumindest da bleiben, wo sie sich am besten auskennen. Zu Hause.

Ich gehe den Mittelweg entlang, drehe eine Runde über den neuen Teil des Friedhofs, wo eine Wiese noch fast unbelegt ist, nur zwei Gräber drängen sich frisch bepflanzt nebeneinander. Neben dem rechten Grabstein hat jemand alte CD-Rohlinge mit Bindfaden in einen Strauch gehängt wie Weihnachtsschmuck und mit schwarzem Filzstift Totenköpfe auf die spiegelnde Seite der CDs gemalt, ich glaube darunter »Achtung Gespenster« zu lesen, ehe ich erkenne, dass es »Achtung Gespritzt« heißt und ein Pflanzenschutzmittel auf dem Strauch meint.

Als Kind sprang ich in weißen Strumpfhosen über die sandigen Wege, wenn wir meine mir unbekannte Großmutter besuchten, die Bucheckern fielen von den Bäumen, und mein Großvater rief: »Nicht rennen!«, erstickt, weil auch rufen sich nicht gehörte. Ich verlangsamte meinen Schritt und passte ihn dem meines Großvaters und meines Vaters an. Sie liefen hinter mir, untergehakt wie junge Schulmädchen in der großen Pause, damit mein Großvater nicht vom Weg abkam. Sie taten nur kleine Schritte, bedächtig und mit angespannten Mündern.

Das Grab meiner Mutter liegt wenige Meter entfernt von der Stelle, die wir damals besuchten und die heute eingeebnet ist, nahe der alten Friedhofsmauer, die den neuen vom alten Teil trennt. Schneeglöckchen wachsen aus dem Neuschnee hervor, der auch die Windungen des eisengeschmiedeten Zauns bedeckt. Mein Vater hatte damals beschlossen, sie einäschern zu lassen; *einäschern* war das zweite Wort, das mir nach *einebnen* am stärksten in Erinnerung blieb.

Nach Weihnachten 96 hatte mein Vater nie wieder vorgeschlagen, in die Kirche zu gehen. Als er die Nachricht von der Explosion mitbekam, sagte er nichts, schob nur den Mund vor und schaute zur Seite, als wäre ihm etwas genommen worden. Er sah sich bestätigt in seiner Verschlossenheit. »Hat sie die Kraft der Explosion unterschätzt?« lautete die Überschrift eines Zeitungsartikels am Tag danach. Man hatte erst an eine Gasexplosion geglaubt, dann hatten Forensiker die Tat rekonstruiert. »Es liegen noch überall Leichenteile, Fleisch klebt an den Wänden«, wurde ein Polizist zitiert. Man hatte gerade *Es ist ein Ros' entsprungen* angestimmt, dann knallte es, in der drittletzten Reihe, wo die Frau einen Platz gefunden hatte neben zwei Schwestern, die sie »mit in den Tod riss«, wie der Autor des Artikels es formulierte. Sie sei in ein Tuch gehüllt gewesen, unter dem sie die um den Bauch gebundenen Granaten versteckte. »Osteuropäische Bauart«, hieß es, woher sie diese hatte, sei unklar. »An Schusswaffen kommt man relativ leicht, aber an Handgranaten – da wird es schon schwerer.« Man habe das Gesicht der Frau nachbilden müssen, der Körper sei vollständig zerfetzt gewesen. Erst nachdem das Bild in der Zeitung veröffentlicht wurde, meldeten sich Menschen, die sie kannten; in der Kirche war sie den Leuten als »Unbekannte« aufgefallen.

Sie kam ursprünglich aus dem Ort, zum Zeitpunkt des Geschehens lebte sie seit einem Jahr von Mann und Tochter getrennt. Es sei bekannt, dass sie seit längerem unter psychischen Problemen litt, eine politische Tat sei also auszuschließen. Wahrscheinlich habe sie zwar einen »großen Auftritt« gesucht, aber nur sich selbst umbringen wollen. Hatte eine Filmszene sie auf die Idee gebracht? Einige Tage zuvor war eine Fernsehsendung gelaufen, in der ein Mann genau das Gleiche getan hatte. Angesichts ihres »offenkundigen psychischen Ausnahmezustands« sei das allerdings reine Spekulation.

Kurzzeitig diskutierten die Ortsbewohner über die Schädlichkeit von Gewaltdarstellungen in Film und Fernsehen – eine willkommene Ausweichhandlung; dann ging es wieder um ihre Lebensgeschichte, von der nicht viel bekannt war. Sie hatte mit Mann und Tochter in einer Straße in der Nähe des Bahnhofs gewohnt. Eine Nachbarin sagte: »Sie war immer sehr freundlich. Später hat sie sich aber verändert.« Später, das war, kurz bevor sie sich von ihrem Mann getrennt hat. Sie habe nicht mehr gegrüßt, habe an allen vorbeigesehen und sei versteinerten Blickes die Straßen entlanggelaufen. »Das schöne blonde Haar hat sie sich abgeschnitten«, sagte die Nachbarin, als wäre das ein Beweis. »Es muss was vorgefallen sein in der Ehe.« Nach der Trennung habe sie im nächstgelegenen Ort gelebt und sich in psychologischer Behandlung befunden; sie habe die Fensterläden immer geschlossen gehalten und sei kaum vor die Tür gegangen; sie habe sich um einen Nachbarn gekümmert, einen älteren Herrn, nur um für sie beide die Einkäufe zu erledigen, habe sie das Haus verlassen. Nach seinem Tod sei sie zurückgekommen, vielleicht habe sie es nochmal versuchen wollen mit dem Mann, aber etwas hatte sich unwiederbringlich verändert, als wäre das Gartentor ein anderes geworden, als wäre der Boden, auf dem ihr Haus stand, ein anderer geworden durch ihre Rückkehr, »im Nachhinein lässt sich ja viel sagen«, meinte die Nachbarin, »aber unheimlich war mir da was, unheimlich kam sie mir vor.«

Der Pastor hatte seinen Sermon begonnen, nachdem sich die letzte Person gesetzt hatte. »Dieses Weihnachten«, sagte er, »wollen wir uns besonders darauf besinnen, wie wir von hier aus – von unserer Gemeinde aus – wirken können. Weihnachten ist eine Zeit der Freude, der Heiland ist uns geboren. Und diese Freude müssen wir Christen weitertragen, mit dieser Freude müssen wir den Ort ausfüllen. Lasset uns nun gemeinsam singen. Gesangbuch 30.« In den Reihen begann man zu blättern, dann setzte der Chor an: »Es ist ein Ros' entspru–«

»Wie es in allen Gemeinden der Heiligen üblich ist, sollen die Frauen in den Versammlungen schweigen; es ist ihnen nicht gestattet zu reden: Sie sollen sich unterordnen, wie auch das Gesetz sagt«, zitierte die Nachbarin im Hauskreis eine Bibelstelle. Die Frau habe dabeigesessen, am hinteren Ende ihres Esstisches, und sich wie alle anderen über ihre Bibelausgabe gebeugt. »Wie, meint ihr, kann diese Stelle aus heutiger Sicht verstanden werden? Wie können wir dieses Wort in der jetzigen Zeit leben?«, fragte die Nachbarin. Niemand sprach. »Vielleicht«, sagte die Frau und stockte kurz, als ihre Stimme die Stille unterbrach, »vielleicht – ist das, was wir hier machen, genau das Richtige. Wir sollen uns mit der Schrift auseinandersetzen, aber wir sollen ihre Lehre nicht stören. Es heißt ja hier auch weiter, wenn wir wirklich Fragen haben, dann sollen wir uns an die Männer wenden und, na ja, das ist der Punkt, wo ich sage, das müssen wir nicht mehr – wir haben ja uns!« Alle brachen in Gelächter aus, und der Frau, die Monate später den Gesang verstummen lassen würde mitten in der Verkündigung der Frohen Botschaft, glitt ein schiefes Grinsen übers Gesicht. »Es stimmt doch«, sagte sie, »wir haben es doch eigentlich ganz gut.«

Meine Mutter fing ein einziges Mal ein ernstes Gespräch an, nachdem der zweite Blaue Brief nach Hause gekommen war. »Lass uns mal reden«, sagte sie und setzte sich neben mich aufs Bett. Nie zuvor hatte sie so direkt ein Problem angesprochen. Sie sah mir nur kurz in die Augen, bevor sie weiterredete. »Bist du dir sicher, dass du an dieser Schule bleiben willst?«

»Die Schule wechseln?«, fragte ich.

»Es läuft doch nicht so gut, vielleicht ist es nicht das Richtige«, sagte sie leise.

Ich ließ mich nach hinten auf das Bett fallen, und meine Mutter tat es mir gleich, beide blickten wir zur Decke. »Du könntest auf die Gesamtschule«, schob sie hinterher.

Es war eine Idee, auf die ich selbst noch nicht gekommen war. Ich hatte gesehen, wie andere gegangen waren. Manche ließen sich freiwillig auf die Realschule herabstufen, manche wechselten auf andere Gymnasien, weil ihre Eltern unzufrieden mit der Arbeit des Fördervereins oder über die vielen ausfallenden Stunden waren. Ich dachte an Herrn Kaiser und wie er von »aussieben« gesprochen hatte. *Ich bleibe. Ich bleibe nicht sitzen.* Wie ein Mantra hatte ich diese Sätze in meinem Kopf wiederholt, ohne zu wissen, wie nach ihnen zu handeln wäre. Zuletzt waren sie wie Stoßgebete gewesen. An eine andere Schule zu gehen war mir nie in den Sinn gekommen, und als ich so auf dem Rücken lag, die Schulter in der Kuhle der Matratze, wo mein Körper über die Jahre einen Abdruck hinterlassen hatte, stellte ich mir vor, durch neue Flure zu gehen, vor fremden Kindern zu stehen, neben einer Lehrkraft mit der gleichen Zornesfalte zwischen den Augenbrauen wie Herr Kaiser, die mit dem Finger auf mich zeigte, während sie mich als Neuzugang vorstellte; als jemand, der woanders nicht durchgehalten hatte. Man musste bleiben, wo man war, daran glaubte ich. Es war sicherer.

»Nein«, sagte ich schließlich, »ich will es aushalten.«

»Das hast du nicht gewollt«, sagte meine Mutter später, wenn die Sprache auf den damals noch möglichen Schulwechsel kam.

»Natürlich habe ich es nicht gewollt, ich habe doch nichts anderes gekannt«, antwortete ich, und meine Mutter wurde gleich wieder still. Sie sah zum Fenster hinaus, in die Bäume, und zuckte mit den Schultern: »Du hast es nicht gewollt.«

Es ist ruhig hier, egal, auf welche Art man gegangen ist. Der Wind rauscht in den nackten Zweigen. Vor den Friedhofsmauern biegen die Fahrzeuge in Richtung Autobahn ab, und in der Ferne wellt sich das Gebirge. Ob man sich in die Luft sprengt oder ob man geht, sehr leise geht, ohne das Licht hinter sich zu löschen – das schienen mir früher die beiden Möglichkeiten zu sein.

Ein nicht lokalisierbarer Schmerz erfüllte meinen Körper während der letzten Zeit im Ort. Er saß tief in meinen Organen verborgen oder außerhalb, über mir, auf mich einstrahlend wie UV-Licht, durch keine Ozonschicht gefiltert. Ich versuchte mich abzulenken, indem ich alles fotografierte, und mit jedem Auslösen erwartete ich, dass sich der Ort verändern würde, aber meine Kamera war kein magisches Plastiskop, das ihn mit einem Klick zum Verschwinden gebracht hätte. Vielmehr brannte er sich mir ein in den stillgestellten Bildern der letzten Tage:

Die Ortsmitte um diese Zeit im Sommer, wenn die blaue Stunde wirklich eine Stunde lang ist. Bei Rewe ist Licht; die Ampel ist grün. Die Straße schlängelt sich auf mich zu, ich stehe in der Kurve. Ein Mann in hellem Hemd geht mit einer Tasche voll Leergut auf den Eingang zu.

Einer der letzten roten Kaugummiautomaten an einer Hauswand. Die Süßigkeiten darin sind alt und farblos von der Sonne. Die Fensterläden des Hauses sind geschlossen.

Die Scheinwerfer des Linienbusses, erst schwach erleuchtet. Sie spiegeln sich im Asphalt, als wäre er feucht, aber alles ist trocken. Der Fahrer öffnet mir die Tür, aber ich steige nicht ein.

Die unbefahrene Brücke.

Die Straße zum Haus, an deren Ende der Hügel liegt, und dahinter der Fluss, man kann ihn nicht sehen.

Das Haus, von der Seite aufgenommen, der vorstehende Dachgiebel. Die dürren Bäume, die dort gepflanzt sind, die nicht mehr in Blüte, sondern in Laub stehen, schütter und dunkelgrün. Das Wissen, dass das Flusswasser wenige Meter entfernt an die Wackersteine schlägt.

Ein Radfahrer, der um die Ecke biegt, in der Mitte der Straße weiterfährt und mich sieht, wie ich im Ausfallschritt auf der Kreuzung stehe, die Kamera vor dem Gesicht. Er hebt die linke Hand vom Lenker und winkt mir ausladend zu, er lacht, ich drücke ab. Sein Arm ist zu einem verwischten Schatten erstarrt. Ich nehme die Kamera von den Augen und winke zurück, strecke den Daumen in die Luft, um ihm zu sagen, dass es ein gutes Bild geworden ist.

Sophias Straße. Es ist dunkel im Haus, das Weiß der Fassade glänzt fahl im Dämmerlicht, das Rot der Fensterrahmen sieht aus, als habe jemand Grau beigemischt.

Ein Auto hielt neben mir, und der Beifahrer kurbelte die Scheibe herunter, es waren die Gesichter der Nachbarsjungen, die mir aus dem Dunkel der Kabine entgegenleuchteten wie Monde. »Sollen wir dich mitnehmen? Zur Grillfeier von Pikka?« Ich schüttelte den Kopf, sagte »Hallo«, sagte »Nein, danke«, schüttelte bei der zweiten Nachfrage nochmal den Kopf und nahm die Arme dazu, zeichnete ein X in die Luft, »Ich will nur zum Bahnhof, ich gehe nur zum Bahnhof«.

Die Geräusche regelten sich herunter wie bei einer leiernden Kassette, wie damals, als ich auf dem Boden saß, um meine aufgesagten Vokabeln anzuhören, und die Abspieltaste nur halb herunterdrückte, sodass meine Stimme aus dem Rekorder klang, als hätte ich mich bei der Aufnahme unter Wasser befunden.

»Sollen wir dich mitnehmen? Zu Pikka, zu Pikka –«

»Nein, ich gehe –«

Sie zuckten mit den Schultern, immer noch nicht recht

verstehend, dass ich nicht auf dem Weg dorthin war, dass ich nicht mal etwas von einer Grillfeier gewusst hatte. »Okay, dann eben bis gleich, dann bis später!«, riefen sie, ihre Mondmünder lachten, und der Beifahrer kurbelte das Fenster wieder nach oben, während das Auto anfuhr.

Und der Wagen blieb in meinem Augenwinkel hängen, gab Gas, gab dieses flatternde Geräusch von sich aus dem Auspuff, und kam nicht von der Stelle.

In meinem neuen Wohnhaus stank es nach billigem Waschmittel, schon auf der Treppe kam mir der Geruch entgegen, lila gefärbtes Flüssigwaschmittel, das am Geländer herunterzufließen schien, immer wenn ich zur Tür hereinkam. Jeden Morgen fand sich ein neues Tag am Türrahmen, und ich war perplex über diese Art der Kommunikation. Niemand kratzte das Unkraut aus den Rillen der breiten Gehwegplatten. Die Sternbilder waren anders. Den Großen Wagen fand ich an einer anderen Stelle und um fünfundvierzig Grad gedreht. Kein Kochsalz legte sich auf die Straßen, in der Nähe wurden keine Haushaltsreste verbrannt, und nie gab es einen Alarm, abgesehen von den Rettungswagen, die manchmal unter meinem Fenster vorbeifuhren, abgesehen von dem Quietschen und Knallen der rangierenden Straßenbahnen, die in der Nähe ihren Rastplatz hatten. Wenn man die Wohnhäuser ein paar Kilometer hinter sich ließ, konnte man in der Ferne ein Kohlekraftwerk mit zwei Schloten sehen, das war alles. Es gab keinen großen Fluss in der Stadt, nur mehrere kleine Bäche, die im Sommer beinahe austrockneten und durchzogen waren von Schlingpflanzen.

Die Wege waren kürzer, aber ich plante immer noch eine Stunde Anfahrt ein, selbst für die kleinsten Distanzen nahm ich die Straßenbahn. Dann vertrieb ich mir die fünfundvierzig Minuten, bis die Vorlesung begann, indem ich auf dem Campus im Kreis lief, die Verschalung des einzigen Hochhauses mit den Augen nachfuhr; an manchen Stellen waren Kacheln herausgefallen, dicker gelber Schaumkleber in den

Lücken, und die Scherben lagen auf dem Boden, da wo die Studierenden täglich mit dem Fahrrad vorbeikamen.

Alle um mich herum schienen wie selbstverständlich in die Universität hineindiffundiert, in den vergangenen Sommermonaten übergangslos von kindischen Abiturienten zu jungen Erwachsenen geworden zu sein. Entweder das, oder sie waren von Anfang an so gewesen; sie mussten keine Stiftesammlung austauschen, kein Diddl-Mäppchen wegwerfen, keine Manga- oder Gothic-Pins von den Rucksäcken entfernen, denn sie hatten keine dieser Phasen mitgemacht, sondern immer schon französische Zöpfe und Perlenohrringe getragen und alles in Pastellfarben unterstrichen. Die Mädchen liefen mit beschwingten Schritten die Treppen im Hörsaal hinunter, hielten die aufgeknöpften Cardigans fest, damit sie nicht flatterten in der Luft, die sich vor ihnen zu öffnen schien. Die Hälfte von ihnen wollte Lehrer werden. Ich legte meinen Stift in die dafür vorgesehene Rille des schwarzen Klapptisches vor mir, wie ich es mir erträumt hatte, aber es fühlte sich nicht ganz richtig an. Vorne schaltete die wissenschaftliche Hilfskraft den Monitor im Pult an und prüfte die automatische Schärferegelung, indem sie ein bedrucktes Blatt auf die Glasplatte über der Kamera legte und hinter sich schaute: Der an die Wand geworfene Text wurde scharf gestellt, und bevor ich etwas entziffern konnte, zog sie das Papier wieder weg und setzte sich in die erste Reihe, die Bildwand zeigte nun verschwommen die verschieden großen Löcher in der weißen Decke des Saals.

Hinter dem Professor, der trotz akademischer Viertelstunde einige Minuten zu spät die abgesenkte Treppe zum Pult hinunterhechtete, kam noch ein letzter Student herein. Ich erkannte ihn wieder, da wir ein paar gemeinsame Seminare besuchten. Er atmete schnell und wischte sich etwas Schweiß von der Stirn. Die meisten Plätze waren schon besetzt, aber neben mir war noch etwas frei, weil ich mich direkt an den Gang gesetzt hatte, aus Angst, während der neunzig Minuten den Raum verlassen zu müssen. Die Leute hatten einen Bogen um meine Reihe gemacht, weil sie lieber einen Platz wählten, bei dem sie niemanden auffordern mussten, für sie aufzustehen. Der Professor fing schon an vorzutragen: »Wie wir in der letzten Sitzung besprochen haben –« und nestelte am Mikrophon herum, die Lautsprecher knisterten leicht. Lukas trat an mich heran, deutete fragend auf den Platz neben mir, und ich nickte, stand auf und ließ ihn vorbei.

Ich nannte meine Kommilitonen Kommolitonen, ich konnte mir die richtige Aussprache einfach nicht merken und wusste nicht einmal, was es hieß; ich sprach es den anderen nur nach. Jeden, der Seminare hielt, nannte ich Professor und ließ es erst, als ich die Hilfskraft »Dozent« sagen hörte. »Mit diesem Abi-Schnitt solltest du doch Jura studieren oder irgendwas anderes mit hohem NC!«, hatte meine Banknachbarin in der letzten Schulwoche gesagt. »Das ist doch sonst verschwendet!« Ich hatte mit den Schultern gezuckt, »Das ist nichts für mich«, und sie hatte verständnislos den Kopf geschüttelt. Jetzt hatte ich diese Eintrittskarte, und ich wollte sie auch nutzen, aber auf den Gedanken, *etwas zu werden*, kam ich nicht. Bei der Uni hatte ich mich vor allem beworben, weil ich es dem Rektor versprochen hatte: *Ich will studieren*. Es war der folgerichtige Schritt. Weiter zur Schule gehen war mir ins Wesen eingeschrieben; würde ich auf meine alten Tage an Demenz erkranken und als Achtzigjährige frühmorgens durch die Straßen irren, wäre das der Grund: »Ich muss zum Unterricht«, würde ich sagen.

»Weißt du, was meine kleine Schwester mich gefragt hat?«, hatte meine Banknachbarin dann gelacht. »Sie hat mich gefragt, ob ich auch nicht meine Immadrakulation vergessen habe. Meine Imma*drakula*tion! Süß, oder?«, und ich hatte genickt und ebenfalls gelacht, aber nicht gewusst, worüber.

Die Wochenstruktur war nicht die gleiche wie zu Schulzeiten, große Lücken lagen zwischen den einzelnen Veranstaltungen, und den Mittwoch hatte ich ganz frei. Darüber verschwammen die Konturen meiner Tage, alles floss ineinander; ich dachte, ich müsse von nun an alles anders machen. Keine meiner vorherigen Strategien schien mehr angebracht, obwohl sie funktioniert und mich an die Hörsaaltische gebracht hatten. Ich führte keine Aufgabenlisten mehr und keinen Kalender. Ich las keinen der Texte zu Ende, starrte nach spätestens zwei Seiten aus dem Fenster, vor dem nicht der Himmel und die Stromleitung zu sehen waren, sondern der Vorgarten fremder Leute. Ich unterstrich nichts. Ich hatte Hunger und merkte es nicht, ich hatte Durst und merkte es nicht. Hatte ich noch vor ein paar Monaten morgens Tee oder Kaffee getrunken? Hatte ich mir zuerst das Gesicht gewaschen oder zuletzt? War ich wirklich täglich um fünf Uhr dreißig aus dem Bett gestiegen, wo hatte mein Bett gestanden, an welcher Wand, in welche Himmelsrichtung, auf welcher Seite hatte ich am liebsten gelegen? Jetzt drang andauernd das Geräusch der sich öffnenden und schließenden Eingangstür in mein Zimmer, eine aus dickem Holz gefertigte Tür, die man beschwerlich aufziehen musste und die von allein ins Schloss fiel. Die ganze Nacht hindurch kamen und gingen Leute, denn es war ein großes, mehrstöckiges Haus mit drei Wohnungen auf jeder Etage, davon die Hälfte Wohngemeinschaften, die ihre Nächte zum Tag machten und die Tage zur Nacht. »Hier bist du jetzt«, versuchte ich mir klarzumachen, wenn ich über den Campus lief, versuchte ganz bewusst zu atmen, um die Luft zu prüfen, den Unterschied zu der, die mir vertraut war; versuchte meine Kommilitonen zu beobachten, um mich ihnen anzupassen. Niemand bis auf die Lehramtsstudierenden schien mehr richtige Taschen zu benutzen, also schaffte auch ich meinen Schulrucksack ab. Ich verkaufte ihn über das Schwarze Brett an eine junge Mutter. Alles schien locker und unverbindlich, nichts hatte mehr diese bildungsanstaltliche Steifheit, meine Kommilitonen saßen im Schneidersitz auf dem Boden, drehten sich in der Sitzung Zigaretten, schrieben nicht mehr mit Füller, obwohl man noch auf dem Gymnasium darauf bestanden hatte – »Ordentlich, mit Füller!«, hatte es immer geheißen –, sondern benutzten die Werbekugelschreiber, die vor dem Eingangstor von frierenden Umweltaktivisten in grünen Jacken verteilt wurden. Sie trugen die Jutebeutel vom nächsten Supermarkt herum und füllten leere Limonadenflaschen in der Toilette mit Leitungswasser auf. Es waren Töchter und Söhne aus guten 68er-Haushalten, sie hatten die alten *Atomkraft?-Nein-Danke*-Aufnäher ihrer Eltern geerbt und das Wissen um das richtige Benehmen an der Uni gleich dazu. »Der Fachschaftsrat« waren ihre Freunde, sie arbeiteten dort mit und konnten es gleich als Station in den Lebenslauf schreiben, auch das wussten sie. Ich imitierte ihre Lockerheit, indem ich nichts mehr ernst nahm, die kopierten Texte wegwarf, sobald das Seminar vorüber war, sie nicht wie zu Abiturzeiten in ordentlich beschriftete *Leitz*-Ordner heftete. Ich verwendete Aktenordner aus Pappe für meine Notizen, weil sie mir nonchalant und gleichzeitig erwachsener als meine alten Plastikschnellhefter erschienen, aber sie waren zu breit für den Jutebeutel und rissen schon nach wenigen Wochen ein. Ich reichte keine Arbeiten ein, hielt keine Referate, wenn es nicht unbedingt nötig war, ignorierte die Lektüreempfehlungen und rutschte zurück in die

Gewohnheit, nicht mehr zu tun als nötig. »Das machst du so nebenbei«, sagte mein Vater am Telefon, wenn ich ihm erzählte, dass ich mich nicht richtig anstrengte, andeutend, dass ich darüber etwas beunruhigt war, und dann versuchte ich auch dieser Aussage gerecht zu werden, ohne zu wissen, *neben was* ich es machte. Und so machte ich das Studium neben dem Schlafen, neben dem Sitzen in meinem Zimmer, neben dem Sitzen und Nichtstun, dem *Besser-nichts-tun*. Ich bewarb mich für kein Praktikum und kein Auslandssemester, denn es wurde nicht verlangt, nicht mal anwesend musste man sein, und die Hälfte der Zeit war ich es auch nicht. »Erfahrungen sammeln« waren Worte der anderen, die auf ein dahinterliegendes metaphysisches System verwiesen, das ich nicht verstand. Wenn ich versuchte, es mir anzueignen, wirkte es albern, wie mit zu großen Schuhen stakste ich in ihrer Begriffssuppe herum.

Als wir einmal gemeinsam mit zwei anderen eine Präsentation für ein Seminar ausarbeiten mussten, hatte Lukas plötzlich begonnen vom »Arbeitgeber« zu sprechen, mit bestimmtem Artikel und ernster Miene; er wusste jetzt schon, was dieser verlangte: »Aber beliebig darf deine Auslandserfahrung auch nicht sein, wenn du jeden Sommer in Australien bei der Weinernte hilfst und dabei Kommunikation studierst, fragt er sich schon, was das soll – aber das einmal zu machen ist vertretbar, der Arbeitgeber erkennt dann, dass du dich auch für andere Bereiche interessierst, dass du die Arbeit mit den Händen nicht scheust, dass du dich in andere hineinversetzen kannst. Und es ist auch bereichernd, du siehst dann mal, was wirklich wichtig ist im Leben, das ist schon eine Erfahrung: da am Hang stehen, in der Erde, beim ersten Sonnenstrahl, und mit den Händen zu arbeiten – mit den Händen …«, hatte er gesagt und zur Unterstreichung locker die Fäuste geballt. Dann sprach er über den vergangenen Sommer, nacheinander erzählten alle von ihren Interrail-Erlebnissen, ich schwieg und dachte an das Bild von dem Mann auf dem Fahrrad, der mir gewunken hatte, und an den Ausgemergelten von der Bahnstation, der sich, als ich ihn das letzte Mal gesehen hatte, solidarisch gegen die Brust geklopft hatte, ohne dass ich wusste, weshalb.

Als Lockerheit gab ich es aus, Angst war es in Wirklichkeit. Eine Strategie, um mein mögliches Versagen in Zukunft damit zu erklären. Für mich war ohnehin alles erreicht. Und jemanden aufzurufen, ohne dass er sich meldete, schickte sich unter Dozenten nicht mehr. Wer meinen Namen nicht kannte, sprach nicht mit mir, und ich verriet ihn selten. Ich konnte verschwinden und kam doch nicht hinterher, trotz all der neu gewonnenen und befreienden Anonymität. Als wäre ich nur körperlich anwesend, aber mein Wesen hing fest im Ort, in der Zeit kurz nach den Prüfungen.

Man musste das Licht nicht ausschalten in meinem neuen Hausflur, es erlosch von selbst, wenn ich zu lang vor der Wohnungstür stand und in meiner Hand den Schlüsselbund auffächerte, um den passenden zu finden.

Der erste Schnee kam viel zu früh, gleich zu Beginn des Semesters im Oktober, als die Bäume noch in orangem und rotem Laub standen. Ich hatte Mittagsschlaf gehalten, der bis in den Nachmittag reichte, es fiel bereits die erste blaue Dunkelheit ins Zimmer, als ich aufwachte unter der ungewohnt schweren Decke und mich daran erinnerte, dass am Abend eine Veranstaltung für die Erstsemester stattfand, bei der es Freibier geben sollte. Ich widersetzte mich dem Drang, liegen zu bleiben und mich zurück in den Schlaf ziehen zu lassen, schob ein Bein unter der Decke hervor, dann das andere, und die kalte Luft des Zimmers legte sich um meine Waden.

Auf dem Weg zum Studentenclub tropfte es mir kalt auf die Stirn. Der Club war schon gut gefüllt mit Menschen in nassen Mänteln, und nach und nach kamen immer mehr durch die dicken Vorhänge vor der Eingangstür, deren Brillengläser beschlugen; sie nahmen sie von der Nase und lachten. »Jetzt schon –«, hörte ich sie ihren Freunden zurufen, die sich die Schals von den Hälsen zogen. Ich bewegte mich in Richtung Tresen, an dem sich bereits eine lange Schlange bildete. Etwas weiter vorn sah ich Lukas stehen. Als er sich umdrehte und mich erkannte, hob er zwei Finger zum Gruß. »Soll ich dir eins mitbringen?«, fragte er über die Leute hinweg, und ich nickte, schloss zu ihm auf und sagte, dass ich so lange Ausschau nach einem Platz halten würde.

Nicht weit vom Tresen fand ich eine freie Bank, auf der ich wartete, bis er mit zwei Bierhumpen in den Händen auf mich zusteuerte. Sie gaben ein dumpfes Klirren von sich, als wir mit ihnen anstießen.

»Du hast ein schönes Lächeln«, sagte er, völlig aus dem Zusammenhang gerissen. Ich tat, als bemerke ich seine Absicht dahinter nicht, und lächelte breiter, als hätte er mich mit seinem Kompliment erst ermutigt.

Am nächsten Tag, zur ersten Seminarsitzung, saß er in der letzten Reihe, wir winkten einander zu, und ich fragte mich, wie ich es geschafft hatte, dass schon zu Beginn des Semesters jemand dasaß, mit dem ich geschlafen hatte. Jemand, der wusste, wie man Hemden trug, ohne darin falsch auszusehen. Jemand, der mit geübten Fingern Manschettenknöpfe öffnete, um die Ärmel umzuschlagen. Mit diesen wichtig glänzenden Schuhspitzen.

Bei der Gruppenarbeit hatte ich meinen Namen dann doch nennen müssen, auch wenn ich mich davor drückte, mit den anderen vorzutragen. Zu dritt referierten sie unsere Ergebnisse. Unsere Namen standen auf der letzten Folie der PowerPoint-Präsentation, und ich hatte zum ersten Mal meinen Geheimnamen verwendet, meinen K-Namen, den ich sogar Pikka und Sophia verboten hatte, aber nun wollte ich von vorn anfangen, mich ihm stellen und ihn an die Wand werfen in Schriftgröße 18 serifenlos. »Ich sehe, wir haben Freunde aus dem Ausland hier«, sagte die Professorin, und ich und die einzige Gaststudentin in unserer Gruppe, ein Mädchen namens Andrea aus Norwegen, sahen uns an.

Am Ende der Sitzung, als schon Bewegung im Raum war und die Stühle gerückt wurden, rief die Professorin: »Alle Erasmusstudierenden zu mir bitte!« Langsam ging Andrea mit ein paar anderen aus dem Kurs auf sie zu. »Zu mir bitte!«, durch die Lücken zwischen den Köpfen warf sie mir energische Blicke zu und winkte, »Erasmus«, sagte sie nochmals überdeutlich und deutete mit dem Zeigefinger auf den Boden vor sich, bevor ich mich umdrehte, den Jutebeutel über die Schulter warf und den Raum verließ.

Wie der Name meiner Großmutter war mein öffentlicher Name ein Passwort geworden; ein Passwort, das mir Türen aufschloss und es mir ersparte, als »Freundin aus dem Ausland« bezeichnet zu werden, das und alles andere, was darunter als Dunkelziffer verborgen lag, die vielen Angriffe, die mich hätten treffen können, wenn meine Mutter meinen geheimen Namen nicht nur hinter vorgehaltener Hand ausgesprochen hätte. Ihn jetzt zu benutzen kam mir plötzlich vor wie Verrat; an meiner Mutter, die sorgsam diese Schutzmauer um mich errichtet hatte, »sie soll es besser haben« gedacht hatte schon von der ersten Sekunde meines Lebens an. Ihn nicht zu benutzen aber war ein Verrat an allen anderen, die sich ihren Namen nicht aussuchen konnten, ihn bei jeder Gelegenheit buchstabieren und das Naserümpfen von Behördenangestellten über sich ergehen lassen mussten. Und dabei kam er mir doch vor wie mein *richtiger* Name; ihn nicht zu benutzen war auch Verrat an mir selbst, war das Ausruhen auf einer Lüge, das Abspalten eines Teils von mir.

In den folgenden Monaten schneite es nicht mehr, aber im Dezember kam eine Kaltfront aus dem Norden und versetzte alles in Starre. Es war eine trockene Kälte, kein gefrorenes Wasser befand sich auf den Gehwegen, auf dem man hätte ausrutschen können, und jede Nacht war der Himmel so klar, dass man freie Sicht auf die Sterne hatte.

»Der Große Wagen, fällt es dir auf?«, fragte ich Lukas, der neben mir am Aufgang zum Park in der Nähe der Universität stand.

»Nein, aber die Cassiopeia –«, er zeigte an eine andere Stelle des Himmels.

Cassiopeia, das schien für die Leute hier das wichtigste Sternbild zu sein; vom Ort aus hatte man sie nicht gesehen, weil er weiter südlich lag oder wegen der Lichter des Industrieparks. Ich wusste nicht, wo ich diese Cassiopeia suchen sollte, wie sie überhaupt aussah, und ich würde nach einer halben Stunde und nach der letzten Straßenecke schon wieder vergessen haben, woran sie zu erkennen war.

Wir setzten uns in Bewegung und liefen durch den Park zur Straßenbahn, die uns zu seiner Wohnung bringen würde. Es war siebzehn Uhr, und in der winterlichen Dunkelheit standen die von der Arbeit kommenden Leute an der Haltestelle, die Gesichter halb in ihren Schals vergraben, die fellbesetzten Kapuzen vor den Augen.

Ein langsamer, ruckelnder Fahrstuhl brachte uns in seine Wohnung im fünften Stock. »Das erinnert mich an die Hörsäle«, sagte er und zeigte an die Decke der Kabine. Dort hing eine flächige Leuchtstofflampe hinter weißem Plexiglas, davor war eine Stahlplatte mit verschieden großen ausgesparten Kreisen verschraubt. »Nur umgekehrt«, sagte ich. »Stimmt«, sagte er und lächelte mich an, als hätten wir eine besondere Entdeckung gemacht.

Ich hatte noch nicht wissen können, dass fast jeder sich wichtig nehmende junge Mann, den man in seinen Zwanzigern kennenlernt, kein Bettgestell hat, sondern nur eine auf dem Boden liegende Matratze, dass jeder von ihnen in ein leeres Marmeladenglas ascht und Wert darauf legt, einen Plattenspieler zu besitzen, dass jeder von ihnen seine Klamotten auf dem Boden verteilt und Teelichter dazwischen stellt, um romantisch zu wirken, die dann einen dunklen Fleck auf dem Holzboden hinterlassen wegen der Hitze der Aluminiumschalen; sie lüfteten nie, und der Geruch der ausgebrannten Kerzen zusammen mit dem kalten Rauch ihrer selbstgedrehten Zigaretten erfüllte ihr Zimmer und hing in ihrer Bettdecke, und unter einer von ihnen lag ich, zog sie mir über die nackten Arme, während ich mich fragte, wie viele verschiedene Hautschuppen darin vergraben waren.

»Ich hatte immer 'ne Vier in Mathe, manchmal sogar 'ne Fünf«, sein hochmütiges Kichern, während er auf seine über der Decke gefalteten Hände sah.

»Aber ich hab mir auch nie Mühe gegeben«, er blickte mir in die Augen, als hätte er mir gerade etwas Besonderes verraten.

»Ich schon, ich habe mir Mühe gegeben, und ich bin auch stolz darauf«, sagte ich.

»Peh«, er stieß die Luft aus wie jemand, der über Mühe

erhaben war. Wenn er sich Mühe gegeben hätte, wäre jeder neben ihm verblasst, davon schien er überzeugt, er hatte es bloß nie nötig gehabt.

»Bist du damit nicht Teil des Establishments geworden, mit dem Abitur und so?«, sagte er.

»Und du nicht?«

»Ich hab mich ja nicht angebiedert.«

Ich blickte in den Himmel, die Lippen aufgebissen und wund, die Haut spannte sich fremd über meine Knochen, drei Schichten Stoff darüber, bis die klirrend kalte Winterluft nicht mehr durchdrang und doch geisterhaft zu spüren war wie ein fremder Druck auf den Gliedern. Abermals suchte ich den Großen Wagen. Lukas' Präsenz lungerte noch in meinem Körper, obwohl er in seinem Zimmer zurückgeblieben war, sich nicht hatte wecken lassen von meinen barfüßigen Schritten auf dem Holzboden, von dem Wasserhahn, den ich in seinem halben Bad aufgedreht hatte, um mir seinen Speichel vom Gesicht zu waschen, und dem Klicken der Tür, die hinter mir ins Schloss gefallen war.

Drei Monate frei, das ist ja gut«, sagte mein Vater am Telefon. »Na ja, nicht wirklich frei, man muss Hausarbeiten schreiben und sollte sich auch sonst kümmern.« Ich saß an meinem Schreibtisch, den Hörer ans Ohr gepresst, und trank Wein aus einem bauchigen Glas. Erst nach zwei Gläsern war ich so weit gewesen, ihn anzurufen. Ich bemerkte nicht, dass schon eine gute Stunde vergangen war und mein Vater mehrmals versucht hatte, das Gespräch zu beenden. Ich kritzelte Kringel auf einen Block währenddessen, lief manchmal ins Bad; das Gefühl, es gäbe keine Körperspannung mehr in mir, die größte Anstrengung, überhaupt von meiner Wirbelsäule getragen zu werden. Ich blickte durch die alten Doppelfenster meiner Wohnung, zwischen den Scheiben fing sich die Feuchtigkeit, davor die Lindenbäume, die Hauptstraße, deren Lärm ich nicht gewohnt war, deren Schienen ich nicht gewohnt war, und sonntags fuhr die Straßenbahn langsam vorbei, ohne dass jemand darin saß; ich sah die leeren ausgeleuchteten Sitze in den Waggons.

»Um was willst du dich denn kümmern«, sagte er. Jedes Mal wenn der Akku des Handtelefons piepte, verstummte er kurz. Ich warf mich aufs Bett, schon nur noch halb bei Sinnen, mit roten Rändern in den Mundwinkeln vom Wein.

Eine Stimme schob sich in mein Bewusstsein: »Nur weil Sie es geschafft haben – Frau A Frau A Frau A«, sprach sie, und jedes A wurde knarrender, wie eine sich langsam schließende Tür, und sie setzte immer wieder von Neuem an, als müsse sie Anlauf nehmen, um meinen Namen zu Ende zu sprechen. In wie vielen Träumen noch sollte mich ein Anruf erreichen, in dem mir mitgeteilt wurde, dass meine Zeugnisse ungültig waren. Wie oft noch sollte ich in meinen Träumen an Schulpulte zurückkehren als erstarrte Plastik und um mich das Gelächter der anderen hören, die alles zum ersten Mal taten, noch beseelt waren von Papierfliegern, die durch den Klassenraum segelten, bevor der Lehrer hereinkam.

Eine Stimme schob sich in mein Bewusstsein, es war Herr Schiller, mein letzter Deutschlehrer, der sagte: »Du bist nun alt genug, du musst dich trauen zu sprechen, ein Nichttrauen kann es für dich nicht mehr geben – sonst enthältst du den anderen absichtlich dein Wissen vor.« Ich hatte alles beherzigt, was er mir beigebracht hatte; ich hatte am Ende gesprochen und nicht mal mehr die Hand gehoben davor. »Wir sind jetzt Erwachsene«, hatte er gesagt, »wir sind jetzt nur noch so wenige, da ist es albern«, und so wenige waren wir, weil alle aus Angst vor seinen Anforderungen den Kurs verlassen hatten, aber ich war geblieben, ich hatte standgehalten, er hatte es mir hoch angerechnet. Ich hatte gesprochen, ohne die Hand zu heben, aber manchmal hatte mir dabei noch der Finger gezuckt, und Herr Schiller hatte es bemerkt, mit dem kurzen Anflug eines Lächelns auf meine Fingerspitzen geblickt, unter denen sich das Papier wellte.

Eine Stimme schob sich in mein Bewusstsein, es war meine Englischlehrerin, die sagte: »Woher kommt das?«, die keine Fehler in meinen Arbeiten gefunden hatte, »und so sauber geschrieben auch noch«.

Noch mehr Stimmen schoben sich in mein Bewusstsein, ich war mir nicht sicher, wer es war, der sagte: »Wieso hat sie sich nicht gewehrt?«

Die Stimmen wissen nicht, dass ich alles aus Angst lernte, dass ich mich aus Angst nicht gewehrt habe (wogegen genau). Wie aus der Pistole geschossen musste meine Antwort kommen, wie von einer Pistolenmündung bedroht hatte ich gelernt, auf die Einhaltung des Seitenrands zu achten. Von den Seitenrändern aus habe ich auf die Welt geblickt. Die Schulakte zu stehlen und sie dann in Kopien zurückzugeben, reichte nicht. Ich hatte ein Geheimfach bauen wollen, aber als ich an den Steinen angekommen war, hatte ich aufgegeben; wenn es groß genug geworden wäre, die Akte wäre sein Inhalt gewesen.

»Wieso hast du dich nicht gewehrt?« Immer verzweifelter wurden ihre Stimmen, immer mehr Fragezeichen reihten sich aneinander, und ich wollte rufen, dass es von vornherein kein Ich gegeben hatte, das sich hätte wehren können, nichts war je von mir ausgegangen, alles ist immer nur auf mich eingefallen, ich habe in einer Grammatik gelebt, in der *sich wehren* von vornherein nicht vorgesehen war.

In die Stimmen schlich sich Unverständnis, sie versuchten mich als ihresgleichen zu lesen, weil es in ihrer Welt nichts anderes gab, ihnen war immer zugehört worden, ihre Wortmeldungen waren immer belohnt worden mit glänzenden Zensuren, die ihnen wie die rot-weißen Drops, die es beim Bäcker nebenan in der Naschtüte gab, auf der Zunge zergingen, cremig, beerig, die Zunge hatte immer zu arbeiten, hatte unerlässlich am Gaumen anzuschlagen; etwas zu sagen haben, egal, was es war; in Stuhlreihen, in schräg angeordneten Tischen mit Thesenpapieren in den Händen, zu A5 gefaltet, als sei man eine Persönlichkeit von Rang. Wer von Rang ist, hat zu allem etwas zu sagen.

Nur Standhalten war meine letzte Prüfung gewesen, nicht die Fragen zu *Unterm Rad*, die der Lehrer mir gestellt hatte mit einer Stimme, die wie loses Geröll auf mich eingestürzt war; ich hatte gezittert, aber standgehalten, ich war nicht aus dem Raum gegangen, ich hatte nicht zu weinen angefangen, wie es ein paar Jahre später geschah, als ich über Sprechakte ausgefragt wurde.

»Geben Sie ein Beispiel für einen fehlgeschlagenen Sprechakt«, sagte der Professor in seinem Büro zu mir, in seinem Rücken standen all die gebundenen Abschlussarbeiten, und sein Blick ging leicht an mir vorbei. »Ein Beispiel für einen fehlgeschlagenen Sprechakt ist ein Ausspruch, mit dem man eine Handlung beabsichtigt, die aber erstens in einem unangemessenen Rahmen stattfindet – ich könnte zu Ihnen gehen, mitten auf der Straße, Ihnen etwas Wasser über den Kopf schütten und sagen: Hiermit taufe ich Sie! Das wäre ein unangemessener Rahmen und der Akt des Taufens wäre nicht vollzogen worden; mein Sprechakt wäre fehlgeschlagen.« Kurz ging ein Lächeln über das Gesicht des Professors. »Zweitens bin ich von vornherein nicht in der Position, jemanden zu taufen, weil ich kein Pfarrer bin; in einem alltäglicheren Beispiel wäre dieser Faktor auch gegeben, wenn ich mich zum Beispiel für etwas entschuldige, das ich gar nicht getan habe.«

»Warum schweigen Sie?«, hatte die Stimme des Lehrers auf mich eingedonnert, und nochmals, lauter: »WARUM SCHWEIGEN SIE?«

»Sie hätte etwas sagen sollen.«

»Es gibt immer etwas, was einen davon abhält, wegzugehen«, schob sich die Stimme von Pikkas Vater dazwischen. Was mich abhielt und was ihn abhielt, waren zwei verschiedene Dinge. In welchem Alter hatte ich beschlossen, dass ich gehen würde, sobald sich die Möglichkeit böte, dass ich, sobald ich die Schule verlassen hätte, mindestens dreihundert Kilometer Distanz zwischen mir und dem Ort schaffen würde. Ich hatte damals noch nicht wissen können, dass sich für mich Schule an Schule reihen würde, dass ich ausharren müsste, bis mir nichts anderes übrigblieb, als mich an den Ort zu gewöhnen.

Eine Stimme schob sich in mein Bewusstsein, mit der ich nie jemand sprechen gehört hatte, die sich nicht an mich, sondern an Herrn Kaiser richtete. »Wie ist es dazu gekommen?«, fragte sie ihn (nicht mich), »wie konnte dieses Kind durchs Raster fallen?«

Herr Kaiser würde vielleicht das Gleichnis von Bildung als Haus anbringen, mein Keller sei ein instabiles Gewölbe, es sei nicht das richtige Fundament gegossen worden und so könne man nicht darauf bauen. Darauf sei es zurückzuführen. (Und wirklich war mein Keller doch angefüllt mit schimmligen Puppenkleidern und alten Schlittschuhen, da wo das Zahlenverständnis sitzen müsste.) Die Stimme, mit der nie jemand gesprochen hatte, würde es nicht dabei bewenden lassen, sie würde ihn festnageln und die Frage nochmal stellen, wie er an mir damals ein Exempel statuierte, wenn ich die Antwort nicht wusste und schwieg und schwieg und schwieg: »Ich lasse euch da nicht raus.« Sie fragte: »Wie konnte dieses Kind durch die Maschen fallen? Wenn einem etwas angetan wird, dann ist er nicht selbst schuld daran; wenn einer in einem System versagt, das von vornherein auf sein Versagen angelegt ist, liegt die Schuld nicht bei ihm. Für wen ist das Netz gebaut. Für wen ist es ein Fangnetz, und für wen ist der Abgrund darunter bestimmt.«

Es war die Stimme der Vertretungslehrerin, die für drei Wochen an unsere Schule versetzt worden war, weil es einen Krankheitsfall gegeben hatte, die sagte: »Was möchtest du machen, was liegt dir?«

»Ich werde von der Schule gehen«, hatte ich gesagt.

»Wie – ?«, hatte sie geantwortet, und eine tiefe Erschütterung war auf ihrem Gesicht erschienen. »Wir müssen reden nach der Stunde.«

Wir hatten im Gang gestanden, durch die großen Fenster sah man den Trakt mit den Lehrerzimmern und die Aula, in denen die Orchesterübungen begannen.

»Bist du sicher?«, hatte sie gefragt.

»Ja, ich habe es mir ausgerechnet, es gibt nichts mehr zu tun.«

»Hat niemand etwas versucht …«

»Nein.«

–

–

»Was möchtest du jetzt machen, danach?«

Ihre Stimme, die »möchte« sagte, nicht »willst«, die nicht schrie, »willst du für immer diese komische alte Schülerin aus der letzten Reihe sein, willst du bei McDonald's arbeiten willst du den Dreck von den Grünstreifen an der Autobahn sammeln«, nicht schrie, »was willst du jetzt machen – «, und statt dem Fragezeichen am Schluss eine Leere.

Ich saß im Büro des Professors und gab Antworten – dabei hätte ich ihn fragen wollen: Welcher Sprechakt ist das? Ha be ich jetzt wirklich etwas gesagt, habe ich angemessen über Sprechakte gesprochen oder habe ich einen ganz anderen Akt vollzogen, habe ich abgeliefert, was Sie von mir verlangen, damit Sie mir eine Note geben, finden Sie das alles nicht auch unerträglich, wie soll ich sprechen, wie ist darüber zu sprechen, hier in Ihrem Büro, in diesem Rahmen, mit dieser Beisitzerin, die sich Notizen macht zu meinen Versuchen, auf Suggestivfragen zu antworten, in diesem Rahmen, der doch etwas anderes bedeutet als die Fragen, die Sie mir stellen, in dieser Ruhe hinter doppelten Türen, auf diesen gepolsterten Sitzen, in die ich tief einsinke, ich hatte sprechen wollen, aber brachte kein Wort heraus, und mir sind die Tränen gekommen wie einem unsinnigen Kind.

Nach meiner letzten Prüfung war Herr Schiller aus dem Zimmer gekommen, das drei Jahre lang mein Klassenraum gewesen war; er schloss die Tür hinter sich und kam auf mich zu. »Zwölf Punkte«, sagte er. Müssen es zwölf sein, können es nicht dreizehn sein, es fehlt mir nur ein Punkt für einen Schnitt von eins Komma acht, wollte ich sagen. »Zwölf?«, sagte ich stattdessen, die schweißnassen Hände hinterm Rücken verschränkt. Herr Schiller lächelte, es war seine letzte Anerkennung. »Du hast alles gut gemacht, so, wie ich es dir beigebracht habe«, sagte er und nickte; er hätte mir auch mit etwas Asche ein Zeichen auf die Stirn malen können.

Dreizehn ist für die, die an keiner Stelle schweigen, Vierzehn ist für die, die sich rausreden, Fünfzehn ist für den Lehrer.

»Es macht nichts, wir machen eine kurze Pause«, sagte der Professor. Unangenehm berührt saßen wir in der Stille des

Raums, die Bürowände mit den in Leinen gebundenen Abschlussarbeiten wachten über uns.

– gleich dem einen Mal, als ich von meinem letzten Sportlehrer angeherrscht worden war, weil ich einen Federball ins Netz geschossen hatte. Wie ein toter Vogel war der Federball auf den Boden gefallen; ich war weinend in die Umkleide gelaufen; der Sportlehrer war mir hinterhergekommen und hatte zu einer Verteidigung angesetzt: »Ich habe nur eine ganz normale Anweisung gegeben! Ich habe nur ganz normal eine Anweisung gegeben!« »Ja«, hatte ich gesagt, »ja, ja«, der Sportlehrer hatte innegehalten, Stille hing zwischen uns, ich hatte das Gesicht in den Händen verborgen und schließlich immer wieder zwischen den Fingern hervorgestoßen: »Entschuldigung, Entschuldigung.«

Ich musste eingeschlafen sein, es war, als streiche mir im Halbtraum jemand über den Rücken und spreche hämisch meinen Namen, »Frau A Frau A –«, eine unbekannte Stimme, die mit dem Knacken am anderen Ende der Leitung nichts gemein hatte. »Warte noch«, lallte ich in den Hörer, »warte –«

»So, Sie haben nun also fleißig studiert –«, der Mann lächelte. Sein Büro bestand vornehmlich aus Weiß: weiße Regale mit weißen Ordnern darin, alle dasselbe Modell, sodass keine Unregelmäßigkeit entstand, ein weißer Schreibtisch, hinter dem er auf einem weißen Drehsessel saß, ich ihm gegenüber, und in der Ecke stapelten sich weiße, frisch gewaschene Bezüge für Bodenwischer. Sein Kopf zitterte unablässig. Im ersten Moment, als ich durch die Tür getreten war und ihm die Hand schüttelte, dachte ich noch, es ginge ihm nicht gut oder er wäre nervös, aber als er sonst kein Zeichen von Schwäche oder Aufregung zeigte, begriff ich, dass es etwas anderes sein musste; ein Nervenleiden oder ein Tick. Sein Kopf zitterte weiter, als säße er auf einer losen Schraube und würde ständig durch Erschütterungen der Erde in Schwingung versetzt. »– und jetzt sind Sie auf der Suche nach einer Beschäftigung. Über den Sommer, haben Sie geschrieben, nicht wahr?« Ich hatte den Aushang nach einer meiner letzten Veranstaltungen am Schwarzen Brett gesehen, in der Rubrik Ferienjobs. »Ja. Genau«, sagte ich. »Eigentlich sind Sie ja überqualifiziert, und Erfahrung im Reinigungsgewerbe haben Sie keine – na, es gibt nicht groß was zu beachten, und Sie schätzen sich ja auch selbst ein, wie ich Ihrem Schreiben entnehme, als gründlich. Die einzige Frage ist die der Diskretion. Wir reinigen Kanzleien, da haben wir Akten abzustauben und sehen unter Umständen Dokumente, die vertraulich sind. Da dürfen wir nicht groß auf die Kundennamen schauen.« Ich nickte.

»Ich bin auf der Suche nach einer kurzfristigen Tätigkeit«, hatte ich in meiner Bewerbung geschrieben, und je länger ich mir das Wort angesehen hatte, desto weniger hatte ich gewusst, was es bedeutete. Bei meinem Vater konnte man von einer Tätigkeit sprechen, er war tätig, wenn er sich die Arbeitskleidung anlegte, wenn er seine Tasche packte, wenn er morgens vor dem Tageslicht die Treppe hinabging, die Bleche in der Beize versenkte, das war eine Tätigkeit, und am Ende des Tages war ein Ergebnis zu sehen, nämlich das gehärtete Metall, bereit zur Weiterverarbeitung, Halbzeug für die Tätigkeit anderer.

»Was willst du denn *arbeiten*?«, hatte mein Vater am Telefon gefragt, »willst du dich mit 'nem Klingelbeutel auf die Straße stellen oder was?« Nichts war mehr übrig von seinem »Sieh zu, dass du in Brot kommst«, das er mir früher wöchentlich vorgebetet hatte. Durch meine vielen Stunden an Bibliotheksschreibtischen und das viele Lesen hatte ich mich in seinen Augen für nichts qualifiziert, und beinahe schien es ihm recht zu sein, schien es ihm zu bedeuten, dass ich zu Hause bleiben würde, in meinen vier Wänden, vor der Außenwelt versteckt, in Sicherheit. »Mein Eindruck ist, das braucht man nicht«, sagte er mit Blick auf mein Studienfach: »Bloß Professor kann man damit werden. Willst du etwa Professor werden?«, er zog das Wort absichtlich in die Breite, als würde er es mit der Zunge plattdrücken – *Prefesser.* »Das lass mal sein«, sagte er, »da musst du ehrgeizig sein, da musst du ganz strebsam sein.« »Aber ich bin doch ehrgeizig – ?«, sagte ich. Darauf antwortete er nicht.

Ich war selbst ratlos, wie man die nächsten Schritte ging in einer Welt, in der man sich seinen Weg selbst freischaufeln musste. »Es gibt nur wenige Plätze an der Sonne«, hatte Lukas immer gesagt, und die Sonne, das waren die großen

Institutionen und Unternehmen. »Was kann man damit werden?«, fragte mich mein Vater, und ich zählte ihm Positionen in diesen Häusern auf, »Was soll das sein?«, fragte er dann, und das konnte ich ihm auch nicht erklären. Ich ging von Anfang an davon aus, dass die Plätze an der Sonne für andere reserviert waren, diese diffusen »anderen«, von denen auch mein Vater immer sprach und die je nach Umgebung ihre Gestalt ändern konnten. Die wussten, was dieser Satz bedeutete; dass sie nur ein paar Praktika machen mussten, dass sie ihren Lebenslauf aufbessern mussten und ein klares Ziel verfolgen, sie wussten, wo dieses Ziel war und wie sie es erreichten, sie liefen schnurstracks darauf zu, während ich annahm, dass ich schon irgendwie durchgeschleust würde, so, wie man von Klausur zu Klausur gereicht wurde, dass mir schon jemand sagen würde, was ich tun sollte, aber das passierte nicht. Dieser Weg, den die anderen so selbstverständlich gingen, blieb mir schleierhaft. »Damit wird man eben nichts, das ist doch brotlose Kunst«, sagte mein Vater, und so fand ich mich damit ab, mich für etwas zu bewerben, für das man keine Qualifikationen brauchte. »Tätigkeit«, hatte ich geschrieben, und schon dieses Wort kam mir gelogen vor; »gründlich« schrieb ich und fühlte mich wie eine Hochstaplerin.

Mein Vater hatte es genossen, dass ich länger Kind gewesen war durch die Schule. Die Pausenbrote, die ich mir inzwischen selbst schmierte und die über Nacht im Kühlschrank lagen, die gepackte Schultasche, Sportschuhe geschnürt jeden Donnerstag, dass ich länger abends früh zu Bett gegangen war, noch mit einem letzten Text aus dem Geschichtsbuch im Licht der Nachttischlampe, dass er mich länger dabei beobachten konnte, wie ich am Schreibtisch saß, über

Hefte gebeugt, er hatte mein Alter vergessen können und seines ebenso, hatte die Zeit anhalten können, sich im Glauben wiegen, dass es immer so bleiben würde, weil es immer so gewesen war, weil ich immer weiter zur Schule gegangen war, immer weiter das Kind mit den Halbjahreszeugnissen und Büchern geblieben war, auch wenn er die Inhalte nicht verstand. Mehr gab es für mich nicht zu tun.

Ich bestand für ihn nur aus großer Verletzlichkeit und Schüchternheit, und etwas Träumerisches lag in allen meinen Plänen von Abitur und Hochschulabschluss. Er hatte mir die Welt zu erklären, sobald es um etwas Handfestes wie Jobsuche ging. »Das geht so nicht«, sagte er, als ich von meinem Bewerbungsgespräch bei der Putzfirma erzählte, »man trägt ein Hemd, man trägt saubere Hosen«, und dann stellte er am Telefon die Situation nach: »Haben *Sie* – ?«, »Ist es Ihnen *möglich* – ?«, »Möchten Sie *vielleicht* – ?«, die Fragen so bittstellend wie sonst nur bei Behördengängen, wenn er seinen Personalausweis verlängern oder einen Strafzettel bezahlen musste, »*vielleich-d-d*«, wie ein Schauspieler, dem seine Lockerungsübungen nicht gelingen wollten.

Ich war fünfzehn Minuten zu früh und wartete vor dem geschlossenen Tor. Der Mann kam mit dem Auto, er winkte mir durch die Scheibe. »Der Hausmeister macht gleich auf«, rief er durch das halb heruntergekurbelte Fenster, und noch während er es sagte, schob sich das Tor zur Seite. Ich lief dem Auto nach auf den Hof; ein mit Zierwein bewachsenes Backsteingebäude, ein Eingangsportal aus Glas und dahinter Holzboden, eine Theke aus groben Brettern, ein großformatiges Bild mit abstrakten, nur aus verwischten Farbschatten bestehenden Bäumen darüber. Der Mann wies mir den Weg durch verwinkelte Gänge, an Rollmagazinen vorbei, vor denen Handwagen mit in Kartons gestapelten Akten lagen. Wir blieben vor einer schmalen Tür stehen, hinter der sich ein enger Raum mit Waschbecken befand. An den Wänden waren Regale aus Metall verschraubt, in denen Putzlappen und Mülltüten lagen, unter dem Waschbecken stand ein Staubsauger auf vier Rollen und ein Wagen mit leeren Eimern, alles so dicht gedrängt, dass ich, als der Mann mir eine freie Stelle im Regal wies, wo ich meine Tasche abstellen sollte, auf Zehenspitzen und im Ausfallschritt zwischen die Gerätschaften treten musste, um sie zu erreichen. »Ich habe Ihnen ein Hemd mitgebracht, gucken Sie mal, ob es passt«, sagte er, reichte mir ein weißes Poloshirt, in Plastikfolie verschweißt, und wies auf eine Tür schräg gegenüber der Abstellkammer. Dahinter befand sich ein leeres Büro mit ausrangierten Sesseln und losen Tischbeinen; ich zog mir das Shirt über das Top, das ich bereits trug. Als ich wieder aus dem Büro trat, stand eine Frau in Latzhosen bei dem Mann. »Das ist Frau Kirsch«, sagte er. Sie streckte mir die Hand entgegen und lächelte. »Noch ganz jung!«, sagte sie. Sie hatte kleine, eng stehende Augen, die aussahen wie runde Perlen und mit denen sie freundlich blinzelte.

»Das Büro des Chefs müssen wir zuerst machen, denn der Chef kommt immer sehr früh«, sagte Frau Kirsch und zog den Staubsauger hinter sich her, verstohlen und in breitem Dialekt fluchend, wenn er an einem Türrahmen hängen blieb. »Scheibenkleister« hörte ich sie murmeln, mit einem verschmitzten Lächeln im Gesicht. »Machen wir es so: du die Oberflächen, ich die Böden. Später können wir uns abwechseln, damit's gerecht ist.« Das Büro des Chefs war ein hoher rechteckiger Raum, an beiden Enden waren Teile der Wand schwarz gepolstert und durch messingfarbene Knöpfe unterteilt. Auf einer Seite stand ein schwerer Mahagoni-

Schreibtisch, auf der anderen zwei Ledersessel und ein niedriger Café-Tisch aus Glas, darauf ein Bildband über alte Segelflugzeuge, auch in den Bücherregalen standen neben Gesetzesbüchern Flugzeugmodelle, und die herausmontierte Schaltfläche eines Cockpits war in eins der Regalfächer verbaut, sodass es aussah, als müsse man nur ein paar der Rädchen und Knöpfe betätigen und das gesamte Büro würde abheben. Ich ging die Wände mit einem Mikrofasertuch und einem Staubwedel ab, wischte über die Buchrücken und Tragflächen der Flugzeuge, fuhr mit dem Wedel in die Ecken, um Spinnweben zu fangen, hob den Briefbeschwerer und die Tastatur auf dem Schreibtisch an und staubte die Lehnen der Besprechungssessel ab. »Immer langsam«, sagte Frau Kirsch, die mich sorgsam dabei beobachtete.

Als ich den großen Glastisch in der Mitte des Besprechungszimmers zur Hälfte mit dem Glasreiniger bearbeitet hatte, unterbrach sie mich – »Komm, ich mach hier weiter« – und nahm mir den Lappen aus der Hand. »Dann kannst du es mal mit dem Staubsauger versuchen.« Eher schien mir, dass sie mir nicht zutraute, den Tisch streifenfrei zu halten. Mit sicheren Bewegungen zog sie die Silbertabletts mit Selters, Servietten und kleinen Trinkgläsern zur Seite, wischte einmal darüber und richtete die Dinge wieder so aus wie zuvor, sie fächerte die Notizblöcke auf, die Kugelschreiber mit dem Namen der Kanzlei darauf.

Nach und nach trafen die ersten Angestellten ein. Ich polierte den Tresen des Empfangs, während sie ihre elektronischen Zeitkarten unter das Lesegerät hielten. Alle waren in Straßenkleidung, ordentlich zwar, aber niemand trug Anzug. Eine der Mitarbeiterinnen hatte sogar rosa gefärbtes Haar. Sie war ungefähr in meinem Alter oder jünger, und als ich mit meinem nassen Lappen ihr Büro betrat, blickte sie mich an, sagte kein Wort und verließ beschämt ihren Schreibtisch, damit ich saubermachen konnte. Ich hob auch hier die Tastatur an, schon ganz routiniert, die Notizzettel aus Recyclingpapier mit aufgedruckten Baumwurzeln, die Schokolade und die ätherischen Öle, die sie wahrscheinlich nachmittags in eine Duftlampe goss, wenn es im Winter schon dunkel wurde, man sich die letzten Stunden überwinden musste, und der Geruch nach Eukalyptus mischte sich mit dem der Mandarinenschalen, die ich aus dem Mülleimer leerte. »In den Sack ohne Knoten, in den mit Knoten kommt das datenschutzrelevante Material, das müssen wir in den Schredder werfen«, sagte Frau Kirsch, die mir die Tüte aus der Hand nahm, obwohl es die richtige war.

Dann änderte sich die Stimmung in den Büros. Vom Eingang her hörte man Schritte, fester und schneller als die der Mitarbeiter. »Guten Morgen!«, rief eine tiefe Stimme, und die Leute in den Büros begannen hektisch die Papiere zusammenzuraffen, über denen sie eben noch gemeinsam gesessen hatten, sie stoben auseinander wie aufgescheuchte Tauben und liefen durch die Flure, die Köpfe eingezogen, riefen ebenfalls »guten Morgen«, mit vorgeschützter Leichtigkeit und wie Schüler, die hofften, nicht aufgerufen zu werden.

Frau Kirsch war gerade dabei, den Wagen mit den Putzeimern vor sich herzuschieben, und die Mitarbeiter liefen eilig um sie herum, als wäre sie eines der Hängeregister, das störend im Weg stand, während sie eben noch freundlich gegrüßt oder kurze Unterhaltungen mit ihr geführt hatten. »Der Chef«, flüsterte sie mir zu, blickte mich mit ihren kleinen Augen warnend an, und ich nickte, das weiße Mikrofasertuch in der Hand, das mir langsam die Haut auf den Fingerkuppen aufweichte.

»Jetzt machen wir erst mal Kaffeepause«, sagte Frau Kirsch. Sie drückte den Hebel des Kaffeeautomaten auf der Küchenzeile und füllte zwei Tassen. Ein langer Esstisch stand im Pausenraum, der so breit war, dass ich mich eben noch mit meiner gesamten Körperlänge über ihn gebeugt hatte, um seine Mitte mit dem Lappen zu erreichen. Frau Kirsch zog die Glastür zur Terrasse auf, die an den Raum anschloss. »Hier sitze ich dann immer«, sagte sie. Man schaute auf einen Fluss und die gegenüberliegenden Loft-Wohnungen, deren Balkone um diese Zeit einsam dalagen; teure Sonnensegel und Möbel mit wasserbeständigen Polstern, die Türen von Jalousien verdeckt. Ein Kanu mit zwei Paddlern kam vorbei. »Ist ja kein schlechter Ort hier«, sagte ich. Frau Kirsch nickte und schlürfte durch spitze Lippen einen Schluck Kaffee.

»Meine Kollegin, mit der ich mir das hier sonst alles geteilt habe«, sie zeigte hinter sich auf die Räume, »die ist gestorben –«, sie machte eine kurze Pause, in der ich hilflos »Oh –«, sagte und sie anblickte, wie sie nochmals nickte und einen zweiten Schluck nahm. »Ja, deshalb suchen wir jemand Neues. Das war ein Schock, sag ich dir. Das war auch gar nicht abzusehen. Sie hat mir noch geschrieben, Ich lieg flach, und ich dachte, das wär eine normale Erkältung, und dann hat sie aber eine Infektion oder was bekommen und musste ins Krankenhaus, und da ist sie gestorben. Als der Chef gesagt hat, ich soll kommen, da hab ich schon gedacht, ich hätt was falsch gemacht, und als er gesagt hat, Setzen Sie sich mal, da dacht ich, ich werd gefeuert. Aber dann hat er gesagt, die Frau Schmidt ist verstorben, und ich hab gedacht – ich hab gar nichts gedacht außer, gut, dass ich sitze.

Rauchst du? Nein, Gott sei Dank endlich mal eine Nichtraucherin, ich kann das Zeug nicht leiden.

Ich hab vorher bei Amazon gearbeitet – auch zum Putzen, ja –, und ich sag dir, das war der Horror. Die behandeln einen da wie Müll, als wäre man selbst der Dreck, den man da wegputzen soll – das Lager habe ich da gereinigt, die ganzen Regale und Verpackungsstationen, und keine Ruhe hatte man da, mal 'nen Kaffee trinken wie jetzt, das war nicht drin. Und ich hab nur gedacht, nichts wie weg hier. Und hab mir schön vorher was anderes gesucht, insgeheim, und bin hier genommen worden vom Chef, und dann hab ich zu Amazon gesagt: Und tschüss!

Du bist eine gute Arbeiterin. Wir hatten vorher eine vom Amt, die hatte zu nichts Lust, die kam erst mal zu spät – am ersten Tag! –, und dann hat die die ganze Zeit ein Gesicht gezogen. Und alles musste man der nachtragen, alles dreimal sagen, bis die mal den Lappen genommen hat wie ein Schluck Wasser in der Kurve. Und am nächsten Tag ist sie einfach nicht gekommen. Das ist ein Unterschied wie Tag und Nacht bei dir«, sie lächelte mich über die Kaffeetasse hinweg an, die Augen von Lachfalten umsäumt.

Auf dem Rückweg, auf dem Fahrrad, kam mir ein Mann in staubigen Arbeitshosen entgegen, der mich freundlich ansah, wissend und verschwörerisch, nur eine Millisekunde lang. Ich hatte das weiße Hemd anbehalten, und der Fahrtwind zerrte an meinem Haar, das von den stäubenden Putzmitteln verklebt war; ich hatte Badreiniger in die Waschbecken der vielen Toiletten gesprüht, und während ich mich hinunterbeugte, um die Unterseite zu reinigen, fiel er mir in die Haare, wie feiner Sprühregen; ich hatte den Enzymreiniger in die Toilettenschüsseln gesprüht, diese pinke, parfümierte Flüssigkeit, die sich mir in den Rachen legte, sodass ich nach jedem Spritzer husten musste. Der Mann lächelte, sah schon jetzt, nach diesen wenigen Stunden, die charakteristische Erschöpfung in meinem Gesicht, und das weiße Hemd war ihm ein Zeichen. Ich hätte Altenpflegerin sein können, Backwarenverkäuferin, eine Fabrikarbeiterin, die Bleche in Beize tauchte, Laborangestellte, eine Frau, die überschwappende Putzeimer durch Flure schob und die Flugzeugmodelle eines Anwalts für Umweltrecht abstaubte, nur dass mir niemand die Anweisungen übersetzen musste, schon waren mir die Augen zu kleinen Perlen zusammengeschrumpft, schon hatte sich die Haut unter ihnen verzogen zu knittrigen Bettlaken.

Die Vorstellung meines Vaters, ich hätte mir durch mein Studium und den Umzug in eine andere Stadt eine Eintrittskarte zu einer Welt erworben, zu der er nicht gehört. Es ist das Gefühl, nichts ausrichten zu können, das ihn von dieser Welt, an die er mich glaubt verloren zu haben, unterscheidet; seine Losung, es würde sich schon »etwas ergeben«. Wenn ich einwende, dass sich nichts ergeben wird, solange man nichts dafür tut, winkt er ab, »Ach«, sagt er, »man muss eben zusehen –«, aber weiter spricht er nicht. Ein Gefühl, dem ich selbst lange gefolgt war und das dazu geführt hat, dass ich zuletzt einmal die Woche mit meinem schmalen Lebenslauf unterm Arm beim Arbeitsamt saß. Niemand dort wusste etwas mit mir anzufangen. »Keine Praktika?«, nur immer die ungläubigen Fragen, und man schickte mich von *Arbeit Direkt*, was nicht erfolgreich war, weil noch nicht mal die Verkehrszählung mich anstellen wollte, wieder zurück ins reguläre Programm und von dort zum Bewerbungstraining, wo eine einzelne Frau sehr langsam Wörter in meine verstockten Anschreiben einfügte. »Hmmm«, brummte sie, immer wenn sie mit einer meiner Formulierungen nicht zufrieden war, und tauschte sie gegen *absolvieren* oder *erlernen* aus.

»Es antwortet wirklich niemand? Das ist ja keine Art.« Sie blätterte in meinen Unterlagen, in Arial und mit einfachem Zeilenabstand formatiert, so, wie sie es mir beigebracht hatte. Es waren Streifen auf dem Papier, weil mein Toner fast leer war. »Haben Sie das so abgeschickt?«, fragte sie. »Nein, als PDF, die Ausdrucke sind nur für Sie.« »Okay«, sagte sie. »Daran kann es also nicht liegen.« Sie hob den Blick von meinen Bewerbungen und klickte mit der Maus auf Schaltflächen herum, die ich nicht sehen konnte.

»Damit Sie nicht nur den ganzen Tag zu Hause sitzen«, sagte die Bewerbungshelferin, sie wählte mit ein paar Mausklicks eine neue Stellenanzeige aus, und ich wollte antworten, »ich sitze nicht, ich gehe«, aber dazu kam es nicht.

»Warum keine Praktika«, fragte sie, »warum denn *gar* keine, ist das nicht Pflicht?«

»Nein, war keine Pflicht.« Dass ich das damals mit Erleichterung festgestellt hatte, sagte ich nicht.

»Vielleicht müssen Sie Ihren Weg besser verkaufen«, sagte sie, und unter gleichmäßigem Summen spuckte der Drucker eine Anzeige aus. Ein Schulbuchverlag suchte einen Doktoranden der Didaktik. Meinen Einwand, dass ich gar kein Doktorand sei und auch nichts von Didaktik wisse, wischte sie beiseite. Man müsse nicht immer alles genau erfüllen, man müsse auch mal Mut fassen und die Sache so hindrehen, dass man in gutem Licht dastehe, und sie zückte ihren Kugelschreiber, um mir einen Beispielsatz aufzuschreiben, den ich in der Bewerbung verwenden sollte. Sie sprach langsam mit: »*Durch meine vielen Stationen an verschiedenen Schulen kenne ich mich besonders auf persönlicher Ebene mit den Anforderungen des Schulsystems aus* – Hauptschule, Realschule, Gymnasium, Sie haben doch alles mitgemacht, richtig?«

»Warum denn eigentlich?«, fragte sie nach ein paar Sekunden, während ich vorgab, die Anzeige zu studieren. Sie fragte es in etwas tieferer Tonlage, als spräche sie unter der Hand, *off the record*, und ich könnte mich ihr ruhig anvertrauen. »Meine Noten waren damals schlecht«, sagte ich und wusste gleich, dass es nicht das war, was sie hören wollte, obwohl es stimmte, obwohl es eine vordergründige Tatsache beschrieb. Eine einfache Ursache-Wirkung-Gleichung: dass es schlechte Noten waren, die dazu geführt hatten, dass ich von der Schule verwiesen wurde und auf Umwege geraten war. Was sie eben noch als besondere Erfahrung hervorheben wollte – »Hauptschule, Realschule, Gymnasium« –, brauchte jetzt eine Erklärung, die tiefer lag. »Aber warum?«, fragte sie nochmal, nachdrücklicher und etwas verzweifelt. »Sie wirken doch ganz intelligent auf mich!«

Wenn ich der Schule nach dem Verweis ferngeblieben wäre, hätte mein Versagen auch nachträglich Sinn ergeben. Das Warum der Bewerbungshelferin wäre nicht nötig gewesen, auch das des Schulleiters nicht. Man hätte mein schlechtes Zeugnis aus der neunten Klasse betrachtet und mit den Schultern gezuckt. *Selber schuld.* Dass etwas daran grundsätzlich falsch sein könnte, war ihnen fremd. Wenn ich es beim Schulabbruch belassen und keinen zweiten Anlauf unternommen hätte, wenn ich eine Lehre zum Busfahrer oder zum Gärtner gemacht oder mich mit Minijobs über Wasser gehalten hätte, hätte sich keiner über die Brüche in meinem Bildungsweg den Kopf zerbrochen. Aber ich hatte standgehalten, ich hatte stillgesessen, gesprochen, ohne die Hand zu heben, ich hatte nach x aufgelöst, die Transferaufgaben studiert, bis ich jeden Trick kannte, ich war dabei auch noch erfolgreich gewesen und nun sprang mir die Ratlosigkeit aus dem Gesicht der Bewerbungshelferin entgegen. Was sollte man jetzt mit mir machen. Wie sollte man sich jetzt die Brüche und unsichtbaren Barrieren erklären.

Ich nahm das graue Papier in die Hand, es stand die Adresse des Schulbuchverlags darauf, an die ich meine Bewerbung richten sollte, auf die Rückseite des Lebenslaufs hatte sie in Druckbuchstaben den Beispielsatz geschrieben. »Nehmen Sie das ruhig«, sagte sie und deutete mit dem Stift darauf, »trauen Sie sich.«

Zu Hause angekommen, schloss ich die Wohnungstür hinter mir und blieb vor dem Spiegel im Flur stehen. Meine Haut war anders als früher, dünner, auf der Stirn traten mir die Adern hervor, auch wenn die Frau vom Amt mich noch auf fünf Jahre jünger geschätzt hatte. Es musste mein Kinderblick sein, mein alter Kinderblick, eben noch der zwölften Klasse entsprungen. Aber im Spiegel sah ich, wie die Ränder unter den Augen tiefer wurden, beinahe wie damals, als ich mich im Glas der Terrassentür am Feldrand nicht wiedererkannt hatte. Das schwindende Kollagen führte auch dazu, dass langsam eine Narbe sichtbar wurde unter meinem linken Auge. Wenn ich das Gesicht vor dem Spiegel ins Licht drehte und etwas lächelte, erkannte ich zwei flache Einkerbungen, die von den Hundezähnen geblieben waren. Wer es nicht wusste, hätte meinen können, es wären asymmetrische Lachfalten. Noch ließ sich die Unregelmäßigkeit überschminken, aber mit den Jahren würde sie sicher immer stärker hervortreten. Etwas war doch geblieben. Etwas wurde doch sichtbar.

Ich legte meine Tasche mit den Unterlagen ab, schaltete das Flurlicht aus und öffnete die Tür wieder, ohne noch einmal aufzublicken, denn im Dunkeln sah ich nicht in den Spiegel, ein Aberglaube, der sich gehalten hatte.

In der Nähe meiner Wohnung lag eine große Wiese, von einem Sandweg umrundet, und dahinter der Stadtwald, den ich nie betrat. Ich nahm nur den Geruch wahr, vor allem, wenn alles so von Wasser durchtränkt war wie jetzt: nasses Laub und Erde, Zweige, Pilze, Moos. Etwas von der ruhigen Weite der Wiese könnte auf mich übergehen, hoffte ich, eine Zuversicht, die ich brauchte, um diese Bögen auszufüllen: habe mich beworben am – habe eine Anstellung (nicht) erhalten am –, nach einer Runde, nach zwei Runden, und das Herz schlug mir bis zum Hals, die Lunge stach ein wenig, weil die Luft schon so kalt war. Nur durch Anstrengung konnte etwas zustande kommen, nur durch Eigenbewegung. Eine Ichheit, wie eine Eruption, ein Zusammenfallen von Körper und Gedanken, Körper und Bewusstsein, Körper und Geist, wenn man das Wort Geist verwenden will. Etwas, was nicht von dieser Dissonanz erfasst war, diesem Eindruck, mein Ich stünde immer knapp hinter mir und käme allen meinen Handlungen erst nach. Ich nahm den Trampelpfad über die Wiese, neben mir ein paar vertrocknete und von Schnee und Regen wieder aufgeweichte Sommergräser, unter den Füßen der braune Matsch, und es kam mir vor, als ginge ich wieder über die Flusswiese im Ort, als wären die Bäume in den Augenwinkeln in Wirklichkeit Brombeerhecken. Manchmal glaubte ich, die Luft rieche sauer nach Salz und etwas Verbranntem, und wenn ich immer weiterliefe, würde ich auf die Silberfarm stoßen. Gleich müsste der Steg auftauchen und den Blick aufs Wasser freigeben, auf die Brücke und die Schornsteine, und am anderen Ende würde sich das Gebirge auftun, ich würde kurz darauf das Haus betreten, und alles läge noch weit in der Zukunft. Hier trafen sich die Vergangenheit und die Gegenwart, auf dieser vom Regen aufgeweichten Wiese, knapp unter meinem linken Auge.

Letztes Weihnachten saßen wir vor dem aufgeschnittenen Braten, und alles war ruhig. Es lief keine Musik, die Gitarre stand eingestaubt in der Ecke, einzig das schabende Geräusch der Gabel auf dem Teller, als mein Vater die letzten Reste brauner Soße zusammenschob, war zu hören. Das Erdgeschoss stand leer, seit mein Großvater gestorben war, und auch die oberen beiden Stockwerke waren weiterhin unbewohnt. Zwar hatte der Eigentümer immer wieder vorgehabt, die Wohnung des Großvaters zu vermieten, aber mein Vater hatte das Renovieren endlos in die Länge gezogen und immer wieder um Aufschub gebeten. Er sträubte sich, jemanden zu engagieren, der das für ihn erledigte, weil er nicht daran glaubte, dass irgendeine Firma der Sache gerecht würde. Lieber wollte er es selbst machen, und zwar so perfekt wie möglich, sodass er über die Planung nicht hinauskam. Zu beginnen hätte unweigerlich einen Fehler bedeutet. Er legte mir dar, was alles zu tun war: die Fenster müssten abgeschliffen und neu lackiert, die Böden lasiert und die Decken frisch tapeziert werden; im Hinterhof müssten der Sperrmüll beseitigt und die Zweige aufgesammelt werden, die der Baum verloren hatte – »Hat viele Herbststürme gegeben«. Er müsse den Keller ausräumen, wo die Feuchtigkeit längst das Holz der alten Schlitten zersetzt hatte, längst durch die Kartons gedrungen war und nur Dinge aus versiegeltem Metall oder Plastik verschont hatte, die leeren Pfandflaschen in den Getränkekästen und abgelaufenen Tetrapaks mit Saft, der schon schleimig geworden war. Jeder der Kellerräume war vollgestellt, eine eigene Wohnung aus feuchtem Stein. Er müsse zuerst die Erinnerungsstücke sortieren, die alten Spielsachen ordnen nach Behalten, Spenden und Wegwerfen, und ich wusste, der erste Stapel würde wieder am größten ausfallen. »Ein Mieter«, sagte er, »will immer auch ein Kellerabteil.« Vielleicht würde er drum herumkommen, eine der Kammern leerzuräumen, wenn die Wohnung an junge Leute vermietet würde, die keine großen Ansprüche stellten; vielleicht an Auszubildende des Industrieparks. »Aber hoffentlich keine Studenten«, sagte er, »die haben zu viel Zeit, die wären mir zu oft im Haus.« Es müsste jemand sein, der Verständnis hätte, der nicht so »etepetete« wäre und sich nicht stören würde an den Türmen aus alten Brettspielen und Kartons im Hausflur, an denen man sich vorbeischieben musste, die ihren Weg zumindest schon mal hinaus aus dem Keller gefunden hatten und die er an jemand verkaufen wollte, der sie zu schätzen wüsste.

»Es liegt daran«, sagte er und zögerte, ein letztes Stück Fleisch auf der Gabel, »dass die Familie zweimal ausgebombt wurde, damals«.

In allen Häusern des Orts brannte Licht hinter den Gardinen. Die Bescherung war vorbei, man sah durch die Fenster, wie Weinflaschen und Teller von Raum zu Raum getragen wurden. Ich ging an der Kirche vorbei, am Gemeindehaus schloss der Küster schon auf und schleppte Stehtische hinein; es würde wie immer das Bockbiertrinken stattfinden, spätabends, nach dem Gottesdienst und wenn die Kinder im Bett waren.

Pikka und Sophia hatten es sich schon jetzt zur Tradition gemacht, den Heiligabend zu zweit in ihrer nun gemeinsamen Dachgeschosswohnung zu feiern. Ich setzte mich auf

Pikkas Sofa, auf das Sophia eine Decke gelegt hatte, damit man den unmodernen Samtbezug nicht sah, und bekam ein Glas Gin Tonic und einen Korkuntersetzer in die Hand. Kein Schwarzlicht ließ das Getränk leuchten, den Keller benutzte Pikka nur noch für größere Feiern. Unter einem kleinen, mit bunten Lämpchen geschmückten Kunstbaum lag zerknülltes Geschenkpapier. Zur Bildergalerie am tragenden Balken war ein neues hinzugekommen: Pikka und Sophia am Strand, in einem herzförmigen Rahmen, Blumengirlanden um die Streben gewickelt, hinter ihnen die untergehende Sonne. Durch das rote Gegenlicht sahen sie aus wie Scherenschnitte. Sophia stellte den Fernseher an, eine Wiederholung von *Dancing with the Stars* lief auf niedrigster Lautstärke. Pikka stellte zwei Becher mit Salzstangen auf den Tisch.

Er und Sophia waren in die Dachgeschosswohnung und ihr jetziges Leben hineingewachsen, als wäre es selbstverständlich. Er musste nur noch fünf Prüfungen ablegen, dann würde er seinen Abschluss haben und wahrscheinlich, sehr wahrscheinlich, von der Firma übernommen werden. Es lag kein Hindernis in seinem Weg. Vormittags war er nur noch selten in einem der Hörsäle, die Vorlesungen wurden in den späteren Semestern weniger; nachmittags stand er an den Rührmaschinen in seinem weißen Kittel. Als er zum ersten Mal eine bedienen durfte, schickte er mir ein Foto von sich, die viel zu große Schutzbrille vor den Augen, sein breites Lächeln und sein in die Luft gestreckter Daumen. Er sah glücklich aus; glücklich auf diesem Sofa, glücklich in den Räumen, die sich von einer Junggesellenbude zu einer Pärchenwohnung entwickelt hatten, die Schnapsflaschen noch immer im Regal, die Bände der *Simpsons*-Comics dahinter. Sophia schlug die Beine übereinander, auch für sie dauerte die Ausbildung nicht mehr lang. Sie arbeitete halbtags in der Kindertagesstätte der Ortskirche, und es war, als wäre das Mädchen, das dort nachmittags betreut worden war und in den Gruppenstunden *Tabu* und *Jenga* gespielt hatte, einfach einen Platz weitergerückt. »Man sollte eigentlich so lang wie möglich versuchen in der Schule zu bleiben«, sagte sie, nachdem sie von dem Stundenpensum erzählt hatte, das sie bald erwarten würde, dem Kindergeschrei, das noch lauter werden würde, wenn sie erst in einem größeren Kindergarten anfinge; dass sie mit dem Studium auf eine Leitungsposition abziele, dass sie hoffe, eines Tages die Koordination zu übernehmen und nur noch selten in den »Kinderdienst« zu gehen. »Du hast eigentlich alles richtig gemacht«, sagte sie und lachte.

Ob noch jemand Gin wolle, fragte sie, und Pikka rief: »Ja, ich«; mein Glas war noch fast voll. Sie schauten sich verschwörerisch an, wie sie links und rechts von mir auf dem Sofa saßen; Sophia unterdrückte ihr Lächeln ein wenig, als sie sah, dass ich es bemerkte. Sie hatte Pikka einen Morgenmantel geschenkt und er ihr Karten fürs Kabarett in der Stadt. Im Badezimmer standen die Köpfe zweier elektrischer Zahnbürsten neben dem Waschbecken, eine Reinigungsmilch von *bebe*, eine Tages- und eine Nachtcreme, von denen die eine nach Blumen roch, die andere nach Süßigkeiten. Haargummis und Bobby-Pins lagen in einer Schüssel aus durchsichtigem Acryl, zusammen mit einem Lippenpflegestift, dessen Spitze scharf zulief, weil Sophia immer die Ober- und Unterlippe zugleich bestrich. Durchs Fenster sah ich das offene Hoftor und einen kleinen Abschnitt der Straße, die zum Aldi führte, die Baumkronen der Platanen waren über die Dächer hinweg zu sehen.

Die Ortsleute standen schon um die Stehtische herum, als wir den Gemeindekeller betraten. Das Deckenlicht war gedimmt, vom Krippenspiel aussortierte Bühnenlampen leuchteten die Ecken aus und strahlten die Wandmalerei an, die Pikka vor Jahren gemeinsam mit einem Freund angefertigt hatte, *Jugendraum*, in eckigen Lettern. Die Älteren sahen traurig aus, ohne dass sie es wussten, während sie sich in diesem *Jugendraum*, in dem sie selbst schon ihren achtzehnten Geburtstag gefeiert hatten, einen anschwipsten, in Wollwesten, die grauen Strähnen an den Schläfen nach hinten gebürstet. Pikkas Vater stellte sich neben mich und erzählte mir etwas über Motorräder, wohl wissend, dass ich nichts von Motorrädern verstand und er mir deshalb alles erklären konnte; seine Stimme hatte schon diesen betrunken schreienden Ton, und er kam nah an mein Ohr, während er über Ersatzteile für ältere Modelle sprach. In das Stimmengewirr hinein schlug Pikka mit einer Gabel gegen seine Flasche. Ich wusste gleich, was es war, Sophia mit wässrigem, schüchternem Lächeln an seinem Arm, wie es ihr schon in der Wohnung im Gesicht gestanden hatte, nur bemühte sie sich jetzt nicht mehr, es unter Verschluss zu halten, und Pikka, beide Ellbogen abgespreizt vom Körper, in der Hand die Bierflasche und die Gabel, sagte: »Wir haben uns verlobt, gestern früh!«

Es wurde geklatscht, dann wendete man sich wieder den Gesprächen zu. Die Stimmung im Raum schien gelöster als zuvor, jemand stellte Musik an, die gleiche, die auch morgens im Regionalsender lief, wenn alle auf dem Weg zur Arbeit waren. Eine Schlange von Leuten bildete sich, um dem Paar zu gratulieren, und ich schaute zu, wie einer nach dem anderen erst Pikka und dann Sophia umarmte und einen oder zwei Sätze sagte, bevor sich jeder wieder an seinen Platz begab. »Pikka!«, rief jemand von weiter hinten, und Pikkas Vater, der sich neben mir mit verschränkten Armen auf den Stehtisch stützte, rief »Jo!«, drehte sich um und merkte dann, dass sein Sohn gemeint war.

Wir hatten uns damals zu dritt über das Bild der Frau aus der Kirche gebeugt, sahen die blutunterlaufenen Augen und den schiefen Mund, er wirkte, als habe er sich aufgelöst und fließe auf den mit Schutt bedeckten Mittelgang hinab. »Wie im Krieg!«, wurde eine Augenzeugin zitiert, am nächsten Morgen, als die Aufräumarbeiten begonnen hatten, das zersprungene Holz der Bänke hinausgetragen und das Glas von der Straße gekehrt wurde. Das Foto wurde nicht länger veröffentlicht, sobald man ihre Identität festgestellt hatte. Sophias und Pikkas Eltern hatten die alte Zeitung weggeworfen, mein Vater hob sie auf, mit dem Vorhaben, sie zu archivieren. Ich zog sie manchmal aus einem der hohen Stapel hervor, wenn er nicht in der Küche war, um das Bild abzugleichen mit dem in meinem Kopf. Immer wieder sah ich auf die toten Augen der Frau und versuchte mir vorzustellen, wie sie in ihrem abgedunkelten Zimmer gesessen hatte, wie sie zurückgekommen war und die Füße auf die Gehsteige gesetzt hatte, ob es Zerstörungswut gewesen war oder die Hoffnung auf Besserung. Wie sie auf den Ort geschaut hatte mit diesen Augen, und die Bilder hatten sich gebogen an den Rändern ihres Blickfelds. Mit welchen Bewegungen hatte sie die Handgranaten umgeschnallt.

Ich schüttle den Kopf, und mein Blick fällt wieder auf das Silberfarm-Schild. Wie wir als Kinder ehrfürchtig zu ihm aufgesehen hatten. Der Cowboy musste gestorben sein, bevor er seinen Auftrag erfüllen konnte, davon war Pikka überzeugt, »Wer weiß, was es war«. Ob bloß ein Sturm aufgezogen war und er, noch während er dabei war seine Hütte zu verbarrikadieren, von einem losen Ast am Kopf getroffen wurde (der Wind zog schnell durch die Äste, wir gingen ein paar Schritte rückwärts). Ob er einen Feind besiegen musste, der ihn als Letzten seiner Familie auszulöschen drohte – als er gerade seine Bilder mit Essigwasser reinigen wollte, trat von hinten jemand an ihn heran. »Es ist die Frau aus der Kirche!«, rief Sophia, »es ist die Frau aus der Kirche!«, sie hob die Hände und näherte sich uns mit verzerrtem Ausdruck, pikste uns in die Seiten, und Pikka wehrte sie ab, so ein Unsinn, die Frau aus der Kirche würde, wenn, dann in der Kirche spuken. Es seien wahrscheinlich keine besonderen Umstände gewesen, die den Cowboy das Leben gekostet hatten. Er sei einfach gestorben, durch einen blöden Zufall, durch irgendeine Krankheit, durch plötzlichen Herztod vielleicht, mit dem Gefühl, noch nicht alles erledigt zu haben, und jetzt könne er sich nicht daran gewöhnen, tot zu sein und der Farm endgültig den Rücken zu kehren, und deshalb komme er immer wieder zurück, so kannten wir es aus den Geistergeschichten.

»Du bist noch jung, du kannst noch alles retten«, klingt mir der Satz von Cansu im Ohr. Für mich gab es damals nur zwei Möglichkeiten: sich entweder sehr leise oder sehr laut auszulöschen. Dass es eine dritte Möglichkeit geben könnte, war mir nicht in den Sinn gekommen. »Was, wenn das immer noch stimmt –«, habe ich auf dem betonierten Weg gedacht, der nah am Fluss entlangführt, die Wurzeln, die ihn einmal aufgeworfen haben, sind längst begradigt und die Bruchstellen wieder aufgegossen worden. Ich habe auf die Wackersteine gesehen, auf die Häuser am anderen Ufer, und konnte es nur zu einem Drittel glauben, vielleicht sogar nur zu einem Fünftel. Ich habe in die aschbraunen Zweige der Weiden gesehen, und alles hat sich wund angefühlt; nichts war im Einklang, aber gerade deshalb habe ich den Satz wiederholt: »Du kannst noch alles retten«, wie eine grundlose Hoffnung, die sich über alles Begründete hinwegsetzt, über die zwei Möglichkeiten hinwegsetzt, und ich war der Wiese entsprungen, dieser weitläufigen Wiese und der Brombeerhecke darauf, der Werksbrücke, stillgelegt und spröde von der Sonne, dem Summen, das sich hinter den Kohlebergen und über den ganzen Ort ausbreitet, den Fluten, die jedes Frühjahr den Weg überschwemmen, dem Schnee, der sich auf die von Disteln durchsetzte Erde legt.

Das Licht wird jetzt dunkler. Das Rosa wird erst zu Orange, dann mischt sich mehr Blau hinzu, noch ein paar Momente wird es hell bleiben; ich kann noch hier stehen bleiben, vor dem vertrauten Brummen der Klärwasser, das mich von hinten hält.

Seit 1996 sind alle Spuren der Explosion beseitigt worden. Es steht eine neue Kanzel an der Wand, und ein Künstler war beauftragt worden, das Buntglas nachzubilden und die Fresken in der Kuppel von Blutspritzern zu säubern. Pikka und Sophia haben vorne gestanden, sie im weißen Kleid mit Tüll unterm Rock, die Haare in losen Locken, einige Strähnen mit winzigen Perlenklipps am Hinterkopf zusammengefasst, jemand hatte ihr silbernen Lidschatten in die Augenwinkel geschmiert. Pikka küsste seine frisch angetraute Frau. Die Leute in den Bänken klatschten.

Vor der Kirche haben wir uns umarmt, ich habe gratuliert, etwas gesagt wie, »Das wurde auch Zeit«, und wir haben gelacht, Sophia mit von Freudentränen leicht aufgelöstem Gesicht. Ich habe noch kurz auf dem Kirchplatz gestanden, trotz der Kälte, und hinüber zum Brunnen gesehen. Eine alte Dame, wahrscheinlich eine Großmutter, hat schelmisch gefragt, wie es jetzt weitergehe, was nur Enkelkinder bedeuten konnte; die beiden haben erklärt, dass sie in Pikkas Dachwohnung bleiben wollten, bis das Hinterhaus renoviert sei. Einige haben geraucht (der Geruch von Zigaretten in Winterluft, den ich nicht ausstehen kann). Als man sich zum Gemeindehaus aufmachte, wo das Essen serviert wurde (Gans oder Rind), habe ich mich von der Gruppe gelöst und bin schnellen Schrittes die Straße hinunter nach Hause gelaufen.

Mein altes Kinderzimmer, in dem ich gesessen und durch Öffnen der Fenster versucht habe, den Rauch hinauszulassen; die Stille in der Küche, vor den halb geschlossenen Rollläden der Baum, der über die letzten Jahre unbemerkt in die Höhe geschossen ist, der kahle Hinterhof unter klebrigem Schnee. Das Gefühl, dass jemand hereinkommt, dass jemand den Schlüssel in der Wohnungstür dreht und ich dieses Haus verteidigen muss, aber gegen was, gegen den Druck von außen gegen die Scheiben, gegen die tiefhängenden sauren Wolken, gegen Besuch, der sich nicht angekündigt hat, gegen die Fremden im Ort. Ich habe angefangen, meine Sachen zu packen, obwohl ich noch zwei Tage bleiben wollte. Obwohl ich weiß, dass ich für eine neue Fahrkarte kein Geld habe. Der Rucksack mit meinen zusammengeknäulten Sachen. Als sich der Schlüssel dann doch drehte, diesmal wirklich, bin ich eilig aufgestanden, habe das Fenster geschlossen und bin im Flur auf meinen Vater zugegangen. Ich müsse überraschend los. Es habe sich etwas ergeben, ein Bewerbungsgespräch, es tue mir leid, aber die Chance müsse ich wahrnehmen. Er hatte eine Tasche voll Einkäufe in der Hand, ich sah, dass er Erdbeeren gekauft hatte.

Ich bin die Straße nach unten gelaufen, bis ich zum Hügel gekommen bin. Ich habe den Weg genommen, der an der Wiese entlangführt, und bin nach einer Weile querfeldein übers gefrorene Gras gelaufen, ein paar Mal bin ich gestolpert, aber nicht gefallen, bin zielstrebig auf den Stumpf des Baums zugelaufen, der mir vor Jahren während der Sommergewitter vor die Füße gefallen war, umgeknickt wie ein einzelner Zweig bei starkem Wind. Die dünnen Zacken der Baumfasern ragten nach oben, verholzt und schwarz, gesprenkelt von vereisten Schneeresten und dem Neuschnee von heute Vormittag. Ich bin weiter den Fluss entlanggelaufen, immer weiter durch den wassergetränkten Schnee, dann rechts in den Feldweg hinein, auf den Strommast zu, bis ich vor der Silberfarm zu stehen kam.

Jetzt ist es dunkel geworden, die Bäume werfen verwaschene Schatten; nichts rührt sich. Hinter dem Garten kann ich das brachliegende Feld sehen.

Ich habe meinen Vater im Flur noch umarmt. Ob es wirklich in Ordnung für ihn sei. »Na klar«, hat er gesagt, und wir haben uns kurz angesehen, ich mit meinem Rucksack auf dem Rücken. Ich habe die Tür geöffnet, das schmatzende Geräusch des Holzes, das rundgeriebene Schnappen des Schlosses, und während ich noch den Knauf in der Hand hatte, hörte ich ihn hinter mir sagen:

»Wenn's nichts wird, kommst wieder heim.«

Nachwort

> »Der Ursprung dieser Geschichte liegt im Topographischen […].«
> – *Ingeborg Bachmann: Drei Wege zum See*

Du bist wieder in Frankfurt. Diesen Satz sagt B. zu mir, während wir im Flugzeug sitzen und noch in der Luft schweben. Draußen ist die Dämmerung schon vorangeschritten, der Himmel spannt sich in einem merkwürdig dunklen Lila über den Verkehrsadern und Knotenpunkten aus orangen Straßenlaternen unter uns, die dichter werden, je näher wir uns auf die Stadt zubewegen.

Ich bin also wieder in Frankfurt. Wo ich geboren wurde und aufwuchs, *born and raised*, wie man so sagt, aber meistens, wenn ich gefragt werde, aus welchem Stadtteil ich komme, kennt ihn niemand. Es gibt auch keinen Grund, Sindlingen (oder *Si-Town*, wie wir ihn genannt haben) zu besuchen, wenn man nicht dort wohnt. Er liegt am westlichsten Zipfel, eine S-Bahn-Station weiter ist man im Main-Taunus-Kreis, selbst das Einkaufszentrum, in dem ich als Teenager mit meinen Freundinnen unterwegs war, gehört nicht mehr zur Stadt, wir mussten *vor der Brücke* aus dem Bus steigen, um nicht illegal die Tarifgrenze zu passieren, die Fahrer erinnerten uns mit ihren mahnenden Blicken in den Rückspiegel daran.

Es gab mehrere Brücken, die mir eine Grenze aufzeigten. Es gab mehrere Schauplätze, die zu diesem Konglomerat wurden, in dem sich später die Geschichte meiner Erzählerin abspielte.

Der Ort in *Streulicht* ist nicht Frankfurt. Er ist die Landschaft, aus der die Erzählerin zu mir getreten ist; eine legendarische Landschaft, die sich in mir gebildet hat in den Jahren, die ich fern vom Frankfurter Westen gelebt habe. Er ist eine Ableitung, dessen. Ein Destillat einzelner Erinnerungen, ähnlich einem Mineral, das sich langsam herauskristallisiert hat aus den Salzen in der Luft und das ich später zwischen den Fingern wenden konnte, ungläubig seiner Schönheit, dieser erstarrten und eigentümlichen Form gegenüber.

Und doch ist *der Ort* nichts, was ohne mein Aufwachsen in genau dieser Peripherie in genau dieser Stadt hätte entstehen können.

Streulicht war auch der Versuch, diesem spezifischen Wesen einer Ortschaft, wie es sie in Deutschland viele gibt, ein Denkmal zu setzen. Einem Vorort, der nicht Dorf und nicht Stadt ist, dem eine Merkwürdigkeit eingeschrieben ist, wie man sie nur kennt, wenn man selbst aus einem solchen Ort kommt. *Streulicht* ist also auch ein Denkmal für jene, die neben den Strommasten und Müllverbrennungsanlagen aufgewachsen sind, nicht nur in Frankfurt, sondern überall, die wegwollten, aber nicht konnten, die gegangen sind und sich zurücksehnen, die – wie ich – nicht anders können, als sich in der Nähe eines Klärwerks seltsam heimisch zu fühlen.

Es gibt eine Schönheit, die diesen Orten zu eigen ist.

Wir steuern im Sinkflug auf die Stadt zu – mehrfach habe ich versucht, das große leuchtende Gebiet des Industrieparks ausfindig zu machen, obwohl ich weiß, dass wir es umfliegen müssen, mehrfach habe ich behauptet, das muss Höchst sein, und dann realisiert, dass es doch zu weit weg ist; nur die Skyline erkenne ich, in der Mitte der Stadt aufragend, von hier aus klein wie ein paar in den Boden versenkte Bleistifte.

Ich komme aus den *westlichen Vororten*, und alles, was ich sehe, haben diese Vororte bestimmt. So wie die Erzählerin geboren ist aus diesem *Ort*, dieser Topographie einer Seelenlandschaft, ist auch mein Blick nur meiner geworden und konnte mein Schreiben nur meines werden, weil ich mich dieser Skyline ausgesetzt sah und gleichzeitig dem Höchster Bahnhof, weil ich unterwegs war in den Untergrundschächten und nachts auf der Zeil, weil ich oft die letzte Bahn doch noch bekommen habe (als die Bahnen nachts noch nicht durchfuhren und die Weltstadt Frankfurt so auch in ihrer Mitte ihren provinziellen Charakter gezeigt hat), weil zur Mittagszeit der Bus nur bis *Tor West* fuhr und ich den restlichen Weg zu Fuß ging, weil wir uns vor *Karstadt* an der Hauptwache trafen, weil ich das Ranzenbrunnen- und Froschbrunnen- und Lindenblütenfest besuchte, weil ich es weit hatte nach Hause.

Einen Moment lang, während des ersten Kontakts der Flugzeugreifen mit der Erde, fühlt sich die Landung an wie eine Turbulenz, wie das Fallen in einem Traum, bevor mir klar wird, dass wir Bodenhaftung haben. Bitte die Gurte noch geschlossen halten, bis wir am Gate ankommen, das riesige Flugzeug wackelt über die Fahrbahn, draußen sehe ich die unzähligen Lande- und Startbahnen, die Lichter, die sie säumen, die Flutlichter, die Hallenbeleuchtung, die Signalleuchten der Funktürme; so sitzen wir an der Quelle des Streulichts, bevor die Maschine zum Stehen kommt, mit einem Ruck an der Brücke andockt und ein kurzer elektronischer Gong uns anzeigt, dass wir aufstehen können.

Du bist wieder in Frankfurt. Als ich diesen Satz höre, meine Heimatstadt vor Augen, wird mir klar, dass ich nicht nur *wieder* in Frankfurt bin, sondern dass ich es genau genommen immer bin. Dass ich, wenn ich schreibe, immer auf Frankfurt hin schreibe oder von Frankfurt ausgehend, dass diese Stadt eine Gestalt hat, in der ich mich seltsam widergespiegelt finde. Vom Rand ausgehend in ihre Mitte hinein.

September 2022